FERMIER MALGRÉ LUI

ANDREW
GREY

DREAMSPINNER
PRESS

FERMIER MALGRÉ LUI

ANDREW
GREY

Publié par
DREAMSPINNER PRESS

5032 Capital Circle SW, Suite 2, PMB# 279, Tallahassee, FL 32305-7886 USA
www.dreamspinnerpress.com

Fermier malgré lui
Copyright de l'édition française © 2017 Dreamspinner Press.
Titre original : Eastern Cowboy
© 2015 Andrew Grey.
Première édition : mars 2015
Traduit de l'anglais par Enzo Daumier.

Illustration de la couverture :
© 2015 L.C. Chase.
http://www.lcchase.com

Édition e-book en français : 978-1-64080-056-4
Édition imprimée en français : 978-1-64080-055-7
Première édition française : août 2017
v 1.0

Édité aux États-Unis d'Amérique.

À Valerie, Laurel et à mes merveilleux fans. Ainsi qu'à ma famille pour leur amour et leur soutien, même s'ils sont tous un peu fous.

I

LE TÉLÉPHONE se mit à sonner, ce qui déconcentra Brighton McKenzie. Il soupira. Il aurait voulu ne pas avoir oublié d'éteindre ce satané appareil. Il fallait toujours qu'on l'appelle quand sa jambe acceptait enfin de se tenir tranquille et qu'il aurait pu travailler convenablement pour au moins une heure. Brighton tendit le bras pour attraper le téléphone. Il fut tenté de ne pas répondre, mais cela voulait dire qu'on laisserait un message sur sa boîte vocale et qu'on le sermonnerait d'une manière ou d'une autre. Ça n'en valait pas la peine.

— Salut, Tante Vera, dit-il avec tout l'enthousiasme qu'il pouvait rassembler, ce qui n'était pas beaucoup.

— J'ai de mauvaises nouvelles, commença-t-elle.

Il crut discerner dans ses paroles un soupçon de joie.

— Ton grand-père Ed est décédé hier.

Tout s'expliquait. Comme elle transmettait des nouvelles qui étaient censées être tristes, il entendait le ton approprié dans sa voix, mais l'excitation était trop importante pour qu'elle puisse la maintenir entièrement à distance.

— Hier, dit doucement Brighton. Tu aurais pu appeler plus tôt.

Ed, son grand-père paternel, était arrivé à un âge avancé. Si l'on en croyait la sœur de son père, Tante Vera, sa santé était défaillante.

— Je ne souhaitais pas te déranger. Il était tard. Apparemment, il s'est couché pour faire une sieste, mais ne s'est pas réveillé. C'est du moins ce que disent les ambulanciers et les médecins. Puisqu'il voulait qu'on l'incinère, après le service funèbre, nous répandrons ses cendres sur les terres de la ferme qu'il aimait tant.

Elle avait décidément l'art de la mise en scène !

— Je te rappellerai plus tard pour les détails.

— Est-ce que tu as appelé Brianne ? demanda-t-il.

Il s'agissait de sa petite sœur.

— J'ai laissé un message pour qu'elle me rappelle, répondit Tante Vera.

Elle cacha à peine la dérision dans sa voix, elle en avait certainement conclu que Brianne n'avait pas décroché le téléphone à dessein. Leur tante guettait toujours les affronts, et elle n'en oubliait aucun, qu'il fût réel ou imaginé.

— Je suis sûr qu'elle est occupée. Elle obtient son diplôme ce week-end.

Brighton n'insista pas. Sa sœur était très intelligente. Et il était extrêmement fier d'elle. Pour l'aider à passer sa licence et payer ses études, il avait multiplié les petits boulots et réalisé de nombreux sites internet. Quand elle avait poursuivi en master, Tante Vera et Oncle Raymond avaient trouvé cette décision excessive et avaient affirmé qu'elle devait chercher du travail. Pour sa part, Brighton lui avait conseillé de suivre son instinct. Au final, elle avait décroché une bourse d'études à l'Université du Maryland. Elle s'était spécialisée en chimie et, dès la licence, elle avait montré un talent particulier pour cette matière. Maintenant, elle était sur le point de recevoir son diplôme de Master avec mention très bien, après être arrivée première de sa classe. Elle avait reçu une demi-douzaine d'offres provenant de programmes doctoraux qui la voulaient tellement qu'ils étaient prêts à payer les frais d'inscription élevés et lui offrir l'opportunité d'enseigner afin qu'elle soit rémunérée. Au final, elle avait décidé de rester sur le campus principal de l'Université du Maryland, à College Park.

— Toute cette éducation, simplement pour être meilleure que nous, déclara Tante Vera.

— Elle est intelligente et je veux qu'elle aille aussi loin qu'elle le peut.

Brianne le méritait bien. En fait, ils le méritaient bien tous les deux, mais la vie de Brighton avait pris une direction bien différente. Il avait vu ses grandes ambitions se réduire comme une peau de chagrin : dorénavant, ses rêves se limitaient à être capable de marcher et à avancer dans la vie sans souffrir ni être shooté par les cachets.

— Appelle-moi quand tu sauras les détails, poursuivit-il. J'appellerai Brianne pour m'assurer qu'elle est au courant.

— Entendu, dit sa tante. J'ai d'autres appels à passer, mais je te rappellerai bientôt.

Elle raccrocha. Brighton plaça son téléphone, face contre le bureau, à ses côtés, et essaya de retourner à son travail. Sa jambe, évidemment, décida que le moment était opportun pour lui rappeler qu'elle gouvernait sa vie. Il se leva donc, l'étira, puis, il attrapa sa canne pour aller marcher dans le salon de son petit appartement. Il sentit la douleur et la raideur diminuer. Il revint s'asseoir, tendit sa jambe et, enfin, appela sa sœur.

— Quoi de neuf? demanda Brianne lorsqu'elle répondit.

— Je ne veux pas te déranger. Je sais que tu es occupée, mais notre grand-père est décédé hier.

Le silence accueillit ses paroles. Brianne finit par demander :

— Est-ce que c'était la raison de l'appel de Tante Vera ?

— Oui, dit Brighton d'une voix douce. Il est mort dans son sommeil, sans souffrir apparemment.

— J'imagine qu'on ne peut rien demander de plus, déclara Brianne, la voix enrouée par l'émotion. Je suis allée le voir la semaine dernière et il avait l'air aussi actif et plein d'énergie que d'habitude.

Il y eut une pause. Brighton l'entendit se moucher. Elle reprit :

— Je suppose que c'est ce qu'il voulait, être actif jusqu'à la toute fin et puis s'en aller.

— Tout à fait, dit-il, sa gorge se serrant légèrement. Tu te rappelles quand il nous faisait faire des tours de poney dans le jardin ?

— Avec Diablo ? Oui.

Elle eut un petit rire. Ce poney-là était d'une incroyable gentillesse, mais pour une raison connue de lui seul, leur grand-père avait nommé la pauvre bête Diablo. Parfois, son sens de l'humeur échappait à son entourage.

— Et après l'accident, dit-elle, il est resté assis à tes côtés à l'hôpital durant des heures.

— Je sais. Il a tenu ma main après cette dernière opération quand ils pensaient qu'ils allaient carrément devoir amputer ma jambe. Il leur a hurlé dessus en les traitant de lâches et en disant que comme je ne baissais jamais les bras, ils n'avaient pas l'autorisation d'abandonner non plus. Je te jure que s'ils ont sauvé ma jambe, c'est grâce à lui.

— Est-ce qu'elle te fait toujours aussi mal ? voulut savoir Brianne.

— La douleur s'atténue. Les médecins ne comprennent pas pourquoi elle persiste, mais c'est ainsi. Je dois juste me souvenir de ne pas rester assis en continu trop longtemps.

Il soupira.— Parlons d'autre chose. Si tu as quelques heures de libres ce week-end, peut-être que nous pourrions nous rendre à la ferme et lui dire au revoir à notre façon.

Les mots faillirent mourir sur ses lèvres. Il essuya ses yeux et déglutit avec difficulté.

— Tu as raison, c'est une bonne idée.

Sa voix se brisa à son tour.— La remise des diplômes a lieu dimanche. Nous pourrions aller à la ferme samedi. J'ai toujours la clé de la maison.

3

Elle fit de nouveau une pause.— Tu sais que Tante Vera et Oncle Raymond la vendront dès que possible.

— Je sais, fit-il.

Leur tante et leur oncle avaient attendu des années que leur grand-père décède. La ferme familiale, sur laquelle il avait vécu et aussi travaillé dans une moindre mesure, était située à Ellicott City. Elle était maintenant cernée de complexes immobiliers et de copropriétés. Il n'avait pas vu l'intérêt de la vendre. La ferme était sa maison, la seule qu'il ait jamais connue. Mais sa fille Vera et son époux voyaient dans ce lieu une mine d'or et le gage d'une retraite confortable.

— Ça n'a pas vraiment d'importance, cependant, ajouta-t-il.

Brighton déglutit, parce qu'en réalité, ça en avait beaucoup. Il était seulement incapable de le dire à voix haute et c'était… plus facile pour lui de ne pas l'expliquer. De toute manière, il savait que sa sœur comprenait.

— Nous ne pouvons rien y faire.

— Non, convint Brianne. Écoute, il me reste du travail à faire. Je te rappelle dès que j'ai terminé et nous pourrons organiser notre sortie de samedi. Est-ce que tu as prévu de venir à ma remise de diplôme ? Je comprendrai si c'est trop dur pour toi de rester assis si longtemps.

Brighton se mit à sourire.

— Tu plaisantes, n'est-ce pas ? J'avalerai cachet sur cachet pendant des heures pour pouvoir te voir avec ton diplôme en main. Tu as travaillé dur pour l'obtenir, je suis tellement fier de toi.

— Je ne suis pas la seule à avoir travaillé dur et ne va pas t'imaginer que je pourrais un jour oublier tout ce que tu as fait pour moi.

— C'est ce que maman et papa auraient voulu.

— Non. Ils auraient voulu que nous ayons tous les deux notre master. Ils étaient convaincus de la valeur du savoir et d'une bonne éducation.

— Dans ce cas, je te regarderai obtenir ton diplôme pour nous deux.

Il souriait, car il était vraiment fier d'elle.— Je suis content et heureux à ma façon. Tu es celle qui a de grands projets. Je suis assez satisfait de faire ce que j'aime et de subvenir à mes besoins.

Cela avait été un accomplissement en soi. Après l'accident, il avait eu peur non seulement de ne plus jamais pouvoir marcher, mais encore de devoir dépendre de ses proches pour le restant de sa vie. Et la pensée que Tante Vera prenne soin de lui s'apparentait trop à une scène de film d'horreur pour être seulement envisagée.

— Je sais que tu es sincère, mais tu mérites d'être *vraiment* heureux.

Brighton grinça des dents.

— Voyons, continua-t-elle, tu as besoin de sortir plus et de t'amuser. Rencontrer du monde.

— C'est l'hôpital qui se moque de la charité, contra Brighton. Peut-être que si tu appliquais tes propres conseils, tu rencontrerais quelqu'un et je pourrais te marier.

— Ha ha, dit-elle. Je pensais plutôt à te marier, *toi*. Tu pourrais épouser un homme beau et fort, et alors, je n'aurais plus à m'inquiéter de te savoir seul tout le temps.

— Tu as raison. Je pense que je vais sortir danser samedi soir. J'aurai beaucoup de succès… Jusqu'à ce que je frappe quelqu'un avec ma canne ou que je m'étale sur le sol la tête la première. Sinon, je pourrais me contenter de rester accoudé au bar et de boire comme un trou. Ça pourrait être sympa.

Comme si les mecs dans ces clubs allaient s'intéresser à un gars comme lui. Il n'avait jamais été beau ou même mignon et avec une jambe folle, eh bien… Nul doute que ça le rendrait plus désirable encore… Mais bien sûr !

— Arrête de faire ton grincheux. Je ne te dis pas de sortir en boîte. Tu n'as jamais été intéressé par ça, que je sache. Mais trouve-toi un loisir, appelle tes amis, va dîner au restaurant. Tout, sauf rester constamment en sous-vêtement dans ton salon, devant l'ordinateur.

Bon sang ! Il baissa les yeux, grimaça, mais se tut. Il n'allait certainement pas lui dire qu'elle avait raison. Après tout, il devait bien s'habiller de temps en temps.

— On se parle bientôt, conclut-elle.

— Entendu. Je te laisse aller botter les derrières de tes camarades de classe.

Il raccrocha et fixa l'écran de son ordinateur. Il n'avait plus envie de retourner à son travail, mais il avait besoin de terminer la tâche en cours. Il soupira et força son esprit à se concentrer. Il pourrait se laisser submerger par la tristesse plus tard.

Après deux heures passées à peaufiner les derniers détails, il envoya un mot à ses clients pour les inviter à regarder le site internet. Il espérait qu'ils en seraient satisfaits. Il se leva, sa jambe était raide, mais peu douloureuse. Obligeant ses articulations à bouger, il se rendit à la salle de bains, se déshabilla et tourna le robinet.

L'eau chaude était un délice, en particulier sur sa jambe. Il se lava, puis demeura sous le jet pour apaiser son genou et sa hanche. Comme il ne pouvait y rester éternellement, il arrêta l'eau et sortit de la douche avec précaution. Il valait mieux éviter de tomber et de se blesser davantage. Ça lui était déjà arrivé une fois et il n'avait aucune intention de renouveler l'expérience, merci bien. Il se sécha et alla dans sa chambre, où il mit ses vêtements. Il avait à peine terminé et était en train de se demander s'il ne commencerait pas un nouveau projet lorsque son téléphone sonna de nouveau. Il n'avait pas particulièrement envie de discuter avec sa tante, mais il prit quand même son téléphone. Il ne reconnut pas le numéro.

— Bonjour, dit-il avec hésitation, s'attendant à un démarcheur téléphonique.

Il détestait ces gens-là.

— Bonjour, puis-je parler à monsieur Brighton McKenzie ?

— C'est lui-même.

— Parfait. Je m'appelle Arthur Granger, je suis le notaire de votre grand-père. J'ai sous les yeux son testament et comme votre nom est cité, je souhaiterais vous rencontrer. Edward aimait faire les choses à l'ancienne et a expressément fait la demande qu'on lise son testament en présence de tous les ayants droit après sa mort. Je sais que ce n'est plus ainsi que l'on procède de nos jours, mais c'était son souhait. Est-ce que votre sœur Brianne et vous-même seriez libres à cette heure demain ? J'ai laissé un message, mais elle ne m'a pas rappelé.

— Elle a sa remise des diplômes de master ce week-end. Elle est donc très occupée. Mais je vais vérifier auprès d'elle et vous téléphonerai si jamais il y a un problème.

— Je vous en remercie, déclara-t-il avant de lui indiquer l'adresse et l'heure exacte. Avez-vous besoin d'un moyen de transport ? Votre grand-père, au moment de la rédaction de son testament, avait dit que vous aviez parfois des difficultés à vous déplacer. Je peux vous envoyer une voiture.

— Si ma sœur peut venir, elle me conduira.

Il ne pouvait jamais rien faire sans l'aide de personne.— Je vous remercie.

Il demeura poli et s'assura que sa voix ne trahissait pas la frustration qu'il éprouvait.

— Je vous verrai donc demain à quatorze heures.

Le notaire raccrocha. Brighton appela de nouveau sa sœur. Il lui expliqua la situation et elle confirma qu'elle pourrait se libérer aux alentours de midi. Elle viendrait alors chez lui et ils déjeuneraient rapidement avant de se rendre à l'étude du notaire. Aucun des deux n'émit d'hypothèses sur ce qui avait été laissé dans le testament à leur intention. Ce n'était pas nécessaire. Car ils ne voulaient rien d'autre de leur grand-père que son retour dans leurs vies.

LE LENDEMAIN, un mercredi après-midi, Brianne arriva avec précipitation à l'appartement de son frère, à Laurel.

— J'ai fait aussi vite que j'ai pu.

— Je ne t'attendais pas avant une demi-heure. Est-ce que tu as terminé tout ce que tu devais faire ? demanda Brighton.

Il s'avança vers elle pour la saluer, en s'appuyant sur sa canne.

— Je croyais que tu avais dit que la douleur avait diminué ? s'exclama-t-elle.

Son regard était désapprobateur. Elle plaça ses mains sur les hanches, exactement de la même façon que le faisait leur mère lorsqu'ils étaient enfants et qu'elle les attrapait en train de mentir.

— C'est moins intense et je bouge avec plus d'aisance. Ne me regarde pas comme ça, petite sœur.

Il se dirigea vers la porte.— Allons manger. Plus tôt, ce sera fini, plus tôt, nous découvrirons le fin mot de cette histoire avec le notaire.

Ils sortirent. Brianne le conduisit à une pizzeria du coin qui vendait les meilleures pizzas au monde, cuites au four à bois. C'était un de ses plats préférés et Brianne voulait lui faire plaisir. Une fois fini, il lui tendit un morceau de papier avec l'adresse écrite dessus. Elle l'entra dans son GPS et ils partirent aussitôt. Il leur fallut vingt minutes pour trouver l'étude du notaire. Ils arrivèrent et sortirent de la voiture en même temps que leur tante et leur oncle, de leur côté.

— Vous aussi, vous avez été convoqués ? demanda Tante Vera. C'est gentil que Papa ait pensé à vous deux.

Son sourire semblait sincère. Elle les prit dans ses bras, leur oncle aussi, puis ils entrèrent ensemble.

Tante Vera prit la situation en main. Très vite, on les conduisit dans une salle de conférence assez plaisante. Le notaire arriva avec un dossier, se présenta et leur fit signe de s'asseoir.

— Dans les circonstances actuelles, je suis dans l'obligation de respecter les vœux d'Edward McKenzie. Il m'a demandé de lire le testament devant tout le monde. Sachez qu'il s'agit bien de ses propres mots, puisque, à l'exception des mentions légales, il a lui-même dicté l'ensemble. Si cela vous convient, je vais sauter les remarques en préambule et aller directement au cœur du propos.

Ils acquiescèrent. Brighton changea de position, sa jambe lui faisait mal. Il la massa afin d'apaiser la douleur.

Maître Granger ouvrit le dossier.

— Les dernières volontés d'Edward McKenzie, déclara-t-il cérémonieusement, avant de commencer la lecture. Pour débuter, je voudrais m'adresser à ma fille Vera Westbridge. Vera, ma chérie, je sais que toi et ton mari comptez sur le bénéfice de la vente de la ferme pour votre retraite. Eh bien, je dois te le dire, personne ne m'a jamais rien donné. J'ai travaillé toute ma vie sur cette terre et personne ne va l'utiliser pour pouvoir aller se dorer la pilule en Floride, ou tout autre endroit du même genre. Il est temps que tu te prennes en charge, donc je te laisse cinquante mille dollars. Ce n'est pas assez pour prendre sa retraite, mais c'est la vie. Tu as besoin de voler de tes propres ailes, voilà pourquoi j'ai pris cette décision.

Sous le choc, Tante Vera retint son souffle et regarda Oncle Raymond, la bouche bée comme un poisson hors de l'eau. Elle ne bougea ni ne respira durant un long moment. Puis, elle éclata en sanglots.

Maître Granger poursuivit :

— Tu n'as pas besoin de pleurer. Ça ne t'apportera rien de bon, parce qu'il n'y a personne pour t'entendre qui s'en soucie. C'était toujours les grandes eaux quand tu voulais quelque chose, et presque tout le monde cédait chaque fois. Eh bien, maintenant que je suis mort, je me fiche de savoir combien de larmes tu verseras.

Brighton eut l'impression que Me Granger tirait un certain plaisir de la situation, mais il était bien trop professionnel pour dire quoi que ce soit, ou le laisser paraître sur son visage.

— Après tout ce que j'ai fait pour lui. Sa propre fille ! Et voilà comment il me remercie…

Oncle Raymond fit de son mieux pour l'apaiser. Elle renifla. Cependant, il ne lui fallut pas longtemps pour comprendre ce qui était en train de se passer. Son expression se fit plus dure et elle lança un regard noir à Brianne et à Brighton.

— Pour ma petite-fille, Brianne McKenzie. Ma chérie, tu n'as jamais eu besoin de rien ni de personne. Tu as une tête bien solide sur tes épaules et je sais que tu iras loin. Je te laisse cinquante mille dollars à utiliser comme tu le voudras. J'espère que tu continueras avec tes études et que tu changeras le monde.

Me Granger leva les yeux de sa feuille et sourit à Brianne, qui semblait tout particulièrement satisfaite et enthousiaste. Cette somme lui assurerait un bon départ dans la vie.

Brighton laissa échapper discrètement un soupir de soulagement.

— Pour mes autres petits-enfants, je leur laisse dix mille dollars chacun. Je ne les nomme pas spécifiquement, mais les enfants de Vera et de Raymond en font partie. Granger s'assurera que chacun reçoit bien sa part. Maintenant, passons à mon petit-fils, Brighton McKenzie. Brighton, je te lègue le reste de mes biens, dont la ferme, ce qu'elle contient et l'argent qui demeure, à la seule condition que tu y vives pour au moins deux ans, moment à partir duquel tout t'appartiendra. Tu es libre de vendre la ferme, mais si tu le fais durant les deux premières années, les bénéfices de la vente seront divisés équitablement entre Brianne, ma fille Vera et toi.

Le notaire fit une pause. Brighton sentit sa gorge se serrer et ses épaules s'affaisser sous le poids de la situation. Il était tellement sous le choc qu'il eut du mal à respirer.

— Après que tes parents ont été tués par ce chauffeur en état d'ébriété, tu as pris la situation en main et tu as élevé ta sœur presque tout seul. Tu as reçu l'aide de ta tante et de ton oncle, ainsi que la mienne, mais de manière générale, tu as fait seul le nécessaire. Tu t'es même parfois opposé à nous tous pour être sûr que tu pouvais faire ce que tu pensais être juste. Je sais que nous nous sommes vraiment pris le bec, mais je n'ai jamais été en colère contre toi. Tu nous as tenu tête, et ce courage fait de toi un homme. Tu as mis ta vie de côté, travaillant aussi dur que possible pour t'assurer que Brianne s'en sorte dans ses études.

Brighton regarda sa sœur. Il n'avait jamais dit à son grand-père ce qu'il avait fait pour elle. C'était un secret entre lui et sa sœur.

— Votre grand-père vous connaissait bien, déclara Me Granger. Il était très intelligent et perspicace. On dirait bien qu'il savait ce qui se passait à l'intérieur de sa famille.

— Alors il obtient la ferme ? Il ne peut même pas marcher convenablement. Comment est-ce qu'il est censé s'en occuper ? demanda Tante Vera.

Brighton ouvrit la bouche pour argumenter, mais Me Granger s'éclaircit la voix et retourna au testament :

— Je sais que c'est le moment où ma fille Vera va essayer de te persuader de vendre les terres, afin de pouvoir mettre la main sur l'argent. Tu es libre de le faire, si c'est ce que tu veux, mais j'espère vraiment que tu y vivras et que tu laisseras la ferme devenir une partie de toi. Cette terre a été dans notre famille depuis l'époque des premiers colons, bien avant que ce pays n'existe. Prends une décision en accord avec ton cœur.

Maître Granger fit une pause.— Le reste du testament contient les clauses qui précisent ce qu'il adviendrait si un des ayants droit ne lui survivait pas, etc. Elles ne vous concernent pas pour le moment présent.

Sa tante se leva d'un bond.

— Je veux une copie de ce testament pour que mon avocat puisse l'examiner. Papa m'avait donné un double du texte il y a trois ans, et ça ne ressemblait pas du tout à ça.

— Ce testament a été rédigé il y a six mois et a été enregistré auprès du tribunal à la même époque. Bien évidemment, vous recevrez une copie, que vous pourrez montrer à qui de droit, mais votre marge de manœuvre pour en altérer les dispositions est pour ainsi dire nulle. M. McKenzie a été très clair sur ses intentions et les raisons pour lesquelles il souhaitait diviser ses biens ainsi. Rien de plus n'est nécessaire.

Tante Vera fulmina pendant quelques minutes avant de se lever pour partir. Elle traîna son mari à sa suite. Si elle était évidemment furieuse, lui semblait plutôt découragé et ne savait pas sur quel pied danser.

— Qu'est-ce que je fais maintenant? demanda Brighton à Maître Granger.

— Le testament a besoin d'être validé, puis la propriété vous reviendra officiellement, mais entre-temps je vous conseille de vous y installer et de continuer à vivre normalement. Votre grand-père avait… un vif désir que la ferme demeure dans la famille. Il avait déclaré que son intention de départ était de la laisser à votre père.

— Mais pourquoi, moi? demanda Brighton, tout en se tournant vers Brianne.

— Parce que quelqu'un devait faire quelque chose de sympa pour toi, lui dit-elle. Tu le mérites et je pense que Papy le savait.

— Tu n'es pas fâchée?

— Que Papy t'ait laissé la ferme? Pas du tout. Elle ne m'intéresse pas. Et si tu parviens à en faire quelque chose, c'est encore mieux pour toi. L'argent qu'il m'a laissé signifie que je pourrai continuer à travailler sur ma thèse sans interruption.

Pardon ? Il pensait que sa situation avait été réglée.

— Qu'est-ce que tu es en train de dire ? Je croyais…

— Je sais ce que tu imaginais. J'ai menti. Tu aurais déplacé ciel et terre pour t'assurer que j'aie ce diplôme, mais tu en as assez fait pour moi. Je volerai de mes propres ailes à partir de maintenant, aussi longtemps que tu feras la même chose.

Elle lui sourit et se leva, puis elle l'attira contre elle pour lui faire un câlin.

— Tu n'auras à souffrir d'aucune animosité de ma part, grand frère.

Elle lança un regard vers la porte.— J'aimerais pouvoir en dire autant pour les autres membres de la famille.

— Tante Vera sait ce qu'elle veut. Elle a toujours poussé les hommes dans sa vie à aller le chercher pour elle. J'imagine que Papy a fini par ouvrir les yeux.

— Allez-vous donc garder la ferme ? voulut savoir Me Granger.

— Je ne sais pas ce que je vais faire.

Brighton se leva lentement.— Ce n'est pas comme si je pouvais m'occuper d'une ferme. Je parviens à peine à bouger certains jours, alors prendre soin des quelques animaux que Papy avait encore sera au-delà de mes capacités.

Il déglutit.— Et comment est-ce que je vais faire pour gagner de l'argent ? Cet endroit va en avoir besoin, bien plus que j'en ai. Il y a des réparations à mener.

— Votre grand-père a bien précisé que vous deviez recevoir le reliquat de ses possessions. En déduisant les frais prévus, il a laissé environ un quart de million en liquide. Après les autres legs, ça laisse approximativement 130 000 dollars. Si vous souhaitez entretenir la ferme, vous aurez assez de liquidités.

Mon Dieu. Il l'ignorait.

Il agrippa le dossier de la chaise pour se maintenir. C'était beaucoup d'argent, même s'il savait que cette somme ne durerait pas longtemps dans une ferme. Mais il aurait les moyens de prendre son temps et peut-être même d'embaucher de l'aide, surtout s'il abandonnait son appartement et vivait dans la maison pour limiter les dépenses. Du moins, c'était ce qu'il espérait.

— Je ne sais pas par où commencer. Je rendais visite à Papy dès que je le pouvais, mais je n'ai jamais vécu là-bas. J'avais l'habitude de nourrir les animaux, et quand j'étais plus jeune je montais le poney, mais j'ignore tout de la gestion d'une ferme.

Il commençait à se sentir un peu submergé.— Il vaudrait peut-être mieux que je prenne le temps d'y réfléchir.

— Voilà une excellente idée. Et si vous avez besoin de quoi que ce soit, n'hésitez surtout pas à m'appeler.

Maître Granger rassembla ses papiers, les plaça dans son dossier et se leva, prêt à quitter la pièce.

— Je comprends que ça soit une grande décision et je dois avouer que je ne connaissais pas votre grand-père très bien. Mon père a été son notaire pendant des années et, après sa mort, j'ai pris la succession. J'ai rencontré votre grand-père quelques fois, à peine, afin de mettre à jour son testament. Pourtant je peux vous assurer qu'il m'a laissé l'impression d'être un homme qui savait ce qu'il voulait et qui avait votre intérêt à tous les deux très à cœur. Aussi, il…

Il fit une pause.— Mon métier consiste à manier les mots, mais j'ai quelques difficultés à expliquer ce que je veux vous dire. Votre grand-père adorait cette terre. C'était une extension de lui-même et avait autant de valeur à ses yeux que ses bras ou ses jambes. Il savait que sa fille la mettrait aussitôt en vente. Il répétait qu'elle n'y avait jamais été heureuse, même lorsqu'elle était petite.

— Que voulez-vous dire? demanda Brighton.

— Que votre grand-père vous a laissé cette ferme pour une raison. Il ne m'en a pas confié les détails. Mais j'ai l'impression qu'il s'agit de bien plus que de la garder dans la famille. Peut-être a-t-il abordé ce sujet avec vous à un moment?

Brighton s'efforça de se rappeler si c'était le cas. Il secoua sa tête.

— Je vous remercie.

— Je vous en prie.

Maître Granger attendit qu'ils quittent la salle de conférence et les escorta jusqu'à l'accueil.

— J'imagine que vous aurez besoin d'aide, lui dit-il enfin.

— Oui.

Brighton regarda sa jambe blessée.— Je peux rester debout une heure tout au plus. Et c'est douloureux de rester assis dans la même position, même pour quelques minutes. Donc, je ne vais pas pouvoir faire grand-chose à la ferme.

Il se retrouvait tout à fait démuni lorsqu'il devait fournir un effort physique. Son équilibre n'était plus ce qu'il était, ce qui aggravait sa peur de tomber.

— J'ai bien un cousin… commença Maître Granger. Il est assez sauvage… Ou plutôt, disons que la famille ne l'a pas beaucoup vu ces dernières années. Il a quitté la maison lorsqu'il avait dix-huit ans et a vagabondé dans tout le pays. Aux dernières nouvelles, il travaillait dans un ranch au Montana. Il ne parle pas beaucoup. Il n'a jamais été loquace.

Il se pencha et baissa la voix.— Les gens pensaient qu'il était lent d'esprit, mais je crois qu'il est juste silencieux, et peut-être même un peu timide. Il a besoin d'un travail. Je pourrais voir si ça l'intéresse de vous aider avec la ferme. Il travaille dur et a de l'expérience dans un ranch, donc il comprend les tâches agricoles.

Il sembla mal à l'aise.— Vous n'avez pas à vous sentir obligé de l'embaucher pour quoi que ce soit, évidemment. Je n'ai pas fréquenté Tanner depuis longtemps. Mais ça ne vous ferait pas de mal de parler avec lui.

Brighton acquiesça.

— Qu'il passe me voir ou qu'il m'appelle. Je ne sais pas très bien ce dont j'aurai besoin avec exactitude, mais de l'aide, oui, c'est certain.

Il serra la main de Maître Granger, puis suivit sa sœur à l'extérieur jusqu'à la voiture.

— Où est-ce que tu veux aller? demanda-t-elle.

Elle s'assit à la place du conducteur, mais ne démarra pas le moteur.

— À la maison pour me cacher, répondit Brighton avec honnêteté. Mais puisque tu es là, allons à la ferme pour y jeter un coup d'œil.

Il s'installa aussi confortablement qu'il le pouvait et boucla sa ceinture. Brianne démarra le moteur et la climatisation commença à chasser l'écrasante chaleur de la voiture.

— Qu'est-ce que tu vas faire de l'argent? demanda-t-il.

— Ce que Papy a dit.

Brighton se tourna vers elle.

— C'est quoi cette histoire, d'ailleurs? Tu as besoin d'argent et tu ne me le dis pas?

— Je n'ai pas besoin d'argent. Mais j'ai exagéré les bénéfices de la bourse, un tout petit peu. Ils vont payer tous les frais d'inscription, mais les heures d'enseignements que je vais donner ne me permettront pas d'en vivre, même si je me nourris exclusivement de pâtes. Cet argent me permettra donc de terminer mon diplôme dans les trois ou quatre prochaines années, sans m'obliger à prendre un autre petit boulot en parallèle. Je ne veux pas y passer toute ma vie.

Ils s'arrêtèrent à un feu rouge.— Je sais que tu t'es toujours assuré que je disposais de ce dont j'avais besoin et tu paierais pour mon doctorat sans même y réfléchir. Mais je ne veux pas que tu le fasses. Il est temps que tu aies ta propre vie et tu n'y parviendras pas si tu continues à me soutenir financièrement. J'ai besoin de me débrouiller toute seule et tu dois me laisser faire.

Le feu passa au vert. Ils démarrèrent.

— J'ai ma propre vie, remarqua-t-il.

— Tu restes à la maison à travailler, regarder la TV, travailler, me parler au téléphone, travailler, dormir, aller nulle part, travailler, prendre soin de ton genou et de ta jambe, travailler... Tu vois où je veux en venir.

— Je travaille, grogna-t-il.

— Tu travailles beaucoup. Et tout ce que tu as gagné, tu me l'as donné. À partir d'aujourd'hui, je prendrai soin de moi et tu pourras vivre ta vie. Tu es un propriétaire terrien maintenant. Beaucoup de gens vont venir frapper à ta porte.

— Je t'en prie. À t'entendre, on se croirait encore au Moyen-Âge.

— Tu dois faire en sorte que cette terre te rapporte de l'argent. Et c'est tout à fait possible. Elle est bonne, elle l'a toujours été. Je ne crois pas que Papy l'ait beaucoup exploitée récemment. Elle est donc en jachère, ce qui est très bien pour qu'elle se régénère. À toi de décider ce que tu vas en faire.

— Ça serait plus simple de la vendre, annonça-t-il, en regardant défiler les maisons et les centres commerciaux à travers la vitre.

— Je te l'interdis, le réprimanda-t-elle sévèrement. Oui, Tante Vera et Oncle Raymond nous ont recueillis à la mort de Papa et Maman, mais ils l'ont fait par obligation et se sont assuré qu'on ne l'oublie à aucun moment. Ils ont traité Mick, Tim et Jill comme s'ils étaient des membres de la famille royale et nous autres des bâtards.

Brighton laissa échapper une exclamation.— Ne fais pas semblant d'être surpris. Je sais très bien que tu as pris le pire de leur colère et de leur rancœur pour essayer de me protéger. Mais j'ai des yeux, et je ne suis pas stupide.

Elle ralentit et prit le dernier embranchement.— Tu es un grand frère génial. Je veux que tu fasses ce qui te rendra heureux.

— Merci.

Brighton ne sut pas quoi dire d'autre.— Je crois que je suis un peu dépassé par la situation.

La voiture ralentit et Brianne tourna pour prendre la petite allée familière, puis s'arrêta devant la maison.

— Qu'est-ce qu'il se passe ?

La voiture de leur tante était garée près de la bâtisse.

— Mets ta voiture derrière la leur.

Brianne se tourna vers lui et lui offrit un sourire diabolique. Elle s'exécuta, s'arrêtant à quelques centimètres de leur pare-chocs. Tante Vera et Oncle Raymond n'iraient nulle part à moins que ces derniers ne leur passent dessus ou traversent le garage. Brighton sortit, de même que Brianne. Ils les virent arriver depuis le coin de la maison. Chacun portait une boîte en carton.

— Je vous conseille de faire demi-tour et de reposer tout ça, fit Brianne d'un ton sec.

— Mais Papa voulait que ces objets me reviennent, commença Tante Vera.

— Si c'était le cas, il les aurait indiqués dans le testament. La ferme et son contenu reviennent à Brighton.

Elle se précipita vers eux telle une furie.— Tout ça appartient à mon frère et je le connais : si vous en aviez fait la demande, après réflexion, il vous aurait probablement donné ce que vous désiriez, cependant vu la situation, je pense que vous venez de vous saborder. Il ne vous donnera rien.

Tante Vera leva la boîte. Brighton pouvait voir qu'elle était sur le point de la laisser tomber.

— Nous allons bien voir, déclara-t-elle.

— Ne t'y amuse pas, avertit Brianne d'un ton menaçant, en s'avançant vers elle.

Elle lui arracha le carton des mains, se retourna et le fourra dans les bras de Brighton. Il laissa tomber sa canne et parvint à ne pas perdre l'équilibre lorsqu'il le saisit.

— Après tout ce qu'on a fait pour vous ! bredouilla Oncle Raymond.

Brighton se demandait souvent si celui-ci pouvait seulement parler. En réalité, il n'avait que rarement l'occasion de placer un mot.

— Et qu'avez-vous fait exactement ? demanda Brianne. Nous étions des gamins qui avions perdu leurs parents. Vous nous avez traités comme si nous étions une contrainte. Nous avions besoin de soutien, de compréhension et d'attention, mais tout ce qu'on a eu, c'était des revendications et des remarques sarcastiques. Ou alors vous nous ignoriez. Par votre faute, nous ne nous sommes jamais senti les bienvenus quand nous étions chez vous, et pendant ce temps, l'argent de nos parents…

— Nous l'avons utilisé pour votre seul bénéfice, coupa Tante Vera.

— Non, vous l'avez dépensé en séjours à Disney World, daignant à peine nous amener avec vous. Je sais très bien ce que vous avez fait et comment nous l'avons vécu, mais tout ceci appartient au passé. Maintenant, vous allez faire demi-tour, remettre tout en place. Et ça inclut ce que vous avez déjà dans la voiture. Sinon, j'appellerai la police et m'assurerai que vous soyez arrêtés pour vol. Brighton est peut-être trop gentil, mais je ne le suis pas.

Elle leur lança un regard noir et récupéra la boîte qu'Oncle Raymond tenait, la plaçant sur le sol près de la maison. Puis, elle prit l'autre des bras de son frère, qui laissa échapper un soupir de soulagement, car il était sur le point de la laisser tomber ou de perdre son équilibre. Elle ramassa sa canne et la lui tendit.

— Va à l'intérieur. Je m'occupe de ces deux-là.

— Il n'y a rien dans notre voiture, affirma Tante Vera.

Brighton l'ignora. Sa sœur avait l'énergie, il la laissa donc régler la situation. Apparemment, elle avait besoin d'évacuer toute la rancœur qu'elle avait accumulée durant des années. Il n'allait pas essayer de l'arrêter.

— Vous ne partirez pas tant que je n'aurai pas tout vérifié, déclara-t-elle. Et cela veut dire que tu vas vider ton énorme sac à main.

Brighton avança sous le porche jusqu'à la porte. Il n'entra pas immédiatement. Au lieu de ça, il prit quelques secondes pour regarder tout autour de lui. Le fauteuil à bascule, qui était aussi vieux que les collines, occupait toujours la même place sur la terrasse couverte. Son grand-père avait passé de nombreuses heures à y fumer sa pipe. Apparemment, leur grand-mère ne l'avait jamais laissé fumer dans la maison, et même après sa mort, il n'avait pas changé cette vieille habitude. Brighton s'assit et plaça ses mains sur les bras du fauteuil. Des voix lui parvinrent, mais il les ignora, se balançant d'avant en arrière lentement. En toute logique, ce siège en bois aurait dû être inconfortable, mais ce n'était pas le cas. Il eut la sensation qu'il était adapté à sa physionomie. Et quand ses muscles perpétuellement tendus commencèrent à se détendre, il soupira d'aise.

Finalement, Brianne alla garer sa voiture un peu plus loin, permettant à celle de sa tante et de son oncle de faire demi-tour. Cette dernière quitta la cour et s'engagea avec insolence dans l'allée. Brighton savait bien qu'il projetait leur attitude sur leur véhicule, mais ce fut vraiment l'image qui lui resta.

— Tu les as bien énervés, déclara-t-il, alors que Brianne montait les quelques marches du porche avec une des boîtes.

— Sais-tu ce qu'elle avait dans son sac? Tous les bijoux de Mamie. Tout ce que Papy lui avait offert depuis leur rencontre. Et dans les cartons…

— J'ai pensé à ça quand j'ai vu qu'ils s'étaient précipités ici après le notaire. Si nous étions arrivés dix minutes plus tard, ils seraient déjà partis.

— C'était exactement ce qu'ils étaient en train de faire, dit Brianne, en apportant la boîte à l'intérieur.

Elle fit un aller-retour pour aller chercher le second carton, le laissa à l'intérieur et revint sous le porche

— Ils avaient même pris les vases que Papy avait offerts à Mamie. Tu sais, ceux qu'il avait achetés lors de son voyage en Angleterre, il y a des années.

— Ceux de la manufacture Wedgwood? demanda-t-il.

— C'était ce que l'autre mégère était sur le point de casser. Puisqu'elle ne pouvait pas les avoir, personne ne le pourrait. Eh bien, je suis tentée de…

— Laisse tomber. Tu les as bien laminés et ils sont partis avec la queue entre les jambes. On ne les reverra pas de sitôt.

— Mais…

— Ils vont nous mettre le reste de la famille à dos, mais on s'en fiche. Nous n'avons pas vu les cousins éloignés depuis une éternité.

Brighton ferma les yeux.

— Est-ce que tu veux venir à l'intérieur?

— Non, répondit-il. Je vais rester assis ici pendant un moment. Ne m'attends pas, vas-y, prends ce que tu veux.

Il n'allait rien lui refuser.

— Il y a quelques objets que j'aimerais. Je les mettrai sur la table pour que tu les voies avant de me donner ta permission.

Elle entra dans la maison et silencieusement ferma la porte derrière elle, le laissant seul avec le vent et les souvenirs de son grand-père.

BRIGHTON PERDIT la trace du temps qu'il passa dans le fauteuil à bascule de son grand-père. La température était douce et la brise parfaite. Mais au bout d'un moment, les bruits d'activité firent irruption. Il se leva et, utilisant la canne pour se stabiliser, atteignit l'extrémité du porche. À l'ouest, d'énormes copropriétés s'étendaient à perte de vue : de ce côté, il y avait des bâtiments dont les murs extérieurs étaient plaqués d'aluminium bleu clair, avec des bordures blanches qui semblaient ne jamais finir. De l'autre côté s'élevait un centre commercial tout au bout des terres de son grand-père – maintenant les siennes. Il savait que, derrière la maison, on avait casé sur des terrains aussi larges que des timbres-poste des maisons indépendantes et mitoyennes. Bien sûr, il pourrait obtenir beaucoup d'argent en vendant les terres, peut-être même des millions, mais c'était une oasis de verdure au milieu d'une forêt de maisons modernes de mauvais goût.

— Qu'est-ce que tu fais ? demanda Brianne.

— Je réfléchis, répondit-il sans se retourner.

— La maison est convenable et très bien bâtie, c'est certain, mais elle a besoin d'être rénovée. Sérieusement. La cuisine est celle que Mamie utilisait, rien n'a changé. Il y a certains travaux que tu vas devoir faire et, vite. Tout le réseau électrique est vétuste et doit être remplacé. Il n'y a pas de climatisation. Je suis descendu au sous-sol, qui est propre comme un sou neuf, mais j'ai vu le panneau électrique. Je dirais que c'est Thomas Edison qui l'a inventé en même temps que sa fameuse ampoule.

— Comment est-ce que tu sais tout ça ?

C'était loin d'être le cas de Brighton.

— Je lis beaucoup, répondit-elle, et j'adore tout ce qui touche à la science. Je m'intéresse à l'électricité, aux champs magnétiques et à leurs fonctionnements. Tu devrais le savoir.

— J'imagine, dit-il en rigolant. Je me souviens quand Maman et Papa t'ont offert une voiture de Barbie qui fonctionnait avec des piles. Tu as joué avec elle durant des années, puis tu as tout démonté pour voir comment ça fonctionnait.

Il se retourna.

— Tu penses que c'est habitable ?

— Bien sûr, répondit-elle. Il te suffit d'appeler un électricien et de faire faire des travaux. Tout est faisable et tu vas vouloir la clim. Je n'ai aucune idée comment Papy a vécu sans elle, mais il te la faut, d'autant plus que les ventilations installées aux fenêtres pourraient faire sauter les plombs. J'en ai trouvé une boîte entière au sous-sol.

Brighton hocha la tête.

— Allons faire le tour de la maison.

Il alla à l'intérieur. L'endroit était exactement comme il s'y attendait et se le rappelait. Le salon avait le même canapé et les chaises qu'il y avait toujours vues. C'était un peu comme découvrir une pièce figée dans le temps, cinquante ans en arrière.

— J'ai vérifié l'étage, qui a besoin d'un bon nettoyage. Tout est recouvert par la poussière. Ce n'est pas que c'est dans un mauvais état, ça n'a pas été entretenu, voilà tout.

— Eh bien, ce n'est pas ma seule présence qui va arranger les choses.

Les escaliers constituaient un problème pour lui. Surtout ceux qui menaient à un étage supérieur – il détestait ça. Mais là encore, peut-être était-il temps qu'il apprenne à les utiliser pour avancer dans la vie.

— Les chambres sont grandes. Il y a même une énorme baignoire, précisa sa sœur avec un large sourire. Nettoie tout ça et tu vas adorer. La salle de bain, c'est le pied. C'est vieux, mais mince, la pièce est super grande. Il y a assez d'espace pour une armée ! Je serais presque jalouse. Quand j'étais petite, je la trouvais grande, mais on garde parfois des souvenirs déformés de son enfance.

Il explora le rez-de-chaussée, puis s'arrêta au pied des escaliers et regarda en haut.

— Je me demande s'il y a toujours des animaux. Il faudra les nourrir et leur donner de l'eau si c'est le cas. Dieu sait que notre tante et notre oncle les laisseraient mourir de faim dans leur précipitation pour vendre le domaine.

Il se détourna de l'escalier imposant, il pourrait toujours résoudre ce problème-là plus tard.

— Je vais vérifier, déclara sa sœur. Mais je ne nettoie aucune stalle. Ce matin, je ne me suis pas habillée pour travailler dans une ferme.

Brighton se trouvait dans le même cas. Et dire qu'il pensait recevoir un peu d'argent et rien de plus !

— Je vais t'accompagner. Ensemble, on peut certainement sauver de la famine n'importe quel animal.

C'était ce qu'il fallait espérer. Il marcha lentement, fermant la porte d'entrée derrière eux. Brianne traversa le jardin à grandes enjambées et ouvrit la porte de la petite grange. Il entra. Des animaux se mirent à bêler et à chevroter. Un poney releva la tête et l'observa avec des yeux tristes. Brighton regarda l'intérieur de la stalle et vit que la mangeoire et l'abreuvoir étaient vides.

Brighton jura, en regardant autour de lui.

Il trouva une balle de foin, parvint à défaire la ficelle et à laisser tomber du foin dans la mangeoire.

— Est-ce qu'il y a un seau ?

— J'en ai trouvé un par ici. Personne n'a d'eau et presque toutes les mangeoires sont vides, l'avertit Brianne depuis l'autre côté de la grange.

Elle ouvrit une porte et déclara :

— Il y a de la nourriture ici. Dieu merci, c'est étiqueté. Je n'ai aucune idée de la quantité à donner, mais nous allons faire de notre mieux.

— Je m'occupe de la nourriture si tu vas chercher de l'eau. Commence par le poney.

Brianne acquiesça et se mit à transporter des seaux d'eau depuis le robinet qui se trouvait à l'intérieur de la grange. Comme aucun des deux ne trouva de tuyau d'arrosage, Brighton l'ajouta à la liste grandissante d'objets à se procurer qu'il dressait dans son esprit. Et ce fut une nouvelle activité qui s'ajouta à toutes celles qui lui fichaient la trouille et à cause desquelles il était persuadé qu'il ne s'en sortirait jamais seul. Quant à savoir comment son grand-père avait pu faire boire les animaux, il n'en avait aucune idée, mais ce dernier avait toujours été têtu et il faisait toujours tout à sa manière.

Avec une seule main, il nourrit les quatre chèvres et les quatre brebis. Brianne s'assura qu'elles avaient toutes de l'eau.

— Nous pourrions aussi bien les laisser libres dans leur enclos si nous restons ici pour un moment, proposa-t-elle.

Elle ouvrit les portes et, quelques minutes plus tard, les animaux sortirent vagabonder dans leur enceinte. Ensuite, elle rejoignit Brighton au centre de la grange.

— Je peux venir pour quelques jours t'aider avec le nettoyage et veiller à ce que les animaux soient nourris. Mais, pour cet endroit, tu as besoin de bien plus d'aide que je peux t'en fournir.

— Je sais, soupira Brighton. Je n'arrête pas de penser que je devrais me contenter de vendre et de donner à tout le monde sa part. Je hais cette idée, mais je ne peux pas m'occuper d'un lieu pareil. J'arrive à prendre soin de moi, mais ça ne va pas plus loin.

Il avait la sensation qu'un tsunami allait s'abattre sur lui.

— Respire, grand frère, et avance un pas après l'autre. Il n'y a pas non plus à ce point d'animaux que la tâche en devienne titanesque. Il y en a neuf en tout.

Elle leva les yeux au ciel.— Tu n'as pas des troupeaux de chèvres et de moutons. Va sur internet, trouve des informations sur la manière de t'occuper d'eux, mets la main sur un tuyau, achète de la nourriture et lance-toi. Ça te fera du bien de prendre soin d'autre chose que de toi-même.

Brighton sentit son cœur s'affoler et il suffoqua. Il ferma les yeux et s'efforça de repousser la panique qui commençait à croître.

— C'est beaucoup trop, dit-il enfin.

— Mais bien sûr que non ! répondit-elle avec fermeté. Maintenant, tu tournes la page et tu arrêtes de t'apitoyer sur ton sort. On t'a fait un cadeau aujourd'hui, ne va donc pas le gâcher.

Elle plaça ses mains sur ses hanches et lui lança un regard noir.— Où est l'homme qui s'est opposé à Tante Vera lorsque nous étions enfants et qui lui a dit d'aller se faire voir quand elle ne pensait pas que je devrais aller à l'université ? Si ma mémoire est correcte, tu lui as dit que j'allais à l'université, car « *j'allais devenir quelqu'un de plus important que la vieille bique qu'elle était* ».

Brianne se mit à sourire.— Tu avais du cran et de la confiance en toi !

— Ça a disparu il y a à très longtemps.

— Eh bien, il est temps que tu reprennes les choses en main, parce que Brighton le peureux commence à me taper sur les nerfs.

À ce moment-là, elle ressemblait tellement à leur mère. Elle poursuivit :

— Plutôt que de te concentrer sur ce que tu ne crois pas savoir faire, découvre ce dont tu es capable. Pour le reste, tu trouveras des gens pour t'aider.

Brianne sortit de la grange pour prendre le soleil.— Tout ça, c'est un petit coin de paradis au milieu de la banlieue. Ou ça pourrait le devenir. Tu pourrais en faire *ton* petit coin de paradis. Tu n'as pas à suivre l'exemple de Papy ou écouter n'importe qui d'autre. Trace ta route.

— Comment est-ce que tu es parvenue à devenir à ce point futée ? C'est moi le grand frère. C'est mon boulot de donner des conseils.

— Oh, je t'en prie ! se moqua-t-elle, tout en souriant. J'ai toujours été la plus futée et tu le sais !

Elle plaça son bras autour de son épaule.— Allons maintenant dans la maison et voyons ce qui convient pour le moment et ce qui doit être fait.

Brighton hocha la tête et la suivit à l'intérieur.

— Je vais en bas chercher le seau que j'ai vu.

Elle partit et Brighton entendit ses pas dans l'escalier. Elle revint avec des seaux qu'elle avait remplis avec tous les produits de nettoyage qu'elle avait pu trouver. Puis, elle trimbala des chiffons, des balais et le matériel nécessaire à l'étage.

Brighton sortit son téléphone et la carte de visite du notaire. Il composa le numéro et demanda à parler à Maître Granger. Quand il l'eut à l'appareil, il lui dit :

— Maître, je pense que je vais avoir besoin d'aide.

— Appelez-moi Arthur. Je ferai ce que je peux.

Brighton lui raconta la visite de sa tante et de son oncle. Arthur n'était pas du tout content.

— Nous utiliserons ça à notre avantage si jamais ils commencent à nous causer des soucis.

— Je vous remercie. Brianne et moi-même sommes à la ferme. C'est évident que je ne pourrai pas m'en sortir tout seul. Les animaux n'avaient pas de nourriture ni d'eau quand nous sommes arrivés.

— Votre tante m'a dit qu'ils allaient s'occuper d'eux.

— Eh bien, ça m'étonnerait qu'ils aient tenu parole. Il n'y avait plus rien. Bref, nous nous sommes occupés des animaux et ils vont bien. Si votre cousin est intéressé, il peut venir me voir à la ferme demain après-midi et nous discuterons.

— Très bien. Mais je vous le répète : vous n'êtes en rien obligé de l'embaucher. Si vous ne voulez pas, je comprendrai tout à fait.

— Je vous remercie. Lui et moi discuterons et puis nous verrons bien ce que nous en pensons tous les deux.

C'était tout ce que Brighton pouvait promettre, mais il était un peu désespéré.

— Sage décision, déclara Arthur, avant de faire une pause, et Brighton entendit le bruissement de feuilles que l'on consulte. Votre tante a appelé il y a un moment. Apparemment, elle veut toujours s'occuper des funérailles. Votre grand-père a déjà été incinéré. Il souhaitait que ses cendres soient répandues à la ferme.

— Avec Brianne, nous nous en occuperons après la cérémonie.

— Elle a dit qu'elle avait décalé la date de celle-ci à dimanche.

Brighton jura entre ses dents.

— Évidemment, ça a lieu dimanche ! C'est le jour où Brianne reçoit son diplôme et elle ne va pas le manquer. Tante Vera est d'une méchanceté !

Il respira profondément.— J'imagine, d'après ce que vous me dites, que vous êtes l'exécuteur testamentaire.

— Tout à fait.

— Très bien. Dans ce cas, rappelez-lui que ce n'est pas à elle de s'en occuper et remettez-la à sa place. Nous avons déjà eu le plaisir de le faire aujourd'hui. J'imagine que c'est à votre tour, dit-il avec un sourire.

— Je ne voulais pas causer de tensions inutiles à l'intérieur de votre famille.

— C'est un peu tard pour ça, remarqua Brighton non sans esprit.

— Je vais m'occuper de tout ça de mon côté.

— Merci.

La situation était ridicule et il n'allait pas supporter sans broncher que Tante Vera se comporte de cette manière. Comment pouvait-elle faire ça à son propre père ? Qu'il repose donc en paix et que sa famille puisse lui dire au revoir.

— J'apprécie votre aide, poursuivit-il. Il m'est juste impossible de gérer la mesquinerie de ma tante en ce moment. Je pourrais lâcher Brianne sur elle, mais nous finirions peut-être avec des doubles funérailles et un procès pour meurtre.

Arthur eut un petit rire

— Je m'en occuperai, affirma-t-il.

Brighton le remercia de nouveau et raccrocha. Il détestait le mettre au centre d'une dispute familiale, mais c'était sa tante qui se comportait de manière vindicative et il n'avait pas l'énergie de la combattre maintenant.

— Tu étais au téléphone ? demanda sa sœur depuis l'étage supérieur.

— Oui. Le notaire nous envoie son cousin demain. J'ignore s'il peut aider ou s'il sera même intéressé, mais je dois essayer.

Il fit une pause avant de se décider à le lui dire.— Vera prépare un sale coup. Elle a dit qu'elle avait besoin de déplacer la commémoration à dimanche.

— Quelle vieille peau !

— Ne t'inquiète pas. J'ai lâché le notaire sur elle. Il va s'en occuper. Elle avait déjà tout organisé, donc elle veut juste être méchante.

Puisque sa jambe commençait à trembler, il sortit s'asseoir dans le fauteuil du porche. Il aurait dû aller à l'étage pour essayer d'aider Brianne, mais la douleur dans son membre inférieur était une preuve irréfutable qu'il avait fait tout ce qu'il pouvait pour la journée.

— Je déteste ça, affirma-t-il à voix haute.

Pour dire la vérité, il se sentait inutile la plupart du temps. Il pouvait travailler et se savait bon dans son travail, mais fonctionner dans le monde réel était un casse-tête. Il ne pouvait pas conduire. Il ne contrôlait pas assez bien les muscles de sa jambe droite pour appuyer sur l'accélérateur et la pédale de frein avec la finesse nécessaire. Durant trois mois, il avait espéré que sa jambe guérirait. C'était ce que les médecins avaient affirmé, mais cela n'était pas encore arrivé.

Son téléphone sonna. Brighton répondit même s'il ne reconnaissait pas le numéro.

— Bonjour, c'est bien Brighton? demanda un homme avec application.

— Oui.

— Je suis… Tanner. Est-ce que… ça va si je viens… demain à… neuf heures?

Après avoir vérifié avec sa sœur qu'elle pourrait le conduire à la ferme le matin, Brighton déclara :

— Bien sûr. Je vous verrai ici à la ferme. Est-ce que vous avez l'adresse?

— Oui.

Il s'attendit à ce que Tanner la lui répète, mais ce ne fut pas le cas.

— Très bien. Dans ce cas, je vous vois demain.

Brighton se retrouva dérouté par cette conversation. Arthur avait dit que son cousin ne parlait pas beaucoup. Tout à coup, sa décision de le rencontrer ne lui apparut plus comme excellente.

Il resta assis durant quelques minutes supplémentaires jusqu'à ce que la culpabilité de ne rien faire, pendant que Brianne travaillait, fût trop forte. Il s'appuya sur sa canne et ouvrit la porte. Son grand-père pensait qu'il pouvait y arriver, ou alors il ne lui aurait pas laissé la ferme. Brianne le pensait aussi, il devait donc se ressaisir et se lancer.

Il marcha jusqu'au pied des escaliers et regarda vers le haut. Il monta la première marche.

— Bree, appela-t-il.

Elle apparut en haut des marches.

— Viens prendre ma canne.

Elle descendit les escaliers rapidement et la récupéra. Ensuite, il mit ses deux mains sur la rampe et gravit lentement les marches.

— Pourquoi est-ce que tu fais ça? lui demanda sa sœur quand il en était à la moitié.

— Parce qu'il faut bien que je puisse bouger dans ma propre baraque si je dois y vivre.

Il n'avait pas voulu employer ce ton sec, mais c'était ainsi que c'était sorti. Quand il parvint tout en haut, il était en nage. Il récupéra sa canne, que lui tendit sa sœur.

— Alors, qu'est-ce qu'on fait ? demanda-t-il.

Ils passèrent un certain temps à enlever la poussière et les toiles d'araignée dans quelques chambres. Il se contenta de défaire les lits et de vider des tiroirs remplis de linges qui avaient connu de meilleurs jours. Brianne eut l'amabilité de monter et de descendre les escaliers à sa place.

— Je pense que j'ai besoin de manger. Nous en avons fait assez, déclara-t-il, entre deux quintes de toux.

La poussière commençait à devenir trop épaisse dans l'air. Ils avaient trouvé quelques ventilateurs, qui, placés au bon endroit, avaient aidé à évacuer l'air par les différentes fenêtres.

— Au moins, j'ai nettoyé une chambre que tu peux utiliser si tu veux.

Elle rassembla les produits et les mit dans la salle de bain.— Je suis sale, j'ai besoin d'une douche.

Elle prit la canne de son frère et le bras de celui-ci pour l'aider à descendre l'escalier, ce qui était plus simple que de les monter.

— J'ai une seule question : après ma douche, une fois que j'aurai changé de vêtements, où est-ce que tu m'amènes manger ?

Ils atteignirent le rez-de-chaussée sans incident.

— Où tu voudras, dit-il en récupérant sa canne et en partant en direction de la porte d'entrée. Mais avant que je te nourrisse, nous devons donner à manger aux animaux et les rentrer pour la nuit.

— Esclavagiste, s'exclama Brianne avec humour.

Elle se rendit à la grange à toute vitesse. Il entendit ses appels à l'intérieur de la grange, de même que ses jurons, puis il la vit finalement revenir.

— Ils sont rentrés. Aucun ne voulait venir jusqu'à ce qu'ils entendent la nourriture. J'ai tout fermé, mais j'ai bien peur que les enclos doivent être nettoyés bientôt. Et je te préviens, je refuse d'avoir affaire au crottin.

Brighton leva les yeux au ciel.

— Tu sais que j'avais l'habitude de te changer quand tu étais un bébé.

— Ne va pas sur ce terrain, l'avertit Brianne. Tu as utilisé cet argument pendant des années, mais ça ne marche plus maintenant, pas plus que de me rappeler la fois où je t'ai fait pipi dessus. Tu peux essayer de me culpabiliser autant que tu veux, je ne nettoierai pas les enclos. Est-ce que tu as fermé la maison à clé ?

— Je m'en occupe tout de suite.

Il se retourna, ferma la porte, puis utilisa la clé que le notaire lui avait remise pour la verrouiller.

— Je pense que je devrais changer les serrures. J'aurais peut-être dû faire ça aujourd'hui.

Il mordilla sa lèvre inférieure.— Je m'en occuperai demain.

— Si jamais il manque quelque chose, nous appellerons la police et leur raconterons ce qu'il s'est passé. Ils fouilleront la maison de Vera et de Raymond en priorité. Ceux-là seraient bien idiots d'essayer à nouveau.

Elle fit une pause, secouant sa tête.

— Est-ce que tu veux rester ? demanda-t-elle.

— Non, je veux rentrer à la maison.

La journée avait été éprouvante et Brighton avait besoin de réfléchir.

— Allons-y, continua-t-il. Tu peux te doucher à mon appartement. Je nous ferai livrer de la nourriture. Nous pourrons nous détendre et tu me parleras de ce que tu vas étudier durant ton doctorat.

La plupart du temps, il ne comprenait rien à ce qu'elle lui racontait, mais il l'écoutait toujours.

— Non, je veux m'abrutir devant la télévision et ne penser à rien.

— Ainsi soit-il !

Ce fut la meilleure idée qu'il entendit de toute la journée.

BRIANNE PASSA finalement la nuit sur le canapé. Comme ils étaient restés éveillés tard dans la nuit et s'endormaient déjà, il avait refusé qu'elle conduise jusqu'à chez elle dans cet état. Le lendemain matin, après avoir éveillé les muscles engourdis de sa jambe, il s'habilla et prépara le petit-déjeuner. Ce n'était pas grand-chose, juste du bacon avec des œufs, mais l'odeur attira Brianne dans la cuisine avant qu'elle ait eu le temps de pleinement se réveiller.

— Oh mon Dieu…

— Assieds-toi, mange. Nous partirons ensuite.

— Quelle heure est-il ? demanda-t-elle, en cherchant du regard une horloge.

— Huit heures. Tanner arrive à la ferme à neuf heures.

Dans chacune des assiettes, il plaça les œufs à côté du bacon. Puis, il ajouta quelques tranches supplémentaires dans l'assiette de sa sœur, avant de la lui tendre. Il savait comment l'amadouer : elle aimait le porc. Elle mangea, à moitié ensommeillée, en s'appuyant sur la table.

— Je n'en reviens pas que tu me réveilles à l'aurore, bougonna-t-elle. Elle n'était pas du matin.

— Oh, je t'en prie. Il est huit heures et je te nourris, dit-il avant de mâcher une tranche de bacon.

— Tu es pardonné.

— Génial, car nous devons partir dans dix minutes.

Il garda ses distances pour éviter d'être la cible de sa mauvaise humeur et termina de manger. Puis, il mit sa vaisselle dans l'évier et, lorsque sa sœur eut terminé, il fit de même avec la sienne. Elle quitta la cuisine avec un long grognement, avant de revenir quelques minutes plus tard, habillée, mais guère en meilleure forme.

— Tu te débrouilles tout seul aujourd'hui, avertit-elle. J'ai des choses à faire de mon côté, mais je reviendrai à la ferme avant l'heure du dîner pour te ramener à la maison. Je te suggère de vérifier que tu as bien de la nourriture pour le déjeuner.

— Je me ferai livrer à manger, dit-il avec un sourire malicieux.

Ils quittèrent son appartement et elle le conduisit à la ferme. Il la remercia et eut en retour une réponse incompréhensible.

— Tu pourrais au moins m'aider avec les animaux avant de partir.

Elle coupa le moteur et détacha sa ceinture. Elle marmonna pendant tout ce temps, ne s'arrêtant à aucun moment alors qu'elle se rendait à la grange, ouvrait les portes et faisait déguerpir les « monstres » dehors.

— Ils ont de l'eau et de la nourriture. À toi de jouer. Je te vois plus tard.

Brighton la rejoignit à la porte de la grange et la vit s'arrêter et ouvrir grand les yeux.

— Qu'est-ce qu'il se passe ? demanda-t-il, en suivant son regard. Oh !...

Il ne put retenir cette exclamation lorsque l'homme le plus grand qu'il ait jamais vu marcha dans l'allée. Un chapeau de cowboy était posé sur sa tête, une paire de jeans serrée épousait des cuisses aussi larges que des troncs d'arbre et une chemise en flanelle menaçait de craquer si jamais il prenait une inspiration trop profonde.

— Doux Jésus, murmura-t-il, en regardant l'étranger s'approcher.

Brianne, qui jusqu'à présent avait voulu déguerpir au plus vite, se figea soudainement. Brighton ne pouvait pas lui en vouloir. Il cligna deux fois des yeux, avant de quitter la grange. Il se mit à marcher lentement, prenant appui sur sa canne. L'étranger était maintenant assez proche pour que Brighton puisse voir des cheveux blonds dépasser de dessous son chapeau et des yeux aussi bleus qu'un ciel d'été.

— Bonjour, dit l'étranger avec une voix grave et retentissante. Je suis T-Tanner.

Brighton s'appuya sur sa canne, respirant lourdement, la bouche sèche. Mince, cet homme était splendide, d'une beauté sauvage, presque brute. Il mit ces pensées de côté, toutefois, car elles n'étaient en rien appropriées, et ce pour plusieurs raisons. Pour commencer, Tanner pourrait le briser en deux aussi facilement qu'une brindille, ensuite, si Brighton l'engageait, il ne s'autoriserait rien d'intime avec un employé.

Arrête, hurla-t-il en son for intérieur. Ses pensées allaient trop vite en besogne.

— Je m'appelle Brighton. Et visiblement, j'ai hérité de cet endroit, mais comme vous avez dû le deviner, les tâches agricoles ne sont pas vraiment dans mes capacités.

Il commença à partir en direction de la maison.— Comment est-ce que vous êtes arrivé ici ?

Tanner indiqua une moto qui était garée près de la route. Brighton se demanda pourquoi il l'avait laissée si loin de la ferme, mais s'abstint de poser la question. Tanner, de toute manière, n'était pas du genre à faire la conversation.

— Je suis Brianne, sa sœur.

Elle tendit la main en direction de Tanner, qui eut l'air mal à l'aise, mais la serra quand même.

— Tu n'avais pas des choses à faire ? demanda Brighton à sa sœur.

Elle lui frappa l'épaule.

— On se voit plus tard, déclara-t-elle.

Elle marcha jusqu'à sa voiture tout en rigolant. Il la salua alors qu'elle montait dans la voiture et partait. Enfin, il se tourna vers Tanner.

— Est-ce qu'on peut aller parler sous le porche ? J'ai besoin de m'asseoir. Ma jambe me fait mal, car je suis resté debout trop longtemps.

Il traversa le jardin en clopinant, monta les deux marches et s'assit dans le fauteuil à bascule. Certaines journées, il se sentait sacrément vieux. Il fit un signe vers l'autre chaise. Tanner s'assit sur le bord de celle-ci comme s'il était prêt à s'enfuir à tout moment.

— Arthur m'a dit que vous aviez travaillé dans un ranch du Montana.

Tanner hocha la tête. Il retira son chapeau, qu'il plaça sur ses genoux, et acquiesça de nouveau. Brighton n'obtint pas d'informations supplémentaires.

— Quel type de travail est-ce que vous faisiez?

— Des trucs… de ranch.

Il attendit, mais aucune élaboration ne suivit.

— Avez-vous fait des réparations?

Tanner hocha la tête.

— Pris soin des chevaux et des animaux?

Il acquiesça de nouveau, sans parler, mais son attention était rivée sur Brighton sans aucun doute possible.

— J'ai besoin de quelqu'un pour nourrir les animaux, nettoyer la grange et aider avec les réparations. Mon grand-père n'avait pas pu faire grand-chose et c'est difficile pour moi de tirer et de porter quoi que ce soit.

Il lui était difficile de savoir s'il se faisait comprendre. Arthur avait dit que son cousin ne parlait pas beaucoup, mais il n'avait pas indiqué qu'il était presque muet.

— Est-ce que vous comprenez?

Tanner ouvrit la bouche, mais aucun son ne sortit dans un premier temps.

— Oui, je peux… aider.

Il se leva et, sans ajouter un mot, alla à la grange. Il disparut à l'intérieur. Brighton resta assis durant une minute. Il s'apprêtait à se lever pour voir ce qui se passait lorsqu'il vit Tanner tirer une brouette pleine de litière crottée à l'extérieur. Il avait certainement regardé autour de lui et repéré le tas de fumier. Il la vida et revint dans la grange sans un mot.

Brighton n'était pas sûr de ce qui venait de se passer, mais il lui semblait bien qu'il avait embauché de l'aide. Il aurait à lui expliquer ce qu'il voulait, mais apparemment Tanner savait ce qu'il faisait et était prêt à se salir les mains. Brighton pouvait faire certaines tâches de son côté, mais beaucoup dépassaient ses capacités. La priorité pour le moment était d'installer Internet et son équipement de travail dans la maison s'il devait passer ses journées sur place. Pour la première fois depuis qu'il avait parlé au notaire, il eut la sensation que ça pourrait bien marcher. Mais, là encore, il avait l'habitude que les situations deviennent un enfer pile au moment où il pensait être sorti de l'auberge.

II

Tanner Houghton continua à travailler, poussant un soupir de soulagement silencieux en constatant qu'il allait apparemment obtenir du travail. Sa recherche durait depuis un mois maintenant et l'argent qu'il avait gagné dans le Montana avant de revenir dans la région diminuait comme une peau de chagrin. Bientôt, il ne pourrait même plus s'acheter à manger. Quand il s'était mis dans le pétrin là-bas... Non, il refusait d'y penser. Le souvenir était douloureux à de nombreux égards.

Dans l'enclos des chèvres, il enfonça sa pelle dans la litière sale et hissa la paille, lourde et humide, dans la brouette. L'effort qu'il fournissait était thérapeutique et sa familiarité apaisante. Tanner avait travaillé toute sa vie. Sa mère lui avait appris à toujours travailler dur. Ses paroles retentirent dans sa tête alors qu'il enlevait ce qui restait de litière. « *Mon fils, tu...* » Elle ne savait pas toujours comment lui annoncer les mauvaises nouvelles. « *Tu ne pourras jamais travailler avec les gens. Alors, mange, deviens fort et travaille dur.* » Puis, elle avait placé devant lui une énorme assiette de nourriture. Tanner s'arrêta une seconde pour penser à elle, puis il attrapa les bras de la brouette et se rendit à l'extérieur, là où se trouvait le tas de fumier.

Il voulait demander à Brighton, l'homme à qui il avait parlé plus tôt, s'il y avait un endroit où il désirait que le fumier soit répandu plutôt qu'empilé. Mais il fallait qu'il y réfléchisse : il ne voulait pas essayer de lui parler trop. Brighton pourrait bien ne pas le garder s'il découvrait que Tanner était ce que la plupart des gens appelaient un idiot. Il retourna à la grange et mit la main sur des balles de paille, qu'il utilisa entièrement pour le dernier enclos. Il lui faudrait annoncer à son employeur qu'il n'en restait plus.

Quand il eut fini, il regarda autour de lui cette grange assez petite et sourit tout en respirant profondément. Rien, à son avis, ne pouvait rivaliser avec l'odeur d'une grange nettoyée, sauf peut-être celle des champs après la pluie, au printemps, quand tout était propre et s'apprêtait à fleurir.

— Est-ce que vous voulez manger ?

Il sursauta légèrement et hocha la tête en guise de réponse. Il avait été à ce point plongé dans ses pensées qu'il n'avait pas entendu Brighton arriver derrière lui. Il se retourna et s'empêcha de sourire à cet homme menu, qui avait les yeux d'un bleu profond et les cheveux châtain. Au ranch, son cheval préféré avait cette même couleur. Lucy était la bête la plus douce qu'il connaissait. À son égard, en tout cas, car elle détestait tout le monde, mordait et se battait avec acharnement, sauf avec Tanner. Il l'avait comprise et lui réservait un traitement de faveur. Depuis son départ, il s'était demandé plus d'une fois si elle allait bien.

— J'ai juste assez pour des sandwichs. Ma sœur s'est contentée de s'assurer que je n'allais pas mourir de faim. J'espère que ça vous va. Venez à la maison dans quelques minutes.

Les lèvres de son employeur se crispèrent vers le bas au moment où il avança d'un pas. Tanner ne savait pas si Brighton avait mal ou si c'était la pensée de prendre son déjeuner avec lui qui lui déplaisait. Il repoussa cette réflexion. Ils venaient à peine de se rencontrer et il ne devait pas oublier que tout le monde n'était pas comme les autres ouvriers du ranch, qui auraient préféré mourir plutôt que de s'asseoir à ses côtés, au cas où ils auraient attrapé une maladie contagieuse.

— … Merci.

Il devait toujours y réfléchir à deux fois avant de commencer des phrases comme celle-ci. Son employeur se retourna et, lentement, revint à la maison. Rien qu'à le regarder, Tanner pouvait sentir sa douleur. Les muscles de son dos, de sa nuque et de ses jambes étaient raidis sous la tension, de la même manière qu'on pouvait sentir un cheval se mettre à boiter à travers son corps tout entier. Il aurait voulu l'aider, mais il était certain que ce serait s'immiscer dans ce qui ne le regardait pas. Il observa Brighton jusqu'à ce qu'il ait atteint la maison, puis il retourna dans la grange.

Quand il eut terminé son travail, il rangea tous ses outils, ainsi que la brouette, là où il les avait trouvés, puis il traversa le jardin en direction de la maison.

Incertain, il s'arrêta sous le porche, devant l'entrée. Devait-il frapper à la porte-moustiquaire, entrer directement ou attendre Brighton ? Il se décida à frapper et entendit des pas laborieux. Il y avait aussi le bruit de la canne sur le sol. *Tap… Tap… Tap…*

— Je n'aurais pas dû verrouiller la serrure, s'excusa Brighton.

Il souleva le loquet et poussa la porte pour l'ouvrir.

— J'ai tellement l'habitude de vivre en ville que je ferme tout à clé.

Tanner hocha la tête. Cela faisait un mois qu'il n'avait pas vécu dans un espace ouvert et cela lui manquait terriblement. Cette ferme et les champs autour n'étaient pas vraiment le type de larges étendues dont il avait l'habitude, là où il pouvait se tenir à un endroit et regarder dans toutes les directions sans rien voir d'autre que des champs à perte de vue. Ce n'était vraiment pas le cas ici, mais au moins il y avait des arbres et de la verdure entre eux et les horribles bâtisses bleues. Celles-ci ressemblaient à la maison de poupée que sa sœur avait eue lorsqu'elle était petite – criarde et en toc. Il entra dans la maison et suivit Brighton dans la cuisine. Il s'assit à un bout de la vieille table en Formica. Brighton fit mine d'aller chercher l'assiette de sandwiches qui avait été laissée sur le comptoir. Mais Tanner, se relevant aussitôt, fut plus rapide. Il la récupéra, ainsi que les verres qui se trouvaient à côté, et posa le tout sur la table.

— Il y a du thé glacé dans le frigo, déclara son employeur, tout en tirant une chaise pour s'y asseoir. Parfois, j'ai la sensation d'être un vieillard.

Tanner ouvrit la porte et sortit un vieux pichet en verre de couleur verte, identique à celui que sa mère avait possédé. Il se retourna et hocha la tête en signe de compréhension, avant de refermer le frigo.

— J'ai de bons jours et des mauvais. Aujourd'hui, c'est un mauvais.

Brighton posa sa canne contre le mur et se fit silencieux.

Tanner versa le thé et s'assit. Son estomac se rappela à lui, exigeant de la nourriture, mais il fit comme sa mère lui avait appris : il attendit que son hôte commence à manger. Celui-ci prit la moitié de ce qui semblait être un sandwich au jambon et Tanner fit de même. Dès qu'il mordit à l'intérieur, la mayonnaise et la moutarde forte remplirent sa bouche et il laissa échapper un grognement de satisfaction. Puisque la glace avait été brisée, il se permit de dévorer la nourriture. C'était un grand garçon, avec l'appétit qui allait avec, mais il se retint assez pour ne pas avoir l'air d'un porc.

Brighton se contenta d'un sandwich, puis il s'installa à son aise avant de boire son thé.

— Mangez autant que vous voulez, l'encouragea-t-il. C'est un peu basique, malheureusement.

Tanner se lança donc pour terminer l'assiette.

— J'ai pas mangé au... aussi bien d-dernièrement.

Il se mit à rougir et redevint silencieux.

— Arthur m'a dit que vous étiez silencieux. Est-ce que c'est à cause de votre bégaiement ?

Il hocha la tête. Les gens s'étaient moqués de lui quand il était petit. Ses professeurs avaient semblé croire que c'était leur rôle de le « soigner ». Ils avaient tous leur méthode, mais la plupart n'avaient fait que renforcer son complexe, si bien que son bégaiement avait empiré.

— Ouais.

— Je bégayais aussi quand j'étais petit. Ma mère m'a envoyé chez un orthophoniste, qui m'a aidé. Ça m'arrive encore de buter sur certains mots, déclara-t-il avec un sourire. Ne soyez donc pas désolé et n'allez pas croire que je vais mal vous juger à cause de ça. Il m'a fallu beaucoup de temps avant que je me sente à l'aise quand je parlais avec les gens.

— B...beaucoup de gens ont e-essayé de m'aider. P...personne a réussi.

Tanner respira avec plus d'aisance une fois qu'il eut dit ce qu'il voulait.

— Est-ce que le job vous intéresse ? demanda Brighton, et Tanner hocha la tête. Nous devrons décider de vos heures. J'aurai besoin de quelqu'un tous les jours pour prendre soin des animaux.

Il partit du principe que Tanner avait un endroit où vivre.

— O-OK.

— Avez-vous trouvé tout ce dont vous aviez besoin dans la grange ? demanda-t-il.

Nouveau hochement de tête.

— Est-ce qu'il nous manque des choses ?

— De la p-paille, du f-foin.

— Entendu. Faites-moi une liste. Il faudra que je voie comment me les procurer, soupira Brighton. Je ne peux pas conduire, donc... Il y a une camionnette.

Tanner le montra du doigt, puisqu'il avait la bouche pleine.— J'espérais plutôt que vous conduiriez, au moins pour le moment. Je pense que nous pourrions avoir besoin de nourriture pour les animaux. J'ai épluché les papiers de mon grand-père pour voir si je pouvais trouver ses fournisseurs. J'ai trouvé un ticket de caisse pour la nourriture. Du coup, je pense les appeler. Peut-être qu'ils pourront nous aider avec le reste aussi.

— Quoi d'autre ? demanda Tanner, convaincu par le plan d'action de son patron.

Il se dit qu'il lui faudrait trouver un morceau de papier afin de noter ce qu'il voulait dire.

— Je ne suis pas sûr de comprendre ce que vous demandez, déclara Brighton.

— Les tâches.

Il devait penser à un mot facile à prononcer. Il n'y parvint pas.— Rép...réparations.

Ce fut au tour de son employeur de hocher la tête.

— Il y en a beaucoup à faire. Commençons par les enclos. Je veux m'assurer que les animaux sont en sécurité et bien nourris. Ensuite, j'envisageais quelques réparations dans la maison. On m'a dit qu'il y a un verger quelque part dans la propriété. Les arbres auront probablement besoin d'attention.

— Arbres, répéta Tanner en secouant la tête.

Il ne savait pas s'occuper des arbres. Il pouvait presque tout réparer, renforcer des clôtures, ce genre de choses. Il pouvait aussi faire d'autres types de tâches, mais les arbres, c'était un domaine qui lui était inconnu. Il savait évidemment comment les abattre, mais il se doutait que Brighton avait autre chose en tête les concernant.

— On trouvera bien une solution. J'ai un ordinateur et je peux chercher sur internet ce qu'il faut faire. Ça ne peut pas être à ce point difficile.

Tanner n'en était pas si sûr, mais il acquiesça et termina de boire son thé. Quand il eut fini, il déposa les plats dans l'évier avant de quitter la maison. Il retourna à la grange pour vérifier tous les enclos. Certains poteaux de clôture étaient branlants et auraient besoin d'être remplacés. Il trouva un crayon et du papier. Il dessina chacun des enclos et y nota ces observations, qu'il amena à la terrasse, une fois terminées. Brighton était assis dans le vieux fauteuil à bascule, la tête en arrière, les yeux fermés. Il était mignon quand il dormait. La tension autour de ses yeux et de sa bouche avait disparu. Peut-être que la douleur qu'il ressentait disparaissait en partie lorsqu'il était endormi. Tanner ne voulut pas le déranger, aussi retourna-t-il silencieusement à la grange. Le bâtiment en lui-même était en bon état, mais une des portes avait besoin d'être consolidée. Il chercha donc les outils nécessaires et se mit à la réparer.

Le soleil était franc et la température élevée. En travaillant, il se mit à avoir chaud si bien qu'il dut déboutonner sa chemise et la jeter par-dessus la clôture. Cela lui permit de se rafraîchir. Il trouvait agréable d'avoir de nouveau le soleil sur sa peau. Il avait souvent travaillé torse nu au ranch. Les autres ouvriers avaient fait de même – enfin, jusqu'à ce que tout parte de travers. Tanner avait pu alors sentir les regards sur lui constamment et la plupart du temps il avait essayé de trouver des tâches qui le tenaient éloigné des autres.

Cela l'avait rendu plus facilement vulnérable. Toute la situation était vite devenue… Eh bien, un véritable pétrin. Il avait alors pris la décision de partir. Le problème ? La rumeur se propageait, et il avait dû aller de plus en plus loin pour trouver du travail jusqu'à ce qu'il parle à son cousin et que celui-ci le convainque de venir s'installer à la ville.

Il poursuivit son travail et termina cette réparation, ainsi que d'autres. À la fin, il se redressa et étira son dos qui lui faisait mal. Quand il se retourna, il vit que Brighton traversait lentement le jardin. Il se demanda s'il devait remettre sa chemise, mais se dit qu'ils étaient tous les deux des hommes et qu'il n'y avait aucun mal à travailler torse nu. Il faisait tellement chaud dehors qu'il avait transpiré à grosses gouttes. Il sortit les croquis de la poche arrière de son jeans. Lorsque son employeur fut assez près, il les lui tendit pour qu'il puisse voir ce dont ils avaient besoin.

— Entendu, répondit Brighton, légèrement surpris. Les enclos n'ont donc pas l'air d'être dans un si mauvais état que ça. Il y a juste quelques poteaux et quelques barrières à remplacer. Est-ce que le fil de fer tient le coup ?

Les enclos étaient entourés d'un grillage à l'intérieur pour que les animaux de petite taille et les petits ne puissent pas s'enfuir.

Tanner fit un signe de la main et Brighton acquiesça.

— J'ai trouvé où on peut trouver ce dont on a besoin. C'est à vingt-cinq kilomètres à l'ouest. Papy était un de leurs clients. Si nous prenons la camionnette, nous pouvons probablement la remplir et rapporter le matériel d'ici la fin de la journée.

— OK, accepta Tanner.

Il alla chercher sa chemise là où il l'avait laissée. Il s'assura ensuite que tous les animaux avaient de la nourriture et de l'eau, avant de suivre Brighton au garage. À l'intérieur se trouvait un véhicule assez récent. Brighton lui tendit les clés et monta du côté passager.

Pendant que Tanner s'installait, le téléphone de son employeur sonna. Il referma la porte et démarra le moteur pendant que Brighton parlait.

— Je vais bien, Brianne. ... Nous allons tous les deux acheter du matériel. Est-ce que tu as appelé le notaire ?

Tanner sortit du garage, contourna le jardin avant de pénétrer dans l'allée. Il ignorait où aller, mais son passager lui fit signe de tourner à droite.

— Eh bien, elle n'a pas à prendre ces décisions toutes seules. ... J'appellerai Tante Vera et réglerai la situation. Je tiens à ce que tu assistes à ta remise des diplômes. Papy aurait voulu la même chose. Tu as entendu ce qu'il a dit. Il était fier que tu ailles à l'université et que tu fasses quelque chose de ta vie.

Sa voix se brisa légèrement.— Je veux croire qu'il sera là-bas à tes côtés.

Il raccrocha et se tourna vers lui.

— Allez tout droit au rond-point et prenez la nationale. Conduisez jusqu'à l'autoroute 70 où il faut aller en direction de Frederick. Après huit kilomètres environ, vous sortirez. Le magasin de bricolage devrait se trouver dans le coin, d'après leurs indications.

Tanner hocha la tête et conduisit. Il ne savait pas bien s'orienter dans la ville. D'ailleurs, la plupart du temps, il s'y paumait. Mais il adorait être sur sa moto, même s'il préférait la conduire dans le Montana, où il pouvait aller aussi vite qu'il le désirait quand il avait besoin de vitesse.

Brighton passa un autre appel alors qu'ils approchaient de la nationale.

— Tante Vera, c'est Brighton, dit-il avec calme. Maître Granger m'a informé que tu avais décalé la cérémonie à dimanche.

Le véhicule se fondit dans la circulation. Tanner détestait les disputes familiales. La sienne était constamment déchirée par des luttes intestines, il y avait toujours une faction pour s'opposer à une autre. Mais peu importe la situation, sa mère et lui n'avaient jamais été en odeur de sainteté. Ou pour être exact, seuls ses cousins, Arthur et Riva, avaient toujours été bienveillants à son égard.

— Brianne va à sa remise des diplômes dimanche.

Une courte pause.— Non, elle ne va pas y renoncer et ça n'a rien à voir avec le fait qu'elle serait plus importante que Papy. Ça a plutôt à voir avec le fait que tu te comportes en vieille chouette mesquine. Papy aurait voulu qu'elle y aille et moi aussi. C'est pourquoi les funérailles auront lieu samedi après-midi, après la veillée. Si jamais je dois appeler Arthur…

Il y eut une autre pause. Tanner changea de file afin de préparer son entrée dans l'autoroute.

— Je sais que tu es en colère à cause de la ferme et du reste, mais c'est ainsi. Papy l'a décidé de cette manière, donc si tu veux être en colère contre quelqu'un, prends-t'en à lui, mais pas à nous.

Il s'arrêta de nouveau.— Très bien. Voici comment ça va se passer. Tu veux jouer à ce jeu ? Pas de souci, on sera deux. Les funérailles auront lieu samedi et tu prendras les dispositions comme tu l'as promis. En échange, je n'appellerai pas la police et tu ne seras pas arrêtée pour tentative de vol.

Tanner lança un regard à Brighton, le feu dans ses yeux le rendait excitant. Il était mignon quand il dormait. Mais bon sang, quand sa mâchoire se serrait et que son regard s'embrasait de la sorte, il était carrément difficile de lui résister. Tanner détourna son regard et se concentra sur la route. Il ne fallait surtout pas qu'il se mette à divaguer. C'était ce genre de pensées qui lui avait attiré des ennuis auparavant. Il n'allait pas recommencer. Il avait besoin de ce travail.

— Ne me pousse pas à bout. … Je sais très bien que nous sommes une famille, mais tu as dépassé les limites et tu es en train d'essayer à nouveau.

Il soupira.— Contente-toi de l'organiser… Et pas d'entourloupes. Ça ne fait plaisir à personne.

Il écouta son interlocutrice.— On n'est pas les seuls dans cette histoire. Il n'y a pas que toi, moi ou Brianne. Il y a aussi le reste de la famille et elle doit pouvoir dire au revoir à Papy.

Son ton s'était apaisé.

Tanner se concentra sur la route. Quelques minutes plus tard, Brighton raccrocha et reposa sa tête contre la têtière.

— Parfois, la famille, ça craint, dit-il.

Tanner connaissait parfaitement ce sentiment, mais il garda le silence, refusant de se plonger dans ses propres souvenirs. Après tout, les siens étaient souvent déplaisants. Il sortit de l'autoroute lorsque Brighton le lui indiqua et suivit ses indications.

Il s'arrêta à côté d'une ancienne ferme qui avait été reconvertie en magasin d'approvisionnements. Ce dernier donnait l'impression d'avoir été là depuis les années 1930, l'époque de la Grande Dépression. La façade n'avait pas été repeinte depuis au moins vingt ans. Tanner se gara près de la porte et sortit du véhicule. Il se dépêcha pour aller ouvrir la portière de son patron. Il attendit que ce dernier sorte et il le suivit jusqu'à la porte du magasin, qu'il tint ouverte pour le laisser passer.

— Que puis-je faire pour vous ? demanda alors un homme, aussi vieux que le magasin.

— Je m'appelle Brighton McKenzie. C'est moi qui ai appelé plus tôt.

— Ah ! C'est vous le jeune homme qui reprend la ferme de son grand-père ? Je m'appelle Earl et je crois que je me rappelle quand il vous avait amené ici. Vous étiez tout petit à l'époque. Vous regardiez avec insistance le distributeur de boules de chewing-gum, mais vous n'en aviez pas demandé une seule.

— Ça ne vous a pas empêché de m'en offrir une pour autant, déclara Brighton avec un grand sourire.

Il se tourna vers son nouvel employé.

— Je vous présente Tanner. Il m'aide à la ferme.

Il s'appuya davantage sur sa canne.— Physiquement, je ne peux pas faire grand-chose.

Il montra sa jambe d'un signe de la main.— Bref, nous avons une liste d'articles à acheter et la camionnette de mon grand-père pour tout ramener à la ferme.

— Occupons-nous de vous dans ce cas. Vous avez dit au téléphone que vous aviez besoin de foin et de paille. Je peux vous commander ça et vous faire livrer lundi. Vous pouvez prendre ce dont vous avez besoin d'ici là. Pour le reste, donnez-moi cette liste. Je suis sûr que nous pouvons vous aider.

Brighton s'exécuta.

— Merci, Earl. Je suis un peu perdu avec tout ça.

Il semblait plus petit et avait l'air bien plus fatigué qu'une heure plus tôt.

— Vous savez, vous pourriez vendre et vous faire beaucoup d'argent. Vous avez une terre de premier choix dans un super endroit, remarqua Earl.

— C'est sûr, mais après elle n'existerait plus. Papy y tenait. Sinon, il aurait pu vendre ses terres et s'enrichir lui-même. Il aurait alors eu une vie plus facile là où il le désirait.

Il soupira et regarda le vieil homme franchement.— Il a gardé le domaine et me l'a laissé pour une raison. Je vais donc essayer de la trouver.

Tanner se surprit à sourire. Il aimait que Brighton se soucie assez de son grand-père pour suivre les désirs de ce dernier… Ou du moins, essayer, même si sa jambe rendait la situation encore plus difficile.

— Mon petit-fils va s'occuper de vous maintenant.

Earl se détourna.— Johnny, appela-t-il.

Un jeune homme en âge d'aller à l'université sortit de l'arrière du magasin.

— Est-ce que tu peux charger la camionnette ? Voici la liste de ce dont ils ont besoin aujourd'hui.

Earl la lui remit.

— Amenez votre véhicule à l'arrière. Je le remplirai, déclara Johnny.

Tanner s'en alla et fit ce qui lui était demandé. Il trouva Johnny à côté d'une pile de poteaux et s'arrêta. Les deux hommes remplirent la remorque avec le matériel. Le jeune homme lui exposa longuement ce qu'il comptait faire avec le magasin et les idées qu'il avait pour l'améliorer. Tanner l'écouta, mais ne dit rien. Il avait l'habitude que les gens lui parlent. Ça lui arrivait tout le temps. Il avait très vite compris que s'il ne disait rien, beaucoup de personnes continuaient de parler sans même le remarquer.

— Vous causez pas beaucoup, hein ? lui demanda Johnny finalement, une fois qu'ils eurent terminé de charger les poteaux.

Tanner secoua la tête. Il souleva une balle de paille, puis une de foin qu'il plaça à l'arrière.

— Vous pouvez parler? demanda Johnny.

— Oui.

— Ah! Un de ces gars qui ne pipent pas un mot, dit-il avec le sourire. Jamais pu y arriver. Je l'ouvre tout le temps. Papy dit que je parle beaucoup trop. Que je déteste le silence et que je me sens obligé de le remplir. Il a peut-être raison.

— Possible, convint Tanner, sans rien ajouter.

Il y avait des mots qui lui étaient plus faciles à prononcer et qui lui permettaient de ne pas passer pour un imbécile.

— Je pense que ça devrait aller, fit Johnny avec le sourire. Revenons devant le magasin. Nous préparerons la facture et vous pourrez partir dès que c'est réglé.

Tanner monta dans la camionnette et alluma le moteur immédiatement, tournant à fond la clim pour se rafraîchir. Il releva ses bras et laissa l'air frais courir le long de sa peau avant de revenir devant le magasin. Brighton, le visage sombre, ouvrit la porte presque aussitôt que le véhicule fut arrêté.

Il se demanda si quelque chose n'allait pas, mais il demeura silencieux pendant que son patron se hissait à l'intérieur.

— Nous livrerons le reste de la commande, dit Earl une fois que Brighton était sur son siège et avait abaissé la vitre. Prenez soin de votre jambe. À l'avenir, vous pouvez passer un coup de fil pour commander. Johnny s'occupera de la livraison, si vous voulez. Ça ne pose aucun problème.

— Merci, Earl.

Brighton massa sa jambe. Tanner se demanda de nouveau ce qui avait bien pu arriver.

— Tout va bien, continua-t-il. Ce n'est pas de votre faute. Je ne me suis pas fait mal. Juste une petite frayeur.

Il sourit et serra la main du vieil homme. Celui-ci s'éloigna de la camionnette et Brighton remonta la vitre. Ils sortirent et tournèrent à gauche pour retourner sur l'autoroute.

Cet air de cheval boiteux était de retour. Tout le corps de Brighton irradiait de douleur. Finalement, il sortit son téléphone et appuya sur deux touches.

— Brianne. Nous retournons à la ferme maintenant. Ouais, je suis tombé dans le magasin. … Non, ce n'était pas leur faute. … Ma jambe me fait mal. J'ai dû m'y faire un bleu. Non. Je pense que je vais dormir à la ferme. Est-ce que ça te dérange d'aller chercher mon ordinateur portable à l'appartement ? Les techniciens vont venir cet après-midi pour installer internet, donc je vais pouvoir y travailler. Et de cette façon, tu n'auras pas à me servir de chauffeur.

Tanner crut entendre un rire venant du téléphone, mais il n'en était pas sûr. Il se souvenait de la jolie fille qui était présente à son arrivée. Elle avait l'air gentille. Il avait remarqué la manière qu'elle avait eue de le regarder : il avait eu envie de s'enfuir à toute jambe. Il était clair qu'elle l'appréciait, ou plutôt qu'elle appréciait son physique. Tanner avait toutefois appris depuis longtemps que les filles causaient des ennuis – du moins, dans son cas.

— Ça va bien se passer. Tu as nettoyé une chambre pour moi et je me débrouillerai pour monter les escaliers tout seul. Il est grand temps. … Entendu. Je te vois tout à l'heure.

Brighton raccrocha et à nouveau reposa sa tête contre la têtière. Comme Tanner connaissait le chemin du retour, il se contenta de conduire. Puisque les yeux de Brighton étaient clos, il n'arrêta pas de le regarder à la dérobée.

Quelque chose clochait. Il aurait aimé savoir ce qui suscitait son intérêt pour Brighton afin de mieux pouvoir le refouler. Ce genre de sentiments avait une fâcheuse tendance à lui attirer des ennuis. Il se força à ramener son attention sur l'autoroute. Des voitures le doublaient à toute vitesse, mais il n'accéléra pas. Il respectait la limite de vitesse et avec un chargement tel que celui qu'il transportait, c'était suffisamment rapide. Il entra sur la nationale, qu'il finit par quitter plus ou moins au même niveau qu'il l'avait prise à l'aller. Enfin, il tourna en direction de la ferme. Lorsqu'il pénétra dans l'allée, Brighton ouvrit ses yeux et poussa un gémissement.

— Qui c'est, ça ?

Une voiture était garée près de la maison.— Au fait, vous n'avez pas besoin de garer votre moto là-bas. On pourrait la percuter ou l'endommager. Garez-la près de la maison.

— Le bruit ?

Au ranch, il n'avait jamais été autorisé à amener sa moto au plus près des bâtisses. La femme du patron n'aimait pas le bruit. Tanner n'y avait même pas pensé tellement c'était enraciné en lui.

— Ne vous en préoccupez pas, lui assura Brighton en bâillant.

Tanner se gara à côté de l'autre voiture. Ce fut à ce moment-là que la portière s'ouvrit et qu'un homme en sortit. Brighton poussa un autre grognement et Tanner se demanda ce qui se passait.

— Aidez-moi à descendre et vous pourrez ensuite porter les fournitures à la grange.

Tanner hocha la tête et s'occupa de lui. Sa curiosité le tiraillait, mais il plaça la camionnette à une petite distance de la grange et commença à la vider.

Un éclat de voix parvint jusqu'à lui.

— Maman et Papa ont pris soin de toi !

Tanner s'arrêta, non loin de l'endroit où il avait déposé les poteaux.

— Tu as toujours été une petite merde, qui s'est toujours crue meilleure que les autres.

Le visiteur se rapprocha de Brighton. Tanner se figea, la main sur un poteau.

— Et toi, tu étais une brute, pût-il entendre son patron répondre.

Il fallait bien reconnaître que ce dernier était courageux – il n'avait pas reculé d'un pouce. Les deux hommes se fusillèrent du regard.

— T'as pas les épaules assez larges pour cet endroit, déclara l'autre en agitant les bras. Tu ne peux même pas marcher. Comment est-ce que tu vas faire fonctionner tout ça ?

Il était presque en train de hurler maintenant. Tanner retira ses gants et les jeta dans la remorque de la camionnette. Puis, il rejoignit Brighton d'un pas décidé. Aucun des deux hommes ne le vit pour commencer. Puis, l'étranger jeta un coup d'œil en sa direction et s'arrêta de hurler en plein milieu de sa phrase, bouche bée.

— Je te présente Tanner, déclara son patron. Il m'aide ici. Tanner, voici mon cousin, Mick. Il est venu me donner son opinion sur mes projets.

Mick garda le silence durant un moment avant de se retourner vers Brighton.

— Cet endroit ne va pas être viable financièrement. Papy parlait déjà de vendre il y a quelques années. Voilà ce que tu devrais faire.

— Pourquoi est-ce que tout le monde s'occupe de mes affaires ? Papy m'a laissé la ferme et je vais rester ici et voir ce que je peux en faire. C'était sa volonté. Je sais que tes parents sont déçus de ne pas avoir l'argent qu'ils espéraient obtenir en vendant la ferme, mais Papy leur a laissé quelque chose, de la même manière qu'il ne t'a pas oublié. Du coup, peut-être que vous devriez tous être heureux de ce que vous avez reçu.

Brighton soupira de nouveau.— Maintenant, je rentre. Je suis fatigué et cette conversation ne nous mènera nulle part.

Il fit demi-tour. Tanner remarqua que Mick serrait ses poings.

— Petite merde hypocrite. On devrait être heureux ? On a eu les restes quand tu as tout obtenu. Et nous devrions être heureux de cette situation ?

Mick se précipita sur Brighton, qui commençait à monter les marches. Sans réfléchir, Tanner se jeta dans sa direction et attrapa Mick par le bras. Ce dernier tenta de se détacher, mais le cowboy tint bon.

— Ça suffit, Mick. Nous ne sommes plus des gamins. Tu ne peux plus obtenir tout ce que tu veux en frappant ou en nous cognant. Il est temps que tu grandisses.

Dans l'ombre du porche, les yeux de Brighton flamboyèrent.

— Vous pouvez le laisser partir, dit-il à Tanner. Il ne fera rien. Comme toutes les brutes, Mick est en réalité un lâche au fond de lui. Quand on lui tient tête, il s'effondre comme un château de cartes. Tu ne me fais plus peur. Quand on était petits, j'avais envie d'être ton ami. J'avais besoin de toi à l'époque.

Brighton souleva sa canne de la terrasse en bois.— Je venais de perdre mes parents et toi et les petites merdes que tu appelles ton frère et ta sœur avez fait de ma vie et de celle de Brianne un enfer – ou ce qui s'en rapproche le plus. Alors, pense à ça la prochaine fois que tu viendras ici me dire ce que nous devrions faire ou pas.

Il se recula et s'assit dans le fauteuil.— Maintenant, va-t'en. Et dis aux autres de me laisser tranquille.

Une voiture arriva. C'était celle que Tanner avait vue le matin même. Elle s'arrêta et la jeune femme qu'il avait rencontrée plus tôt, la sœur de son patron, sortit à toute vitesse pour les rejoindre. Tanner, enfin, lâcha le bras de Mick et s'écarta.

— Qu'est-ce que tu fiches ici ? demanda Brianne.

Elle était furieuse. Elle vint se planter sous le nez de Mick, qui avait l'air renfrogné.

— J'essayais de mettre un peu de plomb dans la cervelle de ton frère.

— Et si tu commençais par la tienne, avant de t'occuper de celles des autres ? contra Brianne.

Tanner couvrit sa bouche pour s'empêcher de rire.

— C'est à Brighton de décider quoi faire avec la ferme, continua-t-elle. Et vous allez tous respecter ses choix et le laisser tranquille.

Elle fit un pas en avant.— À moins, évidemment, que tu aies envie de l'aider et de te salir les mains.

Mick s'écarta d'elle dans un mouvement de colère et rejoignit sa voiture. Tanner le regarda partir en même temps que le frère et la sœur, avant de se diriger vers la grange.

— Merci de l'avoir aidé, dit Brianne.

Il lui fallut quelques secondes pour réaliser qu'elle lui parlait. Il s'arrêta et hocha la tête, avant de repartir travailler.

— Je savais bien que ça le ferait partir. Quand il s'agit de travailler, il est toujours aux abonnés absents.

Leurs voix disparurent. Tanner retourna vider la camionnette. Il ne savait pas jusqu'à quelle heure il était supposé travailler. Au ranch, c'était souvent de l'aube au crépuscule. Il y avait trop de tâches à faire et jamais assez d'heures dans une journée. Ici, il y en avait bien sûr, mais ce n'était pas comme si on lui en demandait beaucoup.

Tanner déchargea les poteaux, porta le foin et la paille dans la grange, puis s'assura que tous les outils étaient rangés. Tout devait être à sa place, sinon, ça l'ennuierait. Quand il eut terminé comme il le voulait, il s'assura que les bêtes avaient de la nourriture et de l'eau avant de fermer la grange.

Brighton était assis tout seul sous le porche, son ordinateur sur les genoux. Il avait l'air satisfait. Une camionnette avec le nom d'une compagnie de téléphonie indiqué sur le côté était garée dans l'allée.

— Est-ce que vous voudriez du thé? demanda Brighton. Je peux aller vous en chercher. Vous devez avoir soif.

Il se leva et alla à l'intérieur.

Tanner resta sur la terrasse quelques minutes, puis finalement s'assit sur un des fauteuils à bascule. Son patron revint et lui remit un verre. Après l'avoir remercié, le cowboy faillit finir le thé en deux gorgées. Il n'avait pas pris conscience de la soif qui le tenaillait jusqu'à ce que le liquide désaltère sa gorge.

— Bon.

— Est-ce que vous avez tout fait?

Il hocha la tête.

— Où est-ce que vous avez mis les poteaux?

Il réfléchit à la meilleure manière d'indiquer ses pensées sans parler.

— Au c-coin.

— Bien, dit Brighton avec un sourire satisfait.

Le regard de Tanner s'assombrit lorsqu'il réalisa que son employeur avait posé la question dans le but de le faire parler.

— Vous avez une voix agréable. J'aime l'entendre.

Tanner leva les yeux au ciel.

— Je vous assure.

Il hocha la tête et termina son thé.

— Je vais… y aller m-maintenant.

— On se voit demain, déclara Brighton d'un ton léger.

Tanner était sur le point de demander s'il devait rapporter son verre à l'intérieur, mais son patron tendit la main. Tanner le lui remit avant de se lever pour partir. Il descendit l'allée jusqu'à l'endroit où il avait garé sa moto près d'un des arbres. Alors qu'il mettait prudemment son chapeau dans sa sacoche de selle, il leva les yeux vers la maison et remarqua son patron en train de le regarder. Tanner n'était pas sûr de ce que cela voulait dire. Brighton continua à l'observer et même à cette distance, Tanner pouvait sentir l'intensité dans son regard. Ce qui eut pour effet de faire monter la température dans son bas-ventre. Il dut détourner le regard. Il ne voulait pas conduire jusqu'à chez lui avec une érection. Ça pourrait vite devenir douloureux.

Il démarra le moteur, fit avancer la moto dans l'allée et rejoignit la circulation. Le vent soufflait à travers ses vêtements et la sensation dans sa chevelure était très agréable. Il savait qu'il aurait dû porter un casque et une tenue protectrice, mais il faisait trop chaud et il avait besoin de sentir l'air et le grand espace. Ce coin de la région, à l'exception de la ferme, lui donnait la sensation d'être enfermé et d'étouffer. À mesure qu'il s'éloigna, les maisons et les terrains se firent plus larges. Finalement, il tourna dans une allée et se gara juste à côté de la Lexus que la femme d'Arthur, Alicia, conduisait. Son cousin avait accepté de lui louer la chambre située au-dessus du garage.

Quand la maison avait été construite, Arthur avait dit qu'il avait prévu de l'utiliser comme bureau, mais il n'avait jamais trouvé le temps ou l'énergie de l'aménager. Elle disposait d'une salle de bain. En s'installant, Tanner n'avait eu besoin que d'ajouter un micro-ondes et un mini-frigo pour couvrir ses besoins. Quand il était présent, il mangeait avec Arthur, Alicia et leurs garçons.

Ce soir-là, il était mort aussi bien de faim que de fatigue. Il avait pourtant l'habitude de travailler et ça n'avait pas été une journée difficile. Il en déduisit donc qu'il commençait à se ramollir.

— Tonton Tanner, l'appela Marky, en courant depuis la maison en chaussettes. On peut faire de la moto ?

Il avait cinq ans et c'était une boule d'énergie. Avec ses cheveux et ses yeux noirs, il ressemblait comme deux gouttes d'eau à sa mère, qui était cubaine.

— Laisse ton oncle tranquille pour le moment, déclara Alicia depuis la porte. Je suis sûre qu'il est fatigué. Tu dois le laisser manger.

— Plus tard, murmura Tanner.

Il fut satisfait d'être capable de sortir deux mots sans hésiter. Cela lui était plus facile quand il était entouré de ses proches. Ils ne le rendaient pas aussi nerveux ou complexé. Il ouvrit sa sacoche et en sortit son chapeau.

Marky revint à la maison en courant. Son jeune frère, Josh, se tenait à côté de sa mère, ne lâchant pas sa main. Il était timide et restait toujours en retrait. Tanner le leva dans ses bras et le fit tournoyer. Josh se mit à sourire, puis, comme Tanner s'efforçait de le rendre heureux, finit par rigoler. Le cowboy le remit au sol et les deux garçons entrèrent en courant dans la maison.

— Arthur est toujours au travail, mais j'ai préparé le repas. Les garçons ont déjà mangé.

Elle le précéda dans la maison et il ferma la porte. Tanner n'était pas convaincu qu'Alicia l'appréciait beaucoup. Il lui était difficile de le savoir parfois. Elle n'avait aucun problème avec le fait qu'il joue avec les garçons, mais elle avait tendance à rester éloignée de lui la plupart du temps. Il en avait déduit qu'Arthur lui avait raconté ce qui s'était passé et la raison pour laquelle il était ici. Tanner ne pouvait pas s'attendre à ce qu'il ne lui en parle pas après tout.

— M…m-merci.

Contrairement à ses enfants, elle le rendait nerveux. Il n'y avait aucune raison particulière, mais c'était bien le cas. Il s'assit là où elle le lui indiqua, retira son chapeau de sa tête et le plaça à côté de lui. Alicia lui apporta son assiette. Ils ne parlèrent pas pendant qu'il mangea. Elle s'occupa à diverses petites tâches et partit plusieurs fois vérifier que les garçons jouaient tranquillement. Lorsqu'il eut terminé, il la remercia et alla souhaiter bonne nuit aux garçons avant de rejoindre sa chambre au-dessus du garage.

Pour un homme qui était réservé et parlait peu, il avait parfois beaucoup de mal à s'adapter à la vie en solitaire. Bien sûr, son existence avait été calme au ranch, mais il y avait toujours eu du monde autour de lui, et lorsqu'il travaillait, c'était le plus souvent en binôme. Il aimait la tranquillité, mais il passait des heures assis dans cette unique pièce, à regarder la télé ou à se contenter de dormir… Il était seul, il ne pouvait pas se le cacher. Et dire qu'il avait pensé avoir mis la main sur quelqu'un qui ne le trouvait pas bête et aurait pu l'apprécier pour qui il était. Et peut-être que Royce l'avait *vraiment* apprécié, mais il avait fait son choix, ce qui voulait dire que Tanner avait dû partir.

Il se rendit directement dans la salle de bain et quitta ses habits de travail, qui sentaient la transpiration. Puis, il ouvrit l'eau et se plaça en dessous. Quel bonheur ! L'eau prit une couleur grise durant un moment jusqu'à ce que la crasse s'en aille. Enfin, il commença à se nettoyer. Il avait un travail et il appréciait son patron. Brighton semblait suffisamment sympa. Pour la énième fois, il se demanda ce qui lui était arrivé. Il y avait tant de vie et d'énergie dans ses yeux et pourtant il avait parfois l'air démoralisé. Tanner connaissait ce sentiment… Bien sûr.

Il se savonna et nettoya son bas-ventre. Il était fatigué, mais une certaine partie de son anatomie semblait en forme. Pour la dernière fois, il allait s'autoriser à penser à Royce et à son corps dense et mince. C'était le seul corps, en plus du sien, qu'il avait eu l'occasion de connaître de cette manière. Alors quand l'envie lui prenait, il se rappelait ces images.

Ses doigts enserrèrent son sexe, le caressant sur toute sa longueur, lentement, juste comme il aimait. Bon sang, que c'était agréable ! Il pensa à Royce et ses pensées commencèrent à s'aventurer dans des souvenirs plaisants, comme à chaque fois. Mais alors, tel un disque rayé, son fantasme capota. Royce l'avait quitté. Pourquoi fallait-il qu'il pense à quelqu'un qui ne voulait pas de lui ? Sa main s'arrêta. Son érection se ramollit comme si quelqu'un avait jeté un seau d'eau sur lui. Il poussa un soupir et se rinça. Puis, il arrêta l'eau et sortit de la douche. Il attrapa une serviette, s'essuya et la suspendit à nouveau. Il retourna dans sa petite pièce pour s'habiller.

Alors qu'il mettait un t-shirt, une voiture s'arrêta dans l'allée. Il écarta légèrement le rideau et regarda à l'extérieur. Ses petits cousins s'amassaient autour de la voiture d'Arthur, sautant dans tous les sens alors qu'il en sortait. Il les embrassa tous deux et les fit avancer vers la porte d'entrée. Aucun d'entre eux ne regarda en direction de sa fenêtre. Il aurait pu parier qu'ils ne penseraient pas à lui une seule fois de toute la soirée, trop occupés par leur propre joie. Il savait qu'ils avaient leur vie comme lui avait la sienne. Ce n'était pas raisonnable qu'ils lui changent les idées et prennent soin de lui constamment, ce n'était pas ce qu'il voulait. Tanner était un homme et il savait qu'il devait construire sa propre vie. C'était la raison pour laquelle il était jadis parti dans l'Ouest. Mais il avait gâché cette opportunité, voilà tout.

Il laissa le rideau reprendre sa place, se coucha sur le lit et regarda la télévision jusqu'à ce qu'il s'endorme.

LE LENDEMAIN, il arriva à la ferme à l'aurore. Il coupa le moteur en entrant dans l'allée et avança en roue libre jusqu'à s'arrêter. La maison semblait fermée et il ne voulait pas déranger Brighton si jamais il dormait toujours. Son instinct lui soufflait que son patron n'en avait que rarement l'occasion, surtout si on prenait en compte le nombre de fois où il s'assoupissait durant la journée. Il poussa sa moto sur le reste du chemin et la mit dans le garage. Puis, il se dirigea vers la grange où il libéra les animaux dans leurs enclos. Sauf les chèvres, qui n'en furent guère ravies. Mais il avait décidé de commencer les réparations par le leur.

Il sortit les poteaux et les barres de traverse, puis il commença à démanteler la partie de l'enclos sur laquelle il devait travailler. Il lui fallut creuser, mais finalement il parvint à extraire les pièces qui étaient moulues et à enfoncer les nouveaux poteaux. Ensuite, il répara les barres et plaça le grillage. Lorsqu'il libéra les chèvres, elles explorèrent leur bout de terrain comme s'il était tout nouveau, puis finirent par s'y habituer et vaquer à leurs occupations habituelles. Il en caressa quelques-unes, qui s'avérèrent assez dociles. Aucune n'essaya de le mordre.

Le son léger d'un pas traînant lui indiqua que Brighton arrivait derrière lui.

— Ma grand-mère était celle qui aimait les chèvres. Elle avait l'habitude de dire qu'elles lui faisaient penser à Papy. Je pense qu'il les a gardées à cause d'elle.

Il s'appuya lourdement sur sa canne, si bien qu'il donnait l'impression qu'il allait tomber à tout moment.— Bon travail.

Tanner sourit et le remercia d'un signe de tête.

— S'il vous plaît, je tiens à ce que vous me parliez.

— OK, dit Tanner.

Il leva sa main pour se gratter la tête et la laissa retomber. Il ajouta :

— J-j'ai… rien à d-dire.

Brighton lui sourit.

— Je parierais au contraire que vous avez beaucoup de choses à dire. Vous avez simplement l'habitude de rester silencieux et de laisser les autres faire la conversation.

47

Il chancela légèrement et Tanner s'empressa pour le soutenir.— Ça va, merci. Je me suis habitué à ce manque de force dans ma jambe.

Tanner se précipita dans la grange pour aller chercher une balle de paille. Il la posa au sol et fit signe à Brighton de s'y asseoir. S'il devait continuer à travailler ici, il avait besoin de ne pas s'inquiéter à son sujet, de ne pas craindre qu'il puisse à tout moment tomber.

— Ça pique, déclara Brighton.

Le cowboy hocha la tête. Et la pensée de l'endroit où ça piquait le fit sourire de toutes ses dents.

— Est-ce que vous avez grandi dans la région ? Je sais qu'Arthur est votre cousin, donc…

Tanner secoua la tête.

— V-Virginie-Oc-c-Occidentale. J'ai grandi dans la banlieue de Wheeling.

Il ramassa quelques poteaux et commença à les disposer à côté de l'enclos des brebis, qui était dans un état pire que celui des chèvres. Ils avaient eu de la chance que les quadrupèdes n'aient pas exercé une pression sur la clôture – sinon, ils auraient pu se promener partout sur la propriété.

— Maman était différente, dit-il d'une voix monotone.

Il réfléchissait à chaque mot avant de les prononcer.— Elle était pas… elle s'entendait pas avec le reste de la famille. Arthur et sa sœur, Riva étaient mes amis quand on venait rendre visite. Mais ils sont jamais venus à Wheeling.

— Pourquoi ?

— Maman a fait au mieux, mais on était pauvres.

Il se détourna.— J'avais à manger grâce aux coupons a… a-alimentaires. Après, Maman a eu un travail – un bon travail – et ça a-allait mieux. On a déménagé. Elle a fini par travailler p-pour une des mines. C'était une dure à cuire. Elle voulait qu'on ait une meilleure vie.

Il commença à parler plus vite, trébuchant sur les mots, mais il fallait qu'il parle, sinon il ne dirait jamais rien.

— Elle a trop respiré de cet air mauvais et ses poumons ont lâché quand j'avais dix-huit ans.

Il ramassa un des poteaux et le mit au bon endroit.— Je lui ai dit que je pouvais prendre soin de moi. Elle a menacé de me hanter toute ma vie si je travaillais dans les mines. Après l'enterrement, j'ai décidé de partir dans l'Ouest.

Il s'appuya sur un des poteaux en bon état. Il n'avait jamais parlé de lui à personne. Il n'était pas certain de la raison pour laquelle il se confiait à Brighton, si ce n'est que ce dernier avait posé la question et semblait disposé à l'écouter.

— J'avais pour projet de m'enrichir et de construire quelque chose, mais au lieu de ça, j'ai fini ici avec rien.

Il ouvrit le portail et guida les brebis vers la grange, qui s'y rendirent à contrecœur, prenant leur temps. Il referma la porte et alla démonter la clôture pour faire les réparations.

— Vous n'êtes pas revenu avec rien, commença Brighton. J'allais vous demander ce qui s'est passé là-bas, mais je vois que vous n'avez pas envie d'en parler.

Il se leva, utilisant sa canne pour retrouver l'équilibre.— Je dois retourner à la maison.

Tanner était sur le point de replacer la balle de paille dans la grange quand Brighton l'arrêta.

— Je reviendrai dans pas longtemps. Vous pouvez donc la laisser là.

Il marcha lentement en direction de la maison. Tanner le regarda jusqu'à ce qu'il atteigne le porche, puis il retourna à son travail.

Le soleil tapait. Il enleva son chapeau pour essuyer son front. Il avait besoin de laisser la chaleur se dissiper, mais ce fut en vain. Après avoir placé son chapeau sur un des poteaux, il retira sa chemise trempée de sueur qu'il étendit sur un des croisillons. Il remit son chapeau sur la tête et retourna travailler.

— Je vous ai apporté quelque chose à boire, déclara Brighton.

Tanner, qui travaillait au niveau du sol, leva les yeux vers lui. Son patron avait sa canne dans une main et une petite glacière dans l'autre. Il le regardait fixement. Tanner tendit le bras pour récupérer sa chemise, mais arrêta son geste. Il n'était pas du genre à s'effaroucher et ce n'était pas comme si la façon dont Brighton le regardait lui déplaisait.

— Merci.

Ce n'était pas nécessaire, mais c'était sacrément sympa. Tanner suait à grosses gouttes. Brighton s'assit de nouveau sur la balle et ouvrit la glacière. Il lui tendit une bouteille de jus de fruits et en prit une pour lui aussi. Le cowboy l'ouvrit, la termina presque et retourna à son travail. Il avait besoin de bouger. Même s'il faisait toujours soleil, le temps se gâtait. Dans l'Ouest, à force d'être dans les champs, il avait développé un sixième sens et pouvait prédire l'évolution de la météo. Comme il n'y avait pas de bulletins disponibles toutes les cinq minutes, il fallait bien compter sur ses sens, en particulier l'odorat. Tanner accéléra son rythme, remplaçant les poteaux alors que les nuages commençaient à se rassembler. Au début, l'intensité du soleil faiblit seulement, mais très vite, le ciel s'obscurcit.

Quand il eut terminé les réparations, il rentra aussi les chèvres. Elles ne se firent pas prier, car elles sentaient que le mauvais temps arrivait.

— Vous devriez entrer, dit-il à son patron, alors qu'il regardait les nuages s'épaissir dans le ciel. Je m'occupe de tout ranger.

Brighton se leva et ramassa la glacière, qu'il rapporta vers la maison pendant que Tanner terminait son travail. Il finit de changer la litière des animaux et entreposa sa moto dans la grange. Au moment où il ferma la porte de cette dernière, le tonnerre retentit dans le lointain et le vent se leva. Il récupéra sa chemise, s'assura que tout était à sa place et marcha à grandes enjambées jusqu'au porche. Il se dit qu'il pourrait attendre là la fin de la tempête avant de repartir travailler.

— Quel temps menaçant! J'ai préparé à manger, dit Brighton depuis l'embrasure de la porte, qu'il maintenait ouverte.

Tanner enleva son chapeau, remit sa chemise et pénétra à l'intérieur.

Brighton lui montra l'endroit où ils avaient déjeuné le jour précédent.

— Je pense qu'on ferait mieux de manger maintenant au cas où l'électricité soit coupée.

Le tonnerre gronda à l'extérieur et fut suivi par un éclair, puis de nouveau du tonnerre. Le cowboy regarda par la fenêtre. Des nuages épais roulaient dans leur direction, s'amalgamant. Des éclairs zébrèrent le ciel et quelques secondes plus tard, c'était un véritable déluge. La pluie tombait si violemment qu'il eut vraiment du mal à distinguer la grange.

— Asseyez-vous et mangez. Papy se plaignait toujours d'avoir l'électricité coupée par grand vent. Qui sait combien de temps encore nous allons avoir la lumière.

Tanner s'assit et Brighton amena l'assiette de sandwiches à table.— Je suis désolé. Je ne suis pas très doué comme cuisinier. Ma mère ne m'a jamais vraiment enseigné les rudiments. Du coup, je survis en me faisant ce genre d'encas.

Un coup de tonnerre les fit sursauter tous les deux.— Il faudra que j'aille faire les courses bientôt.

Un autre coup de tonnerre fit vibrer l'air. Brighton se laissa tomber dans sa chaise.

L'air se mit à crépiter, celui-là n'était pas tombé loin. Tanner détestait les tempêtes comme celle-ci. Il en avait essuyé assez dans le Montana et durant la brève période qu'il avait passée dans le Wyoming. Elles le mettaient toujours sur les nerfs. Il se releva et regarda par la fenêtre de nouveau, mordillant sa lèvre inférieure. Il pleuvait toujours des cordes. Les éclairs continuèrent d'illuminer le ciel, si bien que lorsqu'il se détourna de la vitre, sa rétine en gardait le souvenir. Le bruit de tonnerre qui suivit blessa ses oreilles. Tanner se retrouva à genoux, à se tenir la tête.

— Est-ce que ça va?

Brighton le rejoignit rapidement, Tanner put sentir sa présence à ses côtés. Il ne savait comment son patron s'était débrouillé pour se mettre à son niveau, mais il l'avait fait.

— Est-ce que vous pouvez voir? demanda ce dernier.

— Je vois des flashes, répondit-il.

Il garda ses yeux fermés et la ligne qui traversait sa vision s'estompa lentement.

— Est-ce que vous m'entendez comme il faut?

Brighton plaça une main sur son épaule.— Ne bougez pas.

— Quelque chose a été touché? demanda Tanner. Si c'est la grange, 'faut aider les animaux.

Il essaya de se lever, mais ne fit pas assez confiance à ses yeux pour les ouvrir. Brighton s'appuya contre lui.

— La grange est toujours là, on dirait. Je peux la voir de la fenêtre.

Il s'appuya davantage sur son employé pour se relever.— Oui, tout va bien, d'après ce que je vois. Quoi que ça ait touché, ce n'était pas la grange. Ni la maison, à première vue, merci mon Dieu. Est-ce que vous pouvez vous relever?

Tanner hocha la tête et essaya d'ouvrir ses yeux. La pièce sombre fut trouble durant quelques secondes, puis tout devint plus net. Il pouvait enfin voir. L'absence d'électricité ne le surprit pas. Lentement, il se releva. Brighton prit appui sur le comptoir et Tanner jeta un coup d'œil par-dessus son épaule. Il inspira l'odeur masculine, mais néanmoins douce, de Brighton. Il se recula sensiblement. C'était des situations comme celle-ci qui lui avaient attiré des ennuis.

— La grange va bien, confirma-t-il.

Mais il montra l'arbre qui se trouvait derrière celle-ci. Il avait été fendu en son milieu. Certaines branches étaient peut-être tombées sur la grange, mais la partie la plus imposante semblait s'être effondrée au sol, là où il n'y avait rien.

— Finissons notre déjeuner.

Brighton se tourna vers lui. Tanner le regarda droit dans les yeux. Aucun d'eux ne bougea. Le cowboy s'obligea à respirer calmement, alors qu'il se demandait quel goût avait Brighton. Il se rapprocha de lui. Les lèvres de son employeur s'entrouvrirent. Dehors, la tempête continuait de faire rage, mais, pour autant qu'il y prête attention, elle semblait avoir diminué, remplacé par le battement de son cœur et par le sang qui s'affolait dans ses veines.

Brighton cligna des yeux, mais ne détourna pas le regard. Le cowboy se rapprocha encore. Il voulait le toucher et le goûter, mais ses bras restèrent le long de son corps. Il se contenta de s'avancer à nouveau. Il revenait à Brighton de prendre l'initiative. Il ne pouvait pas tout faire et courir le risque d'envoyer de mauvais signaux à nouveau. Aucun d'eux ne bougea. Un autre éclair illumina la cuisine et un coup de tonnerre fit trembler les fenêtres. Tanner demeura immobile, ses lèvres légèrement entrouvertes, retenant son souffle. Puis, il cligna plusieurs fois des yeux, se souvenant de sa place et de ce qu'il était en train de faire. Il fit un pas en arrière. Ce n'était pas une bonne idée.

— Pourquoi se forcer? murmura Brighton, alors qu'il se reculait quelque peu à son tour. Tu n'en auras pas envie avec moi.

Brighton revint s'asseoir à table et fixa du regard son sandwich à moitié mangé, qu'il avait abandonné dans son assiette. Il ne regarda pas Tanner ni ne bougea durant un long moment. Lorsqu'il se mit en mouvement, ce fut pour récupérer le sandwich, prendre une seule bouchée et le reposer dans son assiette.

— C'était très gentil de ta part, Tanner, mais tu n'as pas envie de m'embrasser.

L'intéressé ne comprit pas. Peut-être ne comprendrait-il jamais. Seuls les ennuis le suivaient depuis qu'il avait pris conscience qu'il aimait les hommes au lieu des femmes. Il ne l'avait jamais avoué à sa mère, il voulait croire qu'elle aurait compris et ne l'aurait pas jugé, contrairement à ce que les autres avaient l'air de faire. Au moins, Brighton ne l'avait pas traité d'anormal avant de l'éjecter de la ferme.

— Quel est le problème? murmura Tanner sans réfléchir.

Il s'aperçut que les mots étaient sortis sans la moindre difficulté ni hésitation. On aurait pu croire qu'il ne bégayait pas.

— Je veux dire, à vos... *tes* yeux, q-qu'est-ce qui... cloche?

Brighton releva la tête.

— Vu la situation, j'imagine que nous pouvons nous tutoyer, n'est-ce pas ? Tanner, tu m'as bien regardé. Je peux à peine marcher et il m'est impossible de rester debout plus de quelques minutes. Ça fait un an, depuis l'accident, que ça dure. J'ai été à nouveau opéré il y a quelques mois et ça ne s'est pas amélioré. Bien sûr, la douleur a diminué, mais ma jambe est toujours aussi faible, contrairement aux prédictions des médecins.

Brighton avait l'air malheureux. Ses épaules s'étaient avachies, les commissures de ses lèvres pointaient vers le bas et son regard fixait le sol.

— J'espérais pouvoir remarcher comme tout le monde, mais je ne pense pas que ça va arriver.

Tanner n'avait aucune parole pour le réconforter. Il savait ce que son patron ressentait. Il se souvenait de son sentiment d'impuissance lorsqu'il était couché dans son petit lit et que sa mère était assise dans l'autre pièce à faire toutes sortes de tâches pour gagner de l'argent. Elle avait vendu des bijoux, tricoté, cousu des vêtements de poupée – tout ce qu'elle pouvait. Il avait l'habitude de rester allongé là à prier le petit Jésus pour qu'il l'aide à parler comme il faut. Il avait huit ans et son élocution allait de mal en pis. Ses professeurs s'étaient efforcés de l'aider, mais plus ils le poussaient, plus la situation devenait difficile. Chaque nuit, il avait prié pour être comme les autres, mais rien n'avait changé. Il n'y avait jamais d'améliorations pour lui.

— Pardon, déclara Tanner dans un murmure.

Sa gorge lui faisait mal, mais non pas comme d'habitude. Une boule s'était formée ; il déglutit.

— J-j'avais un p-professeur qui disait q-que je p-pouvais faire tout… ce que je voulais si je le d-décidais. Il frappait mon bureau quand je b-bégayais. Il me disait que j'essayais pas assez fort quand je bloquais sur mes mots.

Il fit une pause.— Des conneries !

— Absolument, convint Brighton.

— Pareil pour toi si tu penses que ta jambe va aller mieux toute seule.

Il ne voulait pas énerver son patron.— Y a la… ré-rééducation.

— J'y suis allé, mais ça n'a rien fait. Ma jambe me faisait mal tout le temps et il n'y a eu aucune amélioration. Juste de la souffrance.

Il changea de position sur sa chaise. L'orage semblait leur passer au-dessus de leur tête. Des éclairs continuaient de les éclairer par intermittence, mais le tonnerre ne leur parvenait pas aussi rapidement. Tanner ne bougea pas de là où il était, il avait pour ainsi dire peur de quitter sa position près de l'évier.

— Un de mes profs avait pensé que me frapper serait une s-solution. Ma tête me faisait mal après ça.

Brighton releva aussitôt la sienne.

— Ils te frappaient ?

Tanner opina du chef.

— Parfois… C'était plus supportable que d'entendre dire que j'étais st-stupide.

Il haïssait ce mot. Tant de gens le lui avaient jeté à la figure que, pour dire la vérité, il avait commencé à croire qu'ils avaient raison. Il était un idiot qui ne savait pas parler comme il fallait.

— Ils avaient tort. Tous autant qu'ils étaient. Tu n'es pas stupide. Le bégaiement est un défaut d'élocution, rien de plus. Ce n'est pas une preuve d'absence d'intelligence ou de valeur. Ça ne veut pas dire que tu ne peux pas faire ce que tu veux, ou être aussi intelligent et amusant que les autres.

— Même chose pour ta jambe, contra Tanner. Elle ne doit pas t'empêcher d'être toi-même.

Les fenêtres de la cuisine commencèrent à s'éclaircir tandis que le pire de l'orage disparaissait. Comme il continuait de pleuvoir, Tanner se demanda ce qu'il devait faire. Il pouvait se rendre à la grange, mais il n'y avait pas beaucoup de tâches à finir. Tout ce qui restait se situait à l'extérieur.

— Je pourrais faire quelques travaux dans la maison, si tu veux, offrit-il.

Il avait besoin de s'occuper les mains et l'esprit, car la manière dont Brighton le regardait le faisait se balancer d'une jambe à l'autre.

— Assieds-toi plutôt. Il pleut toujours et nous n'avons pas encore l'électricité. Les outils et les matériaux sont au sous-sol. Tu te tordras le cou, si tu vas les chercher maintenant dans le noir. Ça sera bientôt fini.

— OK, acquiesça Tanner. Thé ? demanda-t-il en montrant le réfrigérateur.

— Oui, merci.

Le cowboy se leva pour récupérer la carafe. Il ne garda pas la porte ouverte plus longtemps que nécessaire. Il remplit leurs deux verres et se rassit. Tout en buvant, son regard ne cessa de passer de la fenêtre à Brighton. Il s'aperçut qu'il était fasciné par les lèvres de celui-ci et en particulier par le renflement qui se trouvait au milieu de sa lèvre supérieure. De nouveau, il se demanda quelle saveur Brighton avait et quelle sensation il éprouverait en l'embrassant. Bien évidemment, il n'oubliait pas qu'il s'agissait de son patron et qu'il avait besoin de ce boulot.

Les paroles que ce dernier avait prononcées plus tôt lui revinrent en mémoire : *tu n'as pas envie de m'embrasser.* Brighton n'avait pas précisé qu'il ne voulait pas embrasser Tanner. Mais il fallait mieux tirer un trait sur tout ça : peu importe ce qu'avait déclaré Brighton, Tanner avait compris que c'était sa manière de lui dire qu'il n'était pas intéressé par un idiot comme lui.

La PLUIE continua longuement de tomber. Tanner ne pouvait pas simplement rester assis. Aussi, lorsqu'elle diminua, il sortit à toute vitesse pour retourner à la grange. Tout allait bien : les animaux, bien qu'énervés, se portaient comme un charme. Il leur donna un peu plus de nourriture, ce qui les calma. Un petit peu. Puisqu'il ne lui était pas possible de travailler à l'extérieur, il se mit à faire du rangement dans la grange. Une partie était en bazar. On aurait dit l'équivalent du placard débarras d'une maison. Il commença par retirer les objets. Il y avait des chaises brisées, un vieux vélo qui avait connu de meilleurs jours, mais qui était intact, et des seaux fissurés ou troués. Il fit un tas de tout ce qui méritait de finir à la poubelle. Il mit de côté le reste, après y avoir mis de l'ordre, partant du principe que Brighton voudrait l'inspecter.

À part les bruits de sabots qui provenaient des enclos, tout était calme. Il ne prit conscience du retour du soleil que lorsqu'il commença à avoir chaud. L'air de la grange devint rapidement moite et lourd. Comme il ne voulait pas laisser sortir les animaux, car leurs enclos étaient boueux, il ouvrit les fenêtres et la porte pour faire circuler l'air.

Une fois qu'il eut terminé, il était entièrement recouvert de sueur même s'il n'avait pas travaillé si dur que ça. L'humidité était suffocante. Tanner se demanda à un moment si Brighton était toujours dans la maison. Il regarda depuis la porte de la grange. Au même instant, celui-ci sortit et s'assit sur la terrasse, l'ordinateur sur ses genoux. Le cowboy le regarda pendant quelques minutes. Il se demandait toujours ce qui le fascinait tant chez son patron. Il aurait vraiment voulu pouvoir faire son travail sans penser à lui tout le temps.

Il n'apprenait décidément jamais. Son intérêt avait été le même pour Royce, si ce n'est que ce dernier avait été froid et distant au début. Il lui avait fallu du temps pour que Royce le remarque. Au contraire, Brighton était gentil et écoutait ce que Tanner avait à dire. Peu de gens semblaient se soucier de lui ou même prendre le temps de l'écouter. Brighton en avait l'envie. Il l'écoutait avec attention. Mais rien n'allait se produire entre eux.

Son patron n'avait même pas été assez intéressé pour l'embrasser, alors qu'ils étaient à quelques centimètres l'un de l'autre.

Tanner se détourna de la porte et termina de ranger la grange. Puis il fit un tour à l'extérieur pour vérifier qu'il n'y avait aucun dégât. Par chance, l'arbre qui s'était effondré n'était pas tombé trop près de la grange. Le cowboy ajouta à sa liste de tâches à réaliser le nettoyage des branches. Au moins, il n'allait pas se retrouver prochainement sans rien avoir à faire. Maintenant, il revenait à Brighton de décider combien de temps il désirait le garder. Comme la ferme ne produisait aucun revenu, il se dit qu'il ne faudrait pas longtemps avant qu'il ait à se trouver un nouveau travail. Il revint à la grange et décida qu'il était temps de terminer sa journée. Les nuages faisaient de nouveau leur retour et il allait certainement pleuvoir à nouveau.

— À demain, déclara Tanner alors qu'il montait les marches de la terrasse.

Brighton releva les yeux de son ordinateur. Il avait été entièrement absorbé par son travail.

— Oui, j'apprécie ton aide.

Il plaça l'ordinateur à côté de lui et utilisa la canne pour se relever.— Tu es un bon ouvrier…

Et voilà, le moment arrivait. Tanner se mit à examiner le sol. Il connaissait cette expression. C'était la même qu'avait eue le contremaître avant de le virer du ranch. Il attendit, mais il n'entendit rien d'autre venir. Il releva les yeux pour voir ce qui n'allait pas et ce qui avait arrêté l'inévitable. Brighton le regardait, la bouche ouverte, arrêté au milieu de sa phrase.

— Je comprends, déclara Tanner. Je sais que je suis un idiot et…

La canne de Brighton tomba au sol. Le bruit fit sursauter Tanner. Celui-ci déglutit lorsqu'il vit son patron s'approcher. Est-ce que ce dernier allait l'embrasser ? Son cœur s'accéléra à cette pensée.

— Tu n'es pas un idiot, murmura-t-il. Et je ne veux pas t'entendre parler de cette manière. Je te vois demain.

— OK, répondit Tanner en reculant.

Il se baissa, ramassa la canne et la lui tendit. Son chapeau tomba et il le remit sur sa tête avec plus de force que nécessaire. Enfin, il se tourna et se rendit à sa moto. Il ne comprenait pas Brighton. Il était clair qu'ils avaient failli s'embrasser – à deux reprises –, mais son patron avait reculé chaque fois. Tanner aurait voulu avoir quelqu'un à qui se confier. Mais il ne parlait pas beaucoup à qui que ce soit. Peut-être finirait-il par comprendre. Ou alors, il se contenterait de faire de son mieux, car il avait besoin de ce travail, et il resterait à l'écart des complications. Peu importait alors que son sang s'accélérât et que sa paire de jeans devînt trop étroite, quand il pensait à Brighton – couché sous lui, les yeux brillants, sans une trace de cette douleur qui hantait son regard.

Il alluma le moteur et revint à la maison avant qu'il ne pleuve. Il rangea sa moto dans le garage et ferma la porte alors que les premières gouttes s'écrasaient au sol. Au lieu d'entrer dans la maison, il monta à sa chambre et la nettoya. Il avait besoin de temps en solitaire pour réfléchir. Mais il lui apparut évident qu'il ne trouverait pas de réponses à ses interrogations, car elles n'existaient pas. Une fois que tout fut nettoyé, il était temps qu'il aille manger. Le petit orage s'était épuisé. Il s'apprêtait à monter sur sa moto lorsqu'Alicia ouvrit la porte arrière et l'appela pour qu'il vienne dîner. Tanner obéit. La maison était silencieuse.

— Les garçons sont chez ma mère pour la nuit, expliqua-t-elle. Arthur devrait rentrer bientôt.

Elle commença à lui préparer une assiette.

— Tu me détestes ? demanda Tanner.

Parfois, le franc-parler qu'utilisaient les autres hommes dans l'Ouest pouvait s'avérer utile. Il n'était pas certain qu'elle le fît exprès, mais la distance qu'elle mettait entre eux l'ennuyait.

Elle se figea.

— Non, dit-elle en finissant de remplir son assiette, avant de la mettre devant lui. Je ne te connais pas vraiment. Les garçons t'adorent parce que tu joues avec eux, mais tu ne dis jamais rien... Et je pensais que tu ne m'appréciais pas.

Tanner se massa la nuque nerveusement.

— J-je... p...p-parle pas beaucoup.

— J'ai remarqué ton bégaiement.

Elle sortit une bière et la plaça devant lui.

— Tu sais que ça n'a aucune importance. Les garçons t'adorent, mais ils veulent savoir pourquoi Tonton Tanner ne parle pas.

Elle s'assit en face de lui.— Ils s'en fichent que tu bégaies.

— Je ne m'en fiche pas, dit-il.

— Eh bien, tu le devrais, dit-elle avec le sourire. Arthur m'a raconté ce qui t'était arrivé dans le Montana. Je voulais te dire que tu es le bienvenu ici. Tu fais partie de la famille et tu mérites d'être heureux. C'était des crétins et ils n'auraient pas dû te traiter de la sorte, simplement parce que tu es gay.

— Je p-pensais... que tu étais comme eux. P-peut-être.

— Je sais que c'est une partie, de qui tu es. Tu ne peux rien y changer. À mes yeux, l'amour reste l'amour.

Elle lui sourit. Certains doutes qui l'avaient taraudé pendant des mois commencèrent à s'apaiser.

— Y a-t-il quelqu'un que tu aimes bien?

— Je c-crois, oui. M... m,-mais il m'aime pas. J'crois pas.

C'était tellement difficile d'en parler. Son bégaiement empira et les mots se coincèrent dans sa gorge.

— Est-ce que tu lui as parlé? demanda Alicia avant de lever les yeux au ciel. Bien sûr que non. Tu es un homme et tu ne parles pas de ce genre de choses.

— J-je l'ai ren... rencontré hier s-seulement.

— Ton patron? Le gars de la ferme?

Il hocha la tête.

— Il est très gentil. Il m'a presque embrassé, mais je crois pas qu'il m'aime comme ça.

Les mots sortirent à toute vitesse sans qu'il puisse les contenir.

Elle enveloppa son verre de ses mains.

— Ou alors il ne sait pas si *toi*, tu l'aimes comme ça.

Surpris, Tanner ouvrit la bouche et la referma aussitôt.— Peut-être qu'il n'est pas intéressé, ou peut-être qu'il n'est pas sûr de t'intéresser. Ce n'est pas lui qui utilise une canne, ou quelque chose dans le genre?

Tanner hocha la tête.

— Il a vraiment mal. Il est resté assis et m'a parlé pendant que je travaillais.

Alicia secoua sa tête.

— Vous, les hommes. Vous ne comprenez pas les femmes, mais visiblement vous êtes incapables de vous comprendre entre vous.

— Je fais quoi? demanda Tanner.

— Est-ce que tu l'aimes bien? Je veux dire, vraiment bien?

Il acquiesça.— Dans ce cas, fais ce que tous les hommes ont fait durant des siècles. Propose-lui un rencard.

Il apprécia l'idée. Il devrait attendre que les funérailles soient passées, mais avoir un plan d'attaque le fit se sentir mieux.

— Merci, dit-il.

Il lui sourit tout en mangeant.

— Tu es très gentille.

Elle eut un sourire en retour.

III

BRIGHTON ÉTAIT en train de s'habiller pour les funérailles de son grand-père. Il avait très vite appris à se reposer sur Tanner pour beaucoup de choses et cela le terrifiait. Ne pas pouvoir conduire le frustrait vraiment et le fait que Brianne soit occupée n'arrangeait rien. Heureusement, il avait la camionnette. Avec l'aide de son employé, il avait déménagé ses possessions de son appartement et posé son préavis. Au moins, cela diminuerait ses dépenses et le montant du loyer pourrait maintenant être utilisé pour couvrir les factures de la ferme. Mais il devait trouver un moyen de rentabiliser cette dernière s'il voulait que le projet fonctionne, surtout depuis qu'il avait trouvé le relevé d'imposition de la propriété sur le bureau de son grand-père. Grâce à la somme qui lui avait été léguée, il avait suffisamment d'argent pour payer, mais cette facture allait faire un trou dans ses finances. Brighton repoussa ces pensées. Brianne allait venir le chercher prochainement. Il fallait qu'il termine de se préparer.

— Brighton, l'appela Tanner en bas des escaliers.

Il lança sa cravate et sa veste sur son épaule, attrapa sa canne et marcha jusqu'à l'escalier.

— Salut, Tanner.

Il se sentait triste et savait qu'il avait une tête d'enterrement, sans vouloir faire de mauvais jeux de mots.

— De quoi as-tu besoin ?

— Je-je vérifiais… q-que t'allais bien.

Tanner se détourna. Brighton soupira. Son employé avait une carrure impressionnante, mais il interprétait chaque question comme une accusation et il se mettait alors à bégayer. À d'autres moments, son élocution était aussi claire et parfaite que possible.

— Je vais bien.

Il lui fallait juste descendre ces escaliers en un seul morceau, puis il devrait survivre à ce service commémoratif, ou ces funérailles, qu'importe le nom que les gens voulaient lui donner. Tanner s'empressa de monter les escaliers pour prendre son bras. Il l'aida à descendre. Brighton était déjà tombé une fois cette semaine et avait eu de la chance de ne blesser que son orgueil et son derrière. Quand il atteignit le rez-de-chaussée, son téléphone sonna. C'était Brianne.

— Brighton, ma voiture est en panne. Je suis devant le volant et elle refuse de démarrer. Je ne sais pas quoi faire.

Il soupira et regarda Tanner.

— Une minute.

Il couvrit le téléphone.— La voiture de Brianne ne veut pas démarrer. Elle a besoin que quelqu'un vienne la chercher. Je ne peux pas conduire, donc je me demandais si…

il s'arrêta.— Non. Je vais appeler un taxi. Ça sera plus simple comme ça. Je…

— Je vais conduire, dit Tanner. Ça te dérange si je reste aux funérailles ? Je peux revenir ici, mais après je vais devoir repartir im-immédiatement.

— Tanner va nous y amener, dit Brighton à sa sœur. Nous devons nous arrêter chez lui pour qu'il se change, puis nous passons te chercher. La chapelle est près de chez toi, de toute manière.

Il vérifia sa montre, heureusement qu'ils étaient en avance.

— Très bien. Je vous attends.

Elle raccrocha. Brighton termina de rassembler ses affaires.

— Merci, Tanner.

Tanner venait de l'aider. Une fois de plus.

— Je déteste d'être incapable de conduire. Je me sens tellement impuissant.

Le cowboy attendit qu'il soit prêt. Après avoir fermé la porte, ils montèrent dans la camionnette.

Brighton essaya de se positionner confortablement. La douleur dans sa jambe était vive. La tension qu'il éprouvait en était certainement la cause : il était persuadé que sa tante trouverait le moyen de faire une scène. Elle n'allait pas manquer une occasion de se donner en spectacle devant la famille tout entière. Tanner conduisit rapidement, mais en faisant attention. Quelques minutes plus tard, il arrêtait le véhicule dans l'allée. Une femme vint à leur rencontre.

Tanner sortit.

— Je m'occupe de tout expliquer, déclara Brighton, alors qu'il baissait la vitre.

Tanner se précipita à l'intérieur. La femme fit le tour de la voiture pour parler au passager.

— Bonjour, je m'appelle Brighton.

— Alicia Granger.

— La femme d'Arthur, dit-il avec un sourire.

Il tendit sa main à travers la fenêtre ouverte.

— Tout à fait.

— La voiture de ma sœur refuse de démarrer. Du coup, Tanner s'est proposé comme chauffeur. Il nous faut aller aux funérailles de mon grand-père, et je ne peux pas conduire.

Il se sentit bête.

— Tanner est un bon gars, dit-elle en souriant. Tout se passe bien pour vous ?

— Oui. Nous prenons nos marques à la ferme, j'imagine. Le plus dur reste de trouver quoi faire de cet endroit.

Il sourit, espérant masquer le fait qu'il s'agissait là de sa plus grande inquiétude.

Deux jeunes garçons sortirent de la maison et rejoignirent rapidement leur mère.

— Voici Marky et Josh. Dites bonjour à Brighton. Tonton Tanner travaille à sa ferme.

— Salut, dit Marky timidement. Vous avez des *aminaux* ?

Il interchangeait les consonnes comme Brighton avait eu l'habitude de le faire à son âge.

— J'ai des moutons, des chèvres et un poney. Ils sont tous très gentils. Avant, il y avait des poulets, mais nous n'en avons plus.

Encore heureux. Il avait détesté ces bêtes quand il était petit.

— On peut les caresser ? demanda Marky avec un large sourire, sautillant sur place.

Josh hocha la tête, mais ne dit rien.

— Bien sûr, leur assura-t-il avant de relever les yeux. Peut-être que votre mère pourrait vous amener un jour. Vous pourriez caresser les chèvres et les moutons, et monter le poney.

Il adressa un sourire à Alicia.

— Nous ne voudrions pas nous imposer.

— Ils passeraient un super moment. Quand j'avais l'âge de Marky, j'avais un agneau qui me suivait partout quand je venais les voir. Évidemment, les friandises que je leur donnais en quantité devaient certainement aider. Ces bêtes sont vraiment gentilles. Vous seriez les bienvenus.

Tanner sortit, habillé d'un pantalon de costume et d'une chemise blanche. Il était élégant. Alicia écarta les garçons de la camionnette en expliquant à ces derniers qu'ils devaient partir. Tanner attira l'attention des deux garçons et leur fit au revoir de la main.

ILS ARRIVÈRENT à la chapelle cinq minutes à l'avance. Tanner laissa Brighton et Brianne devant l'entrée et alla se garer. La chapelle était joliment décorée de fleurs, et des bouquets entouraient l'urne en bronze posée sur un pupitre. L'ensemble était élégant.

— Je te remercie. C'est vraiment bien, dit Brighton à sa tante en regardant autour de lui.

Cette remarque lui arracha un petit sourire.

— Il faut bien faire le nécessaire.

Tante Vera essuya ses yeux et regarda vers le devant de la chapelle, reniflant légèrement.

Brighton pensa qu'il s'agissait là d'une étrange réaction, mais après tout, il ne lui avait pas pardonné non plus. Il espérait qu'elle avait vraiment le cœur brisé par la mort de son père. Brianne la prit dans ses bras, puis ce fut au tour de Brighton de faire de même. En silence, il se reprocha de chercher un sous-entendu dans les paroles de quelqu'un qui traversait un pareil drame.

— J'apprécie ce que tu as fait. C'est très joli. Les couleurs sont parfaites.

Elle hocha la tête. Brighton fit un pas en arrière et se plaça sur le côté. Tanner entra et se joignit à eux. Tante Vera les regarda, se demandant probablement qui il était, mais d'autres personnes firent leur entrée et elle partit les saluer, mouchoir à la main. Oncle Raymond se tenait à l'écart, il discutait avec ses deux fils, Mick et Tim, et sa fille, Jill. Les trois cousins regardèrent dans la direction de Brighton avec un air renfrogné. Oncle Raymond fut le seul à offrir un léger sourire et à venir le saluer.

— Désolé pour toute cette affaire à la ferme, dit-il d'une voix basse.

Brighton en avait déjà conclu que c'était Tante Vera qui était derrière tout ça de toute manière.

— Quand ta tante a une idée en tête…

Brighton hocha la tête. S'il y avait une seule personne pour laquelle il était désolé, c'était bien son oncle. Il avait passé la majorité de sa vie à essayer de satisfaire Tante Vera – une tâche pharaonique, s'il en était.

— Tout va bien. Personne ne contrôlait ses émotions. Je suis sûr que la situation va se calmer.

Sa tante fit un signe. Oncle Raymond soupira doucement.

— N'y compte pas, dit-il en partant.

Brighton se tourna vers sa sœur, se demandant la raison de cet avertissement. Il jeta un regard à ses cousins, mais les trois faisaient des messes basses – ce qui n'était jamais un bon signe. En tout cas, quand Brianne et lui avaient vécu chez leur tante et leur oncle, cela ne l'avait jamais été. Heureusement que cette période de leur vie n'avait pas duré longtemps.

— Ne les laisse pas t'affecter, conseilla Brianne. Nous sommes ici pour dire au revoir à Papy.

Brighton hocha la tête et se dirigea lentement vers le devant, là, où tout ce qui restait de son grand-père, la seule personne en dehors de sa sœur qu'il ait réellement aimée, était rassemblé dans une urne.

Tanner lui toucha gentiment le bras. Quand Brighton se tourna vers lui, le cowboy lui sourit et lui tapota le bras.

— Tout va bien, répondit-il.

Il avança avec Brianne d'un côté et Tanner de l'autre. Ses jambes donnaient l'impression d'être en plomb et il devait les obliger à avancer. Pour dire la vérité, il détestait le fait que son grand-père ait été incinéré, mais il ne pouvait plus rien y faire. De plus, c'était sa volonté. Il aurait simplement aimé avoir l'opportunité de le regarder une dernière fois avant de lui faire ses adieux.

Brianne s'avança la première. Brighton s'appuya sur Tanner pour ne pas tomber. Ce dernier était si fort et si solide. Bon sang, ça faisait à peine une semaine qu'il connaissait Tanner et voilà qu'il se tenait à ses côtés durant les funérailles de son grand-père. Il se souvenait des dernières obsèques auxquelles il avait assisté. C'était celles de ses parents. La peur avait habité chaque parcelle de son être ce jour-là. Il ignorait ce qui allait advenir de lui, ainsi que de sa sœur, maintenant qu'ils avaient perdu ceux qui avaient toujours été présents et veillé sur eux. Ses parents étaient les meilleurs. Ils avaient toujours écouté et n'avaient jamais crié, même lorsque leurs relations étaient tendues. Brighton respira profondément afin de dissiper cette ancienne tristesse. C'était il y a longtemps. Il ne s'était pas attendu à ce qu'elle resurgisse, mais elle se mélangea au deuil présent et lui laissa l'impression que le poids du monde reposait sur ses épaules. Brianne recula et il lui tendit sa main, qu'elle serra doucement.

— Va dire bonjour aux gens, dit-il. J'ai juste besoin d'une minute.

— Est-ce que tu es sûr ? demanda-t-elle.

— Oui.

Elle serra de nouveau sa main et la relâcha.

— Peut-être que tu peux aller voir si toute la famille pense que je suis le Grinch.

Elle le prit dans ses bras.

— La plupart s'en fichent, dit-elle, et les autres n'aiment pas beaucoup Vera de toute façon.

Il la serra contre lui à son tour. Elle le lâcha, lui fit un sourire et le quitta. Il se rapprocha de l'urne et la regarda avec insistance.

Tanner lâcha son bras et se recula, mais demeura à distance raisonnable.

— Est-ce que vous êtes son gardien ?

Brighton put entendre la remarque sarcastique de Tim, prononcée d'une voix assez forte pour qu'elle lui parvienne.

— Non, répondit Tanner d'une voix grave, légèrement menaçante.

Il n'était peut-être pas du genre à parler beaucoup, mais il savait comment donner de l'importance au peu qu'il disait.

Brighton utilisa sa canne pour garder son équilibre et s'avança auprès de l'urne de bronze.

— Je me sens idiot de parler à une urne plutôt qu'à toi, murmura Brighton dans sa barbe.

Il ne voulait pas qu'on l'entende.— J'aimerais que tu sois encore là pour que je puisse te demander ce que tu veux que je fasse. J'ai la sensation que tu m'as demandé de reprendre le flambeau, et j'essaie, mais je suis perdu.

Il déglutit, la boule dans sa gorge avait grossi.— Je peux te sentir dans la maison, tout le temps, et je m'attends à te voir dans ton fauteuil sous le porche ou dans la grange.

Il respira profondément.— Tu manques aux animaux, on dirait. Bordel de…

il essuya ses yeux avec le dos de sa main.— Tu me manques.

Il essaya de contenir le sentiment de solitude qui menaçait de l'engloutir.

Tanner toucha son bras avec douceur. Brighton se rapprocha de lui instinctivement. Ce toucher était apaisant et bienveillant.

— Tout ira bien, murmura Tanner.

Brighton n'était pas sûr de pouvoir le croire.

64

— J'aurais aimé venir plus souvent te voir, surtout ces dernières années. J'aurais aimé te connaître en tant qu'adulte et non pas seulement en tant que petit-fils.

Il avait tellement de regrets au sujet de son grand-père. Il renifla et se tint le plus droit possible.

— Je ferai du mieux que je peux pour te rendre fier.

Brighton se détourna. Tanner l'aida à s'éloigner de l'urne. Il le guida jusqu'à un siège au premier rang et s'assit à ses côtés. Brighton était content que son employé soit venu avec lui.

— Merci. Je suis désolé de te faire perdre ton temps.

L'intéressé se contenta de secouer la tête et de regarder autour de lui. Brighton aurait aimé que le service commence.

— Est-ce que tu as décidé de ce que tu allais faire ? demanda Jill, en prenant le siège de l'autre côté de Tanner. La ferme représente beaucoup de travail. Même Papy le disait.

— Je sais bien, déclara Brighton, mais c'était son désir que quelqu'un essaye de continuer et il m'a choisi. J'aurais aimé savoir ce qu'il pensait.

— Peut-être qu'il ne pensait pas. Vers la fin, son esprit n'était pas toujours aussi clair. Il était peut-être désorienté, ou...

— Arrête, Jill. Il ne perdait pas l'esprit. Papy savait très bien ce qu'il voulait, comme toujours. Tu le sais.

Il voyait très bien la tactique que Jill était en train d'employer. À la maison, elle l'agaçait toujours encore et encore jusqu'à ce qu'il craque. Puis, elle se précipitait dire à sa mère qu'il avait été méchant avec elle.

— Il connaissait très bien tes tactiques.

Ses lèvres s'étirèrent et il vit le sourire hypocrite de sa cousine s'estomper pour laisser place à cette grimace qui lui était plus habituelle.— J'ai toujours pensé que tu serais plus heureuse si tu acceptais ce que tu avais plutôt que de t'inquiéter des autres. Je n'ai pas plus que tu n'as. Je vis simplement.

Elle fit une pause pendant une seconde, ses traits s'adoucissant durant un petit moment.

— Mais ta vie simple affecte aussi les autres. Tu devrais vendre la ferme.

Brighton secoua la tête.

— Ce que tu penses n'a aucune importance. Cette ferme est tout ce qui nous reste de Papy. Il est dans cette fichue urne. Donc aussi longtemps que cette ferme est là, avec ses animaux et le reste, il sera en vie.

Il n'avait pas réalisé que c'était ce qu'il ressentait jusqu'à ce que ces mots sortent de sa bouche.— Vois-le ainsi, Jill. Je maintiens ce patrimoine vivant, pas seulement pour moi, mais pour la génération suivante. Si je peux la faire fonctionner, elle sera là pour tes enfants, ceux de Mick ou de Tim. Si nous la vendons, il n'y aura plus rien. Papy le savait.

Son air renfrogné revint. Elle se leva.

— Je savais que tu ne comprendrais pas, déclara-t-elle.

Brighton soupira et se détourna d'elle alors qu'elle s'en allait. Aucune importance. Il savait maintenant pourquoi il lui fallait sauver cette ferme. Il ne lui restait plus qu'à trouver la manière.

Le pasteur traversa la foule et vint se placer au-devant. Il ne parla pas immédiatement laissant le temps à tout le monde de s'asseoir. Brianne prit le siège que Jill avait libéré. Brighton regarda cet homme d'âge mûr, qu'il ne connaissait ni d'Ève ni d'Adam. L'expression de son visage était bienveillante et inspirait la confiance.

— Bonjour. Nous sommes ici rassemblés pour faire nos adieux à notre ami, notre père et notre grand-père.

Il sourit légèrement.— Edward a touché l'existence de chacun d'entre nous à sa manière. Ainsi, plutôt que de prononcer moi-même son éloge funèbre, j'aimerais que chacun d'entre vous vienne ici et indique comment Edward a touché sa vie.

Il fit une pause.— Edward a été le premier à croire en moi. Vous savez, j'avais envie de suivre ma vocation et devenir pasteur. Mes parents, tout en étant heureux de ma décision, voulaient vraiment que j'aille dans la finance ou dans un tout autre domaine où l'on gagne mieux sa vie.

Il sourit.— Je ne vous raconte pas cela pour les dénigrer. Nous vivions chichement et ils voulaient que j'aie une meilleure vie que la leur. Edward est venu avec moi leur expliquer ma décision. Il s'est tenu à mes côtés. Et au final, je n'ai pas eu besoin de son soutien – mes parents ont respecté mon choix –, mais je n'étais pas seul. Et c'est ce que je n'oublierai jamais. Le fait de ne pas avoir eu à faire face à ce moment important tout seul.

Il laissa sa place et attendit quelques secondes. Personne ne quitta son siège. Brighton regarda autour de lui, espérant que quelqu'un se lèverait. Brianne fut la première et s'avança.

— Je m'appelle Brianne, je suis la petite-fille d'Edward. Mes parents ont été tués lorsque j'avais quatorze ans. Mon frère et moi-même sommes allés vivre chez notre tante et notre oncle.

Elle les regarda.— Ça a été une période difficile pour moi. Je n'étais pas une adolescente très agréable. La vie était injuste et je détestais tout et tout le monde. L'univers avait, d'une certaine manière, conspiré pour m'enlever ceux que j'aimais le plus.

Elle fit une pause.— Je suis reconnaissante pour tout ce que les gens ont fait pour Brighton et moi à l'époque. Mais c'était Papy qui m'a appris que la vie continuait. Il m'a prise dans ses bras et m'a dit que j'avais besoin d'être forte et de trouver mon propre chemin, que je serais aidée, mais que j'étais intelligente et drôle, et que je pouvais changer le monde si je le décidais.

Elle se tourna vers le prêtre et hocha la tête.— Comme vous, je n'ai jamais eu à m'inquiéter d'être seule. Papy semblait toujours se trouver à mes côtés. La plupart du temps, je n'avais même pas conscience qu'il était là.

Brighton la remercia du regard. Il ressentait la même chose et était ravi qu'elle ait trouvé les bons mots. Elle vint se rasseoir. Il n'y avait nul besoin de s'épancher sur les blessures du passé. Leur grand-père avait été présent pour tous les deux, surtout quand la vie s'était faite très difficile chez leur tante et leur oncle.

L'intervention de Brianne avait brisé la glace. D'autres se levèrent. Un homme raconta la fois où une des chèvres avait rué dans le derrière de leur grand-père. Une des dames parla de ses efforts pour mettre la main sur la recette de la soupe à la palourde de leur grand-mère pendant des années. Elle se mit à rire.

—Je n'oublierai jamais le jour où je suis allé voir Ed pour lui demander la recette. Il s'est contenté de me remettre une boîte de conserve contenant de la soupe avec ce sourire espiègle qui était le sien. Il m'a alors dit qu'Eleanor lui avait fait jurer de garder le secret, mais maintenant qu'elle était partie…

Elle sortit un mouchoir de son sac à main.— Quel vieux filou !

Brighton ne put s'empêcher de sourire. Il pouvait très bien imaginer son grand-père se comporter ainsi.

— Il y avait toujours de la joie de vivre autour d'Eddie, enchaîna un homme corpulent et aux cheveux gris, qui prit la place de la femme.

Il ne bougeait pas rapidement, mais il y avait une certaine force en lui.— Je m'appelle Thaddeus Winters. Eddie et moi étions des amis d'enfance. Notre ferme était juste à côté de celle qu'a habitée Eddie toute sa vie. Tous les deux, nous terrorisions les vaches et tourmentions les chèvres. Nos mères passaient leur temps à nous gronder, prétendant qu'on allait faire tourner le lait.

Il s'arrêta pour sourire.— Lorsque nous avons grandi, Eddie a épousé ma cousine. Et ces jeunes gens au premier rang font partie de ma famille.

Il les montra tous d'un signe de la main.— Ils ne me connaissent pas parce que j'ai déménagé en Californie lorsque mes vieux ont vendu la ferme. Mais Eddie, lui, n'a jamais abandonné. Il s'est battu pour la garder en activité toutes ces années. La terre sur laquelle j'ai grandi et j'ai joué est maintenant un centre commercial. Je ne reconnais plus rien, sauf le domaine d'Eddie.

Thaddeus essuya ses yeux rapidement.

— Je n'ai pas vu mon ami d'enfance depuis des années, mais on continuait à s'écrire et à se téléphoner. Jusqu'à la fin, il était le même Eddie que dans mes souvenirs, plein de vie.

Il fit de nouveau une pause. Brighton pouvait voir à quel point c'était difficile pour lui. Lui-même était au bord des larmes depuis un long moment. Il se leva lentement et rejoignit ce parent qu'il n'avait jamais rencontré et qui était perdu dans sa douleur.

— Mon dernier ami, de ceux que vous vous faites quand les amis veulent vraiment dire quelque chose, est parti.

Brighton prit son bras, et ce cousin lointain sembla rassembler ses pensées.— On aime prétendre que les choses étaient plus simples à l'époque et peut-être bien qu'elles l'étaient. Je ne sais pas. Les jeunes d'aujourd'hui ont tout ce qu'ils désirent, mais je veux croire qu'ils connaissent les mêmes bonheurs simples, que leurs amis sont pareillement extraordinaires et qu'ils font les mêmes bêtises, ont les mêmes aventures qu'Eddie et moi avions.

Il s'essuya les yeux et retourna lentement s'asseoir, après avoir touché avec reconnaissance la main de Brighton.

Ce dernier se força à sourire et se tourna vers le groupe rassemblé.

— Je voudrais partager un de mes souvenirs préférés. Je devais avoir dix ans. Maman avait cuit un gâteau et nous l'avions amené chez Papy et Mamie, car c'était mon anniversaire. J'avais demandé à avoir ma fête à la ferme.

Il prit une inspiration.— Vous voyez, j'avais dû me dire que si on l'organisait là-bas, j'aurais davantage de cadeaux.

Brighton haussa les épaules alors que l'assistance souriait et rigolait doucement.— J'étais un gamin, je ne sais pas pourquoi j'ai pensé ça. Bref, quand nous sommes arrivés là-bas, il n'y avait aucun cadeau emballé en vue, sauf ceux que mes parents avaient apportés. Nous avons mangé et enfin coupé le gâteau. Maman et Papa m'ont laissé ouvrir mes cadeaux. Puis, je me souviens avoir regardé Mamie.

Il laissa son regard glisser sur les gens. Ils avaient tous leur attention fixée sur lui.— Mamie a regardé Papy. Elle a mis sa main sur sa bouche comme si elle avait oublié mon cadeau. Elle s'est mise à rire et m'a dit que mon présent se trouvait dans la grange. Est-ce qu'il m'avait offert un poney ? J'étais tellement excité que je me suis précipité dans la grange. Papy m'a suivi. Quand il m'a rattrapé, il m'a amené jusqu'à un petit enclos et a soulevé un agneau. Il était tellement petit. Il me l'a mis dans les bras, accompagné d'un biberon. Il m'a dit que sa mère était morte et qu'il avait besoin que quelqu'un s'occupe de lui. Mamie a déclaré qu'ils allaient me le donner et que j'allais rester chez eux quelques semaines pour aider à l'élever.

Il soupira et sourit.— J'ai failli dormir dans la grange pendant une semaine. Si Mamie ne s'y était pas opposée, c'est ce que j'aurais fait.

Beaucoup hochèrent la tête et il y avait des sourires sur de nombreux visages. Il se fit un point d'honneur d'ignorer les expressions ternes de sa tante et de ses cousins. Il s'en fichait, du moins pour le moment.

— Pendant très longtemps, j'ai cru que l'agneau était mon cadeau. Mais en grandissant, il s'est mélangé au reste du petit troupeau qu'ils avaient. Et à part ces quelques moments où il me suivait partout, j'ai eu peu de contact avec lui une fois qu'il est devenu adulte. Non, le vrai présent n'était pas l'agneau, c'était le temps. C'était ces semaines que j'ai passées avec Mamie et Papy à m'occuper et à porter ce petit agneau. Voilà ce qu'ils m'avaient offert : la possibilité de prendre soin d'un autre être vivant tout en étant soi-même choyé, de courir, de jouer et de profiter de l'extérieur, exactement comme M. Winters vient de le dire. Ils m'ont donné quelques semaines de ce type d'enfance que la plupart des enfants n'ont pas. Pour résumer, le vrai cadeau était leur temps et leur amour. Et la leçon à tirer, j'imagine, c'est qu'il faut en profiter tant que ça dure. Nous finissons par grandir, avancer dans la vie, et tout ce qui nous restera ce sont ces souvenirs.

Brighton retourna lentement à son siège. Il était reconnaissant d'avoir pu dire tout ce qu'il voulait sans s'être brisé en mille morceaux.

Il s'assit. Brianne lui tendit un mouchoir et partagea avec lui un bref sourire. Il se tourna vers Tanner, qui était penché davantage contre lui.

— C…c-c'était vraiment bien.

D'autres se levèrent et parlèrent, prenant quelques minutes pour expliquer la signification que leur grand-père avait prise dans leur vie. Leur tante fut la dernière à se lever. Elle passa un certain moment à parler de son enfance avec son père. Le discours semblait avoir été répété et manquait d'émotions. Lorsqu'elle se rassit, le pasteur reprit sa place et s'occupa de conclure. Enfin, il fut temps de partir.

Comme le déjeuner avait été organisé, ils partirent en direction du restaurant, qui n'était pas très loin. Ce n'était rien d'extraordinaire, mais leur grand-père y avait régulièrement pris son petit-déjeuner. Le lieu semblait donc convenir pour l'occasion. Les gens formèrent des groupes en fonction de qui ils connaissaient. Brighton s'assit en compagnie de Brianne et de Tanner, au bout d'une large table qui demeura vide jusqu'à ce que M. Winters s'asseye de l'autre côté, près de Brianne.

— Est-ce que ça vous va si je me joins à vous ?

— Bien évidemment, répondit Brianne d'un ton joyeux. Les membres proches de la famille ne nous aiment pas beaucoup en ce moment.

Il laissa échapper une exclamation railleuse. Brighton l'apprécia aussitôt.

— J'ai cru comprendre qu'on se battait au sujet de la ferme.

— Absolument pas, répondit-il. Papy me l'a laissée et je vais y vivre, du moins pendant un moment.

Il se tourna légèrement.— Voici Tanner. C'est lui qui m'aide à la ferme. Je ne peux pas conduire ni faire des travaux physiques, donc il s'en occupe depuis quelques jours.

M. Winters tendit sa main, que Tanner serra.

— Vous avez le physique qui convient pour le travail de ferme.

— J'étais d...d-dans un ranch avant de v-venir ici.

Tanner préféra s'arrêter là. M. Winters fit un signe de tête vers les autres membres de la famille.

— Donc j'imagine qu'ils pensent que vous devriez vendre ? En quoi ça peut bien les regarder ce que vous faites ?

— Si je vends, ils récupèrent leur part. Si je reste, la ferme est à moi.

Brighton regarda ses trois cousins qui semblaient conspirer comme à leur habitude.— Je comprends ce que Papy essayait de faire, mais ça a créé beaucoup de problèmes. Non pas que nous ayons été très proches pour commencer, mais Tante Vera comptait sur la vente de la ferme pour financer le train de vie auquel elle s'est habituée.

M. Winters produisit de nouveau ce bruit railleur.

— N'abandonnez pas, l'encouragea-t-il.

— C'est ce que je compte faire, si j'arrive à trouver comment rentabiliser la ferme. Vous avez vu l'endroit. C'est entouré par des développements immobiliers de chaque côté et ce n'est pas très grand.

— Quand on a des citrons, on fait sa propre limonade, pour ainsi dire. La terre est bonne. Ça a toujours été le cas. Du coup, trouvez ce dont les gens ont besoin et fournissez-le-leur. Les légumes sont toujours une bonne idée. Vous pourriez en cultiver quelques rangées et les vendre sur un stand. Ou élever des animaux pour leur viande.

Il fit une pause.— Mais l'odeur est un peu trop puissante, et vous ne voulez pas de problème avec le voisinage.

— Vous voyez la difficulté. J'ai vingt hectares. Je pourrais faire pousser du maïs et n'en tirer aucun profit.

— C'est vrai. Mais il y a ce verger. Les arbres fruitiers peuvent rapporter de l'argent. Surtout dans un endroit comme le vôtre, où vous pouvez proposer des fruits fraîchement cueillis ou permettre aux clients de ramasser les leurs.

— Bonne idée, oui, mais les arbres sont vieux et ça va prendre des années pour en faire pousser de nouveau, remarqua Brighton.

M. Winters leva les yeux au ciel.

— Fiston, votre optimisme est en train de vous tuer, je crois. Vous devez trouver ce que vous *pouvez* faire. Vous avez une grange, du coup vous pouvez y garder des bêtes. Vous avez des champs, donc vous pouvez y faire pousser n'importe quoi. Trouvez ce qui vous permettra d'en retirer le meilleur parti et foncez. Sinon vous travaillez, n'est-ce pas ?

— Oui.

— Donc vous devez simplement vous assurer que la terre rapporte autant d'argent qu'elle vous coûte. Ça devrait facilement se faire tout seul si vous laissez faire.

M. Winters se tourna vers Tanner.— Vous avez des idées, fiston ? Je vous vois écouter. Je parie que vous avez quelque chose.

Tanner eut un haussement d'épaules.— Si vous avez quelque chose à dire…

— J'ai en… t-tête… l'histoire de Brighton au sujet des b-bébés animaux. Tout le monde aime les bébés animaux.

— C'est le cas, admit Brighton. Mais comment est-ce qu'on transforme cette idée en business ?

— Voilà ce qu'il faut découvrir.

M. Winters se mit à sourire alors que le serveur plaçait les assiettes devant chacun d'eux.— L'internet est rempli de sites sur les bébés animaux.

— Absolument, dit Brighton, principalement pour terminer cette conversation.

Il voulait savoir ce qu'il allait faire de la ferme, mais d'une certaine manière il ne pensait pas que le moment était bien choisi pour cela.

— Nous allons y réfléchir, ajouta-t-il avant de mordre dans son jambon. Combien de temps est-ce que vous restez en ville?

— Je suis là jusqu'à demain. Je suis logé chez des amis. J'ai un avion à prendre le matin.

— Si vous avez du temps, passez à la ferme.

— Je vais essayer, mais si je ne peux pas cette fois-ci, je viendrai vous rendre visite la prochaine fois que je serai dans la région.

Il sourit et commença à manger.

La conversation prit fin et ils mangèrent leur repas. Quand tout le monde eut fini, de nouveaux groupes se formèrent et certaines personnes les rejoignirent à leur table pour partager des histoires au sujet de leur grand-père. L'après-midi passa aussi agréablement que ce peut en pareille circonstance.

— Nous devons rentrer, dit Brighton à sa sœur, quand son employé lui montra sa montre. Tanner doit nourrir les bêtes avant de rentrer chez lui.

Il se leva et dit au revoir à tous ceux qui se trouvaient à sa table. Brighton alla trouver M. Winters et le salua chaleureusement, renouvelant son invitation à passer le voir.

— Je viendrai, lui assura M. Winters avec un sourire.

Après avoir dit adieu à tout le monde, ils se dirigèrent vers la camionnette. Tanner salua Brianne et arrêta les détails pour la remise des diplômes. Brighton insista pour inviter sa sœur à un dîner de célébration le lendemain. Il fut enfin temps de retourner à la ferme.

À leur arrivée, Brighton rentra pour travailler un peu et Tanner alla à la grange.

— Est-ce que tu ne dois pas te changer? demanda Brighton, en tenant la porte ouverte.

Tanner sortit un sac de la camionnette et le suivit à l'intérieur. Il se changea et partit directement à la grange. Brighton prit son ordinateur et s'assit dans son fauteuil favori. Après un moment, Tanner ressortit de la bâtisse et ferma la porte pour la nuit. Il rejoignit Brighton et lui dit :

— J'y vais.

Son patron mit son portable de côté et se releva.

— Merci pour tout aujourd'hui. Tu m'as sauvé la vie et tu n'étais pas obligé.

Il essaya de se rappeler la dernière fois que quelqu'un d'autre que Brianne avait fait quelque chose pour lui, par simple gentillesse. Et il eut du mal à trouver un exemple… Si ce n'est celui de son grand-père. Brighton se rapprocha, voulant tapoter Tanner sur l'épaule, mais sa jambe lâcha et il tomba en avant. Le cowboy le rattrapa dans ses bras musclés, le pressant contre son énorme poitrine. Brighton releva les yeux pour rencontrer son regard. Son employé l'embrassa.

Ses lèvres sur les siennes envoyèrent une décharge d'électricité à travers tout son corps. Ses yeux se fermèrent. C'était ce dont il avait rêvé. L'excitation grandit rapidement et il se décala, n'étant pas sûr que Tanner veuille sentir à quel point il était affecté par ce baiser. L'étreinte de ce dernier se renforça quand il laissa glisser sa main sur ses fesses, le retenant à moitié, et que l'autre main alla envelopper le dos de Brighton, le pressant davantage contre son torse dur. Tanner dévora sa bouche. Son patron laissa échapper un gémissement tout doucement, en même temps que sa canne. Elle tomba sur le sol de la terrasse, mais il n'y prêta pas attention. Il posa ses mains sur les muscles puissants de son employé, avant de s'accrocher au cou de celui-ci comme si sa vie en dépendait.

Quand ils rompirent le baiser, Brighton s'efforça de reprendre son souffle, mais il croisa le regard enflammé de Tanner durant une brève seconde et celui-ci l'embrassa de nouveau. Tout était agréable chez lui : son goût, son étreinte… Bon sang, même le grondement profond qui provenait de sa gorge. Les pieds de Brighton quittèrent le sol quand Tanner décida de les faire entrer dans la maison. Brighton s'agrippa, n'osant pas rompre le baiser. Il avait besoin de l'énergie que l'autre lui offrait et qu'il absorbait telle une éponge.

Tanner ouvrit la porte et la moustiquaire se referma en claquant après leur passage. Brighton se retrouva calé entre le mur et le poids bienvenu du cowboy. Quand Tanner ne le maintint plus à son niveau et le ramena au sol, leurs lèvres se décalèrent légèrement. Brighton poussa son bassin. Son érection se pressa contre celle de Tanner, qui s'avéra elle aussi de taille assez importante.

— Tanner, murmura Brighton, relevant son menton alors que l'intéressé faisait glisser sa langue le long de son cou.

Le prénom se termina en gémissement. Il ne pouvait soutenir son propre poids. Entre sa mauvaise jambe et ce que Tanner lui faisait, si jamais il bougeait, il tomberait à terre, comme une chiffe molle. Mais il lui faisait confiance et savait que ça n'arriverait pas. Tanner l'embrassa de nouveau, cette fois avec plus de délicatesse. La pression s'allégea et prit fin.

— Mon Dieu…

— Je… v-voulais…

Brighton pouvait sentir Tanner rayonner de nervosité, remplaçant le flot d'énergie positive par quelque chose de plus sombre. Il le tira vers lui et l'embrassa pour l'empêcher de parler. Ils n'en avaient pas besoin. Ils avaient, ces dernières secondes, communiqué sans avoir à utiliser les mots. Brighton tenait absolument à poursuivre cette conversation particulière.

Quand le cowboy mit fin au baiser, cette fois-ci, ce fut avec un sourire chaleureux. Il lui caressa la joue. Son érection pulsa contre celle de Brighton, qui ferma les yeux, savourant la sensation de cette raideur qu'il n'avait pas espéré sentir à nouveau dans sa vie... à part la sienne, évidemment.

— Je devrais sûrement y aller, murmura Tanner sans bégayer.

Brighton en déduisit, sans en être vraiment certain, que ses nerfs avaient dû se calmer. Le cowboy se recula un petit peu. Brighton utilisa le mur pour s'assurer qu'il ne perdrait pas l'équilibre. Puis Tanner se retira entièrement.

Même si la température ambiante était chaude, Brighton avait légèrement froid sans la chaleur intense de son employé. Celui-ci quitta la pièce pour récupérer la canne et la lui remettre.

— À demain.

Brighton acquiesça, un peu hébété par ce qui venait d'arriver. Il cligna plusieurs fois des yeux et regarda Tanner quitter la pièce. La moustiquaire claqua derrière lui. Bon sang, il n'avait jamais été embrassé de la sorte auparavant ! Bien évidemment que des hommes l'avaient déjà embrassé, il avait eu des petits amis. Bon d'accord, *un* petit-ami, mais durant tout le temps que leur relation avait duré, aucun de leurs baisers ne l'avait fait fondre comme ceux de Tanner.

Il respira profondément et mit sa canne comme il fallait avant de faire son premier pas et de quitter le mur. Son cœur battait toujours la chamade alors que la moto rugissait à l'extérieur. Il alla à la fenêtre et regarda son employé partir. Cette vision sembla casser le sortilège dont il était la victime.

Il soupira et lâcha le vieux rideau. Tanner était puissant, vif, intense et... chaud comme une fournaise. Que diable pouvait-il voir chez un homme dont la jambe cédait aux mauvais moments, un homme qui était incapable de traverser le jardin sans aide ? En ignorant ces baisers, qu'est-ce que Tanner pouvait bien lui trouver ? Brighton n'était pas un homme entier, le cowboy méritait bien plus que lui. Il se tourna et partit lentement en direction de la cuisine. Son estomac n'avait toujours pas terminé de digérer le déjeuner, mais il avait vraiment soif. Il ouvrit le réfrigérateur pour récupérer une bière. Pour la peine, il en prit deux, les retenant entre ses doigts. Le bord irrégulier des capsules s'enfonça un peu dans la chair, mais il n'y prêta pas attention. Il referma la porte du frigo, sortit de la pièce et retourna sous le porche s'asseoir dans son fauteuil. Il posa la canne à ses côtés, ouvrit la première bière et en but la moitié d'un seul coup.

Il avait besoin de quelque chose. Chaque doute qui l'avait habité pendant des mois, chaque questionnement au sujet de sa vie, tout refit surface en même temps. Il fallait qu'il les noie d'une manière ou d'une autre. Deux bières ne suffiraient pas, mais c'était un bon début. Puis, quand elles seraient terminées, il passerait à quelque chose de plus efficace. Il finit sa bouteille et ouvrit la suivante, la gardant dans ses mains pendant qu'il se balançait doucement dans la chaise.

— Tu me manques, Papy, dit-il avant de boire une gorgée. Pourquoi ne pas m'avoir dit ce que tu voulais que je fasse avec cet endroit ? Tu m'as laissé ces terres, mais...

Pour la énième fois, il pensa jeter l'éponge. En dépit de ce qu'il avait déclaré lors des funérailles, il était peut-être préférable de se contenter de vendre et de partir. Tout le monde serait heureux. Il soupira. Alors même que la pensée traversait son esprit, il sut que *lui* ne serait pas heureux de cette vente.

Il finit sa bière et se leva. Sa démarche était chancelante, mais déterminée. Il attrapa sa canne, descendit lentement les deux marches et traversa le jardin. Il ouvrit la porte de la grange et entra.

L'air sentait la paille fraîche, le foin et les animaux. Il se dirigea vers l'enclos des moutons et s'assit sur une balle. Un des moutons vint à lui et Brighton caressa doucement la laine rugueuse et emmêlée. Il se souvint de l'agneau et à quel point sa laine avait été douce. Il faudrait qu'il les fasse tondre avant l'été. Tellement de choses à faire !

— Tu te plais ici, n'est-ce pas ? demanda-t-il au mouton, qui cligna des yeux avant de partir. Moi aussi.

Il aurait aimé savoir ce qu'il allait faire. Et assurément, il souhaitait avec ardeur ne pas être à ce point faiblard.

Ses pensées dérivèrent de la ferme à Tanner. Qu'allait-il faire ? Il avait voulu que celui-là l'embrasse. Dès le début, il avait eu le désir de l'escalader comme le mont Everest. Mais qu'est-ce que l'ancien cowboy pouvait bien voir en lui ? Il était brisé alors que Tanner était en pleine santé. Les gars comme lui ne s'intéressaient pas à des hommes maigres et boiteux. Tanner pouvait avoir qui il voulait, il ne le savait simplement pas. Que se passerait-il si Brighton le poursuivait de ses assiduités et que Tanner prenait conscience de ce qu'il pouvait avoir ? Il ne resterait pas avec quelqu'un comme lui, il pouvait en mettre sa main à couper.

— Si seulement je connaissais les réponses.

Une des chèvres avança sa tête entre les lattes de l'enclos, le regardant bizarrement.

— C'est exactement ce que je ressens, confus et idiot, dit-il en retournant le regard. Ç'aurait été bien que tu aies les réponses, car c'est certain que moi je ne les ai pas.

La chèvre se contenta de le regarder, clignant des yeux plusieurs fois.— Ouais, tu ne sers à rien.

Il se releva et passa à la stalle où le poney mâchait son foin. Il tapota son cou gentiment pendant qu'il réfléchissait.

— Il y a forcément une solution pour faire assez d'argent afin de vous garder en bonne santé et bien nourris.

La facture pour la livraison et l'équipement acheté plus tôt dans la semaine lui avait ouvert les yeux. Il ne s'était pas attendu à ce que ce fût si cher. Il avait de l'argent ; toutefois, celui-ci ne durerait pas longtemps s'il ne trouvait aucune source de revenus annexe. Il se demanda comment son grand-père s'était débrouillé. Il avait réussi à nourrir et abriter les bêtes durant toutes ses années sans faire faillite. À moins qu'il ait eu plus d'argent que lui à utiliser ?

Il ne contrôlait rien, pas plus qu'il n'y comprenait quelque chose. Le fonctionnement d'une ferme était un mystère ; Tanner en était un plus grand encore. Son attention glissa du poney à ses jambes. Si encore il avait été entier, il aurait pu gérer cela, mais la plupart du temps il était incapable de faire quoi que ce soit dans sa propre maison.

— Putain, c'est clair que ça donne envie, maugréa-t-il à haute voix.

Il resta dans la grange tandis que la lumière venant de la porte diminuait. Au final, avant qu'il ne fasse entièrement nuit, il quitta la bâtisse. Il referma la porte et revint à la maison. Il n'avait pas particulièrement faim, mais il se prépara un encas qu'il put réchauffer au micro-ondes et qu'il avala sans se soucier de sa saveur. Alors que la nuit tombait, il fut tenté de regarder la télévision, mais il était fatigué, autant émotionnellement que physiquement. Il monta l'escalier lentement. Sa jambe lui faisait un mal de chien. Il sut qu'il était temps qu'il retourne voir le médecin. Si les choses empiraient, il fallait qu'il le sache.

Il vivait dans la peur constante que tout ce qui avait été fait pour reconstruire sa jambe cesserait de fonctionner et qu'il finirait dans un fauteuil roulant, ou avec son membre amputé. Il parvint en haut des marches et utilisa la canne pour se rendre à la salle de bain. Elle était aussi vieille que Mathusalem, mais toujours en état de marche. Quand il commencerait les rénovations, il débuterait par cette pièce. Il voulait un bain à remous pour pouvoir délasser sa jambe. Dans son état actuel, c'était l'équivalent du paradis. Mais comme toujours, le paradis allait devoir attendre. Il passa aux toilettes, se nettoya et quitta la salle de bain.

Que Brianne soit bénie ! Elle avait fait du bon boulot en préparant sa chambre pour lui. L'atmosphère était chaleureuse, engageante, un peu comme à la maison… Les autres pièces gardaient encore l'empreinte de son grand-père. Celle-ci était la sienne. Il ouvrit la fenêtre, se déshabilla et se glissa entre les draps. Il avait chaud et l'air était poisseux. Il fallait qu'il règle la question de la climatisation, au moins pour cette chambre.

Finalement, l'air frais de la nuit pénétra dans la pièce. Il sentit le sommeil approcher, mais son esprit refusait de se mettre en pause pour la nuit. Tanner, ainsi que ce baiser et sa signification obsédaient ses pensées. Il l'appréciait beaucoup, il ne pouvait le nier. Il était fasciné, au point qu'il s'asseyait sous le porche durant des heures pour pouvoir le regarder. Son comportement était légèrement obsessionnel, il le savait, mais tant pis. Il ferma ses yeux et vit Tanner en train de se pencher pour mettre en place les poteaux, ou en train de soulever les lourdes poutrelles, ses muscles se contractant sous la chemise, menaçant à tout moment de la faire craquer aux entournures.

Son obsession ne se cristallisait pas seulement sur ses capacités physiques, même si elles étaient impressionnantes. Il l'aimait bien et prenait beaucoup de plaisir à discuter avec lui. Évidemment, Tanner ne parlait pas beaucoup, mais alors ? On accordait trop d'importance aux bavardages superficiels. Les conversations profondes étaient les seules qui comptaient, ainsi que les actions. À ce sujet, le cowboy avait été assez gentil pour les amener, lui et Brianne, aux funérailles. Sans aucun doute possible, il avait une âme généreuse incarnée dans un corps de rêve. Quant à savoir pourquoi il voulait d'un gars maigrelet avec une patte folle, c'était un mystère absolu. Brighton n'avait rien à offrir, et puis il était son employeur. Il soupira et s'efforça de s'endormir, mais il resta éveillé pendant des heures. Il n'ignorait pas qu'il allait bien falloir qu'il soit frais et dispo pour la remise des diplômes de sa sœur, car il était bien décidé à faire tout son possible pour que cette journée soit inoubliable.

IV

TANNER ARRIVA le lundi à l'aube. Il bâillait à s'en décrocher la mâchoire quand il ouvrit la porte de la grange. Il ne pensait qu'à la sensation des lèvres de Brighton sur les siennes et à sa saveur. Plus d'une fois, il était resté immobile, les yeux fermés, Brighton à l'esprit, sachant à quel point il s'était senti vivant, et à quel point son corps avait vibré, quand son patron s'était accroché à lui. Il bâilla de nouveau, se demanda s'il devait se trouver un coin tranquille pour quelques minutes. À la place, il se rendit à l'enclos des brebis et regarda à l'intérieur.

Vide. L'enclos était vide! Aussitôt, sa fatigue disparut. Il secoua la tête pour s'assurer qu'il n'hallucinait pas. Il sauta par-dessus la barrière, se précipita vers la petite porte. Elle était ouverte. Ce n'était pas en soi un problème. Il sortit, pensant trouver les brebis dans la partie extérieure. À son plus grand désarroi, l'espace était vide. Il ne vit pas immédiatement l'endroit où la clôture était endommagée, mais il finit par repérer un simple panneau de bois au sol près du mur de la grange. Il poussa un grognement, escalada la clôture et regarda autour de lui. Il devait trouver ces quatre brebis. Il repéra une forme qui semblait en être une, au bout de la propriété. Tout en jurant entre ses dents, il traversa le champ à grandes enjambées. Lorsqu'il les vit groupées, tête au sol, en train de brouter de l'herbe, il ralentit.

Une d'entre elles leva la tête, bêla et s'éloigna, les autres suivirent. Tanner fit un large cercle pour arriver derrière elle. La meneuse changea alors de direction et commença à ramener le petit troupeau vers la grange.

— Allez-y, bande de moutons stupides, les encouragea-t-il.

En s'approchant du jardin, il vit Brighton se diriger vers la grange. Celui-ci s'arrêta quand il repéra le petit cortège. Il ouvrit le portail de l'enclos et les brebis entrèrent. Tanner les suivit, afin de s'assurer qu'elles entraient bien dans la grange et ne restaient pas à l'extérieur. Il ferma la porte et courut à l'intérieur pour la bloquer.

— Elles ont décidé d'aller se promener, déclara Tanner, qui se sentait un peu idiot de n'avoir pas mieux poussé le loquet. Je dois réparer la clôture avant de les libérer à nouveau.

Heureusement, il avait tout ce dont il avait besoin.

— Je les nourris, si tu t'occupes de l'eau, proposa Brighton. Puis tu pourras réparer la barrière.

— Merci.

Tanner remplit les seaux et s'assura que les bêtes avaient toutes de quoi boire avant de sortir et de se dépêcher à faire les réparations. La journée allait être chaude. Le soleil tapait déjà. Tanner retira sa chemise légère, la lança par-dessus la barrière et se mit au travail.

Cela ne lui prit pas beaucoup de temps et il revint à la grange.

— Que se p-passe-t-il ? demanda-t-il, en se précipitant auprès de Brighton, qui essayait de se relever.

Il l'attrapa sous ses aisselles et l'aida à le remettre debout.— T… ton genou a lâché ?

— Non. J'ai glissé sur de la paille, répondit-il, en se redressant à l'aide de sa canne, le souffle court. On dirait que je ne peux rien faire. Je devrais être capable de donner du foin aux moutons, mais même pas !

Il s'appuya sur la rambarde d'un des enclos.— Maintenant, ma jambe me fait mal, et…

Tanner se baissa et le souleva dans ses bras.— Qu'est-ce que tu fais ?

— T-te ramène sous le… p-porche, dit-il, alors qu'il traversait déjà le jardin.

Il fut choqué de constater que Brighton était un poids plume.

— Je vais bien, protesta ce dernier.

Mais le cowboy sentit qu'il ne se débattait pas. À la place, son employeur posa sa tête contre son épaule et, de la main qu'il n'utilisait pas pour tenir sa canne, caressa sa poitrine. La chaleur se propagea de cet endroit à tout le corps de Tanner. Instantanément, il fut dur comme la pierre, son sexe comprimant son pantalon. Il grimpa les marches de la terrasse et posa avec précaution Brighton sur le vieux canapé en osier.

— Il faut q-que tu fasses attention, prononça avec soin Tanner.

Il ne voulait pas bégayer, pas alors que les lèvres de Brighton étaient juste à sa portée et qu'il contrôlait moins bien ses nerfs.

— Je ne suis pas tombé exprès, rétorqua Brighton un peu trop passionnément.

Ce n'était évidemment pas ce qu'avait pensé Tanner. Il ouvrit la bouche pour protester, mais il sut qu'il allait postillonner et avaler la moitié de ses mots. Aussi préféra-t-il fermer sa bouche et se pencher pour embrasser Brighton avec force. C'était la seule manière qu'il avait trouvée pour le faire taire. À vrai dire, cela eut l'effet inverse : son patron se mit à gémir et son bras s'accrocha au cou de Tanner. Son autre main vint caresser sa poitrine, jusqu'à ce que les doigts frôlent son téton. Tanner apprécia la sensation. Il approfondit le baiser, souhaitant ne pas s'être arrêté sous le porche, mais avoir continué jusqu'à l'intérieur – et, vu son excitation, tout en haut de l'escalier jusqu'à la chambre.

Il se força à rompre l'étreinte et à se redresser. Les mains de Brighton le quittèrent. Il soupira et recula d'un seul pas. S'ils continuaient, il n'aurait plus aucun contrôle sur ses actes.

— Pourquoi est-ce que tu as arrêté? demanda Brighton, qui se redressait lentement.

— Je…

Il essaya de penser aux mots avant de poursuivre.— Les choses ne passent pas bien avec moi.

C'était l'euphémisme du siècle.

— Moi non plus, répondit Brighton. Je n'ai pas de chance avec les hommes.

Tanner sourit.

— P…pareil.

Brighton plongea son regard dans celui de son compagnon, comme s'il attendait que ce dernier lui en parle. Cette perspective emplit Tanner de peur. Il n'était pas fier de ce qui s'était passé.

— Il faut que… commença-t-il avant de montrer la grange.

Il fit demi-tour, quitta rapidement la terrasse et retourna travailler. Il sortit les chèvres dans leur enclos extérieur et nettoya leur stalle. Il avait besoin de s'épuiser physiquement afin de purger son système des sentiments qui l'assaillaient. Il devait absolument s'en débarrasser. Il ne pouvait pas revivre ce qui lui était arrivé. Non que Brighton fût comme Royce et sa famille… Penser à eux suffit à lui échauffer le sang.

— Tonton Tanner?

Il se retourna au moment où son neveu entrait en courant dans la grange. Marky s'arrêta et se pinça le nez.

— Ça pue, dit-il. Il y a du caca ici.

Il avança sur la pointe des pieds.— Est-ce que c'est du caca?

Tanner fut aussi surpris qu'heureux de les voir. Il remarqua la réaction du garçon, secoua la tête et, sans pouvoir retenir un sourire, lui dit :

— C'est du caca de chèvre.

Il ne sentait plus ce genre d'odeurs.— Laisse-moi vider ça et je vous montre, à tous les deux, les animaux.

— Mais pas de caca, précisa Mark avant de quitter la grange.

Tanner termina et sortit le dernier chargement de fumier. Alicia et les deux garçons se tenaient devant l'enclos du poney à le regarder brouter de l'herbe. Celui-ci ne leur prêtait aucune attention. Tanner vida la brouette et s'approcha du petit groupe.

— Vous êtes venus, je suis content.

— Brighton a dit que nous pouvions passer voir les animaux. Les garçons étaient tellement excités qu'il fallait que je leur fasse prendre l'air.

Alicia était épuisée.

— Je finis. P…puis, je reviens.

Il retourna à l'intérieur disposer la nouvelle litière, avant de revenir et de soulever Marky dans les airs. Celui-ci poussa des cris de joie.

— V-voici les chèvres, dit-il en ouvrant le portail et en prenant Josh par la main.

Il les amena à l'intérieur. Les chèvres, curieuses, les entourèrent.

— Est-ce qu'elles mordent ? demanda Marky.

— Seulement si on leur fait peur.

Marky caressa une d'entre elles. Josh attendit un moment, jusqu'à ce que son frère commence à rire. Alicia les regardait depuis la clôture. Enfin, Josh osa les caresser à son tour et se tourna vers sa mère avec un grand sourire.

— Poilues, indiqua-t-il.

— Oui, elles sont très poilues, acquiesça Alice.

Josh reporta son intérêt sur l'animal. Il y en avait seulement quatre, mais elles se poussaient pour obtenir l'attention des garçons.

Tanner les regarda faire un moment. Lorsqu'il se tourna vers Alicia, Brighton était avec elle. Ils discutaient. Son patron regardait les garçons avec le sourire.

— Tonton Tanner, on peut faire du poney ? demanda Marky, montrant l'autre enclos.

Le cowboy se tourna vers Brighton qui hocha la tête.

— Bien sûr. Il y a une selle dans la grange.

Il alla la chercher et ramena aussi des brosses et un peigne. Il souleva les garçons pour les sortir de l'enclos des chèvres et entra dans celui du poney. Il brossa ce dernier, installa la selle et mena l'animal dans le jardin.

— Comment il s'appelle, le poney ? demanda Marky à Brighton.

— Napoléon.

Alicia prit la main de Josh. Tanner souleva Marky pour le mettre sur le quadrupède.

— Tu seras le suivant, dit Alicia à Josh, quand il commença à s'agiter.

Le cowboy fit faire le tour du jardin à Napoléon. Marky se mit à rire et cria :

— Hue !

Le poney l'ignora et leur petite promenade se déroula sans encombre. Puis, ce fut le moment d'échanger avec Josh, qui ne lâcha pas la main de sa mère. Ils firent lentement le même circuit. Les deux frères eurent l'air d'adorer cette activité, si bien que Tanner passa l'heure suivante à les balader autour du jardin.

— Hue, hue, 'Poléon ! criait Josh avec insouciance, tandis que Tanner le ramenait à l'enclos.

L'animal commençait vraiment à être fatigué. Tanner souleva Josh et le posa au sol. Les deux garçons le supplièrent pour recommencer.

— Tonton Tanner a besoin de laisser Napoléon se reposer, mais vous pouvez aller voir les moutons maintenant si vous voulez, leur dit Brighton, avant de les guider vers le bon enclos.

Marky monta sur la barrière pour mieux voir les énormes boules de fourrure.

— Qu'as-tu de prévu pour aujourd'hui ? Voulut savoir Brighton.

— Tonte, répondit son ouvrier.

Brighton acquiesça et se tourna vers les garçons.

— Vous voulez voir Tonton Tanner couper les cheveux des moutons ?

Ils sautèrent d'excitation. Tanner hocha la tête, se rendit dans la grange et récupéra les cisailles. La tonte était une activité poussiéreuse. Il valait donc mieux la faire à l'extérieur. Les ranchs qui comptaient de larges troupeaux disposaient de hangars spécialisés, mais il faudrait qu'il se débrouille avec ce qu'il avait. Il fit courir trois brebis à l'intérieur et empoigna celle qui restait pour qu'elle se tienne tranquille pendant qu'il raccourcissait sa toison.

La brebis bêla comme si on intentait à sa vie. Bien sûr, il n'allait pas du tout lui faire mal. Il commença avec la tête et coupa uniformément le reste de sa robe.

— Est-ce que Tonton Tanner lui fait mal ? Voulut savoir Josh.

— Non, lui répondit sa mère. Le mouton n'aime simplement pas qu'on lui coupe les cheveux, un peu comme toi.

Tanner releva la tête et surprit le sourire épanoui qu'elle avait. Lorsqu'il eut terminé, il relâcha la brebis, qui courut à l'autre bout de l'enclos, le plus loin possible. Tanner mit de côté la toison et attrapa la suivante.

Il n'avait pas souvent fait la tonte. Le ranch avait un petit troupeau que la femme du patron élevait pour leur laine. Elle passait son temps à tricoter et, selon la rumeur, aimait utiliser sa propre laine. C'est pourquoi la tâche de tondre les moutons était revenue à Tanner la dernière année où il avait travaillé là-bas. Il avait commencé par servir d'assistant l'année précédente, mais quand le gars qui s'en occupait habituellement était parti, il avait dû assumer ce rôle. Le patron avait été trop radin pour embaucher un professionnel.

Tanner tondit l'autre brebis en prenant son temps. Ceux dont c'était la spécialité pouvaient dépouiller une bête de sa toison en une minute pile, mais notre cowboy voulait s'y prendre prudemment. Cependant, très vite, elle se retrouva libre de gambader.

— Est-ce qu'ils ont froid ? demanda Josh.

Tous regardèrent Tanner, qui secoua la tête.

— Votre tonton va tricoter des couvertures en laine pour eux, plaisanta Brighton.

Il fit un clin d'œil aux garçons, qui le regardèrent sans trop savoir s'il était sérieux ou non. Alicia éclata de rire et Tanner leva les yeux au ciel.

— Voilà pourquoi nous les tondons en été. Comme ça, leurs poils ont le temps de repousser d'ici l'hiver.

La poussière et la sueur collaient à la peau du cowboy. Tout ce que la laine avait ramassé durant l'année avait laissé des traces sur sa poitrine et ses bras.

— Tu peux recommencer ? demanda Marky, comme s'il s'attendait à voir débarquer d'autres moutons.

— C'est… t-tout ce qu'il y a, répondit Tanner.

Il enleva son chapeau et essuya son front avec le dos de sa main. Il commençait déjà à faire chaud.

— Je dois ramener les garçons à la maison, mais merci pour tout.

Alicia se tourna vers ses fils et leur demanda :— Est-ce que vous vous êtes bien amusés ?

— Merci, Tonton Tanner, déclara Marky.

— *Merki*, ajouta Josh avec un sourire.

— Je vais les mettre à l'abri du soleil pendant quelques heures. Merci à vous deux. Ils ont passé un très bon moment. C'était bien de pouvoir voir des animaux de la ferme de près. Jusqu'à présent, ça n'a été que des images dans des livres.

Elle guida les garçons jusqu'à sa voiture. Tanner saisit sa chemise et parvint à la mettre sur sa peau en sueur. Il les rejoignit ; Brighton disait au revoir à Alicia et aux garçons.

Ils se saluèrent de la main tandis que la voiture faisait demi-tour et prenait l'allée en direction de la route.

— Ils se sont bien amusés. C'est…

Brighton s'arrêta et fit un demi-tour sur lui-même.— Je crois que ça y est !

— P-pardon ? demanda son employé.

— Je crois que je sais ce que je vais faire de cet endroit. Je pense que nous devons le transformer en une Ferme aux Animaux.

Tanner fit un pas en arrière.

— U…une quoi ?

— Une ferme pour les enfants. Un peu comme on a fait aujourd'hui. Nous aurons un enclos avec des chèvres où les gamins peuvent les caresser et les nourrir. Un endroit pour les moutons. Nous pouvons même avoir quelques vaches. Pas beaucoup.

Brighton agita sa tête, excité.— Mon Dieu, je refuse d'avoir des poulets, mais peut-être des lapins, quelques cochons avec des porcelets. Un lieu où la famille peut venir, amener ses enfants et être en contact avec les animaux que la plupart des gamins de la ville n'ont jamais vus en vrai. Nous pourrions aménager une partie des champs en plantation de citrouille, et une autre en… Je ne sais pas, mais nous trouverons bien.

— Le verger ? demanda Tanner. Hanté, p-peut-être ?

Brighton accueillit cette proposition avec un sourire radieux.

— Ces arbres sont tellement vieux et tordus que ça pourrait marcher, surtout en automne. Nous pourrions les laisser intacts et nous contenter d'en planter de nouveaux. Dans quelques années, les gens pourraient cueillir leurs propres fruits s'ils le veulent. Il nous faudrait bien plus que la grange actuelle. Mais rien ne nous empêche de commencer avec ça et d'ajouter d'autres bâtisses. Nous aurions besoin de plusieurs poneys pour offrir des balades. Les gamins adoreraient ça.

Il fit une pause.— Je n'ai cessé de réfléchir à un moyen d'intégrer la ferme dans son environnement. Ça pourrait être la solution. Au lieu d'être, la dernière ferme d'irréductibles opposés au progrès – ou ce que la plupart des gens pensent être le progrès –, nous serions au contraire en étroite relation avec ce qui nous entoure.

Brighton regarda autour de lui.— Je peux déjà nous y voir. Nous devrions repeindre et rajeunir la grange existante. On y mettrait les chèvres et les moutons, parce qu'il nous faut agrandir un peu les troupeaux. Nous construirions une autre grange légèrement plus loin pour les poneys, les vaches et quelques cochons. À cela, nous ajouterions le clapier à lapins, là où les gamins seraient autorisés à les caresser. Ils ne pourraient pas caresser tous les animaux, bien sûr, mais ils pourraient les voir de près.

L'énergie dans sa voix était communicative.— Qu'est-ce que tu en penses ?

— Moi ? demanda Tanner.

Il n'était pas certain d'être assez qualifié pour avoir une opinion. Il connaissait les animaux et le reste, mais il n'avait pas l'étoffe d'un entrepreneur.

— Eh bien, oui, toi. Je veux vraiment que tu participes à ce projet.

— P-pourquoi ? J…je suis j-juste… ton employé.

Brighton le regarda, bouche bée, et se rapprocha de lui.

— Tu es bien plus que ça…

Tanner ne comprit pas ce qu'il voulait dire. Il était le gars que Brighton avait embauché pour l'aider à la ferme. Ça ne servait à rien de le nier. Quels que soient les sentiments qu'il pensait avoir, ou ce qu'il avait pu s'imaginer entre eux, il y avait bien réfléchi durant ces derniers jours, et il savait qu'il ne pouvait pas reproduire ce qui s'était passé avec Royce. Il ne pouvait pas prendre ce risque. L'affaire l'avait mis à genou. Il lui avait alors fallu des mois pour se sentir à nouveau lui-même.

— Je ne suis *que* ça, corrigea Tanner.

L'enthousiasme de Brighton s'échappa comme l'air d'un ballon troué.

— C'est vraiment ce que tu penses ?

Il se rapprocha de lui.— Après ce baiser, c'est vraiment ce que tu penses ? Je n'embrasse pas le premier venu. Je ne l'ai jamais fait. Et je ne finis pas au lit avec chaque homme que je rencontre non plus.

Tanner grimaça et partit. Cette remarque l'avait blessé, sans qu'il en connaisse la raison. Brighton n'avait certainement pas dit cela exprès. Il ne pouvait pas savoir ce qui lui était arrivé.

— Tanner, l'appela Brighton d'une voix radoucie.

L'intéressé se retourna et son patron lui tendit sa main.

— Je ne peux pas le faire tout seul.

— C'est p-pour ça que tu veux faire ce pr-projet… avec moi ?

Tanner laissa ses bras le long de son corps. Brighton ne répondit pas à cette question. Au lieu de ça, il garda sa main tendue vers lui et arqua un sourcil. Le cowboy savait que Brighton n'était pas le genre à se rapprocher de quelqu'un pour obtenir ce qu'il voulait. Lentement, il leva donc son bras et lui prit la main.

La sensation était chaude et réconfortante. Brighton referma ses doigts autour des siens et le tira vers lui. Il n'avait pas forcé, juste assez pour lui faire savoir ce qu'il voulait. Tanner se rapprocha donc de lui. Il s'apprêtait à le prendre dans ses bras lorsqu'une voiture tourna dans l'allée. Tanner se recula et leurs mains se séparèrent. La voiture s'arrêta, fit demi-tour et repartit dans la direction opposée.

— Viens à l'intérieur, murmura Brighton. Tu as besoin d'une douche.

— J'ai encore du travail à faire, répondit Tanner sur le même ton. J'ai besoin de couper l'herbe du jardin. Et je n'ai pas terminé de réparer la barrière de l'enclos des moutons.

Brighton hocha la tête.

— Comme tu veux. Moi aussi, j'ai du travail.

Tanner fit un pas en arrière, mais le feu dans les yeux de son patron le fit s'arrêter. Puis, il se détourna et se dépêcha d'atteindre le petit abri de jardin pour récupérer la tondeuse. Il avait besoin de s'occuper, ou alors il serait incapable de faire quoi que ce soit.

TANNER S'OCCUPA pour le reste de la journée. Au moment de déjeuner, il entra, mangea rapidement et repartit travailler à toute vitesse. Peu de temps après, la camionnette d'une compagnie d'électricité s'arrêta devant la maison. Le courant fut coupé sur toute la propriété et Tanner fut heureux d'avoir de nombreuses tâches à faire qui ne nécessitaient pas l'usage d'outils électriques. En milieu d'après-midi, les nuages envahirent le ciel et cachèrent le soleil pendant un moment, ce qui diminua les températures et rendit le travail plus agréable. Au moment de finir sa journée, il avait fait toutes les corvées. La grange n'avait pas été en meilleur état depuis des années, le gazon avait été tondu et les enclos extérieurs avaient été réparés. Il les avait vérifiés une nouvelle fois pour s'assurer qu'il n'y aurait pas de nouvelle évasion de moutons.

Il se rendit à la maison pour souhaiter une bonne soirée à Brighton. Il avait déjà décidé qu'il avait besoin de mettre de la distance entre eux. Il avait passé tout l'après-midi à réfléchir et, même si son patron le fascinait, il ne pensait pas que devenir intime avec lui était une bonne idée. Bien sûr, il n'ignorait pas qu'il avait été le premier à l'embrasser, et, si Brighton pensait qu'il était un allumeur, tant pis, il survivrait. Mais il lui apparaissait préférable de ne pas se rapprocher de lui, car rien de bon n'en sortirait.

Visiblement, les électriciens étaient en train de ranger leur équipement. La maison était allumée et un léger bourdonnement provenait de l'étage. Brighton sortit s'installer sur la terrasse et regarda les hommes transporter ce qui restait à l'arrière de la camionnette. Quelques minutes plus tard, ils disparaissaient dans l'allée.

— J'ai la climatisation maintenant, l'informa Brighton. Au moins dans ma chambre, pour que je puisse dormir. Les électriciens ont installé un ventilateur à la fenêtre.

Il avança avec précaution au bord de la terrasse.— As-tu bien réfléchi à ce qui t'ennuyait ?

Tanner eut un mouvement de surprise.— Je sais ce qui se passe autour de moi, Tanner. J'ai bien vu que tu refusais de me regarder durant le repas, et que pendant tout l'après-midi tu as travaillé comme un possédé, comme quelqu'un qui essaye de trouver une solution ou qui travaille dur pour oublier quelque chose. Voire les deux. Alors, est-ce que tu as pris une décision ?

— Je crois, répondit Tanner.

Brighton retourna s'asseoir.

— Je vois.

Il tenait sa canne et ne quittait pas son employé des yeux.

— J'imagine que j'aurais dû m'attendre à cette réponse.

Il regarda sa jambe.— J'ai été idiot de penser que tu serais intéressé par quelqu'un qui peut à peine marcher.

Tanner avait du mal à l'entendre, Brighton parlait si doucement.

— Tu penses… commença le cowboy.

Il sentit qu'il allait perdre le contrôle de son élocution. Il savait que ce qui allait sortir de sa bouche serait un mélange incompréhensible de sons. Il fit donc une pause, pour éviter de passer pour un demeuré.

— Tu p-penses que je… Je te vois pas comme ça !

Il prononça ces derniers mots avec plus de force qu'il ne l'avait voulu, mais pas moins que ce qu'il ressentait.

— Alors, pourquoi ? demanda Brighton. Je pourrais comprendre si c'était ma jambe. Qui veut avoir une liaison avec un homme de vingt-huit ans qui marche comme un vieillard ?

Tanner sentit sa détermination lui échapper.

— C'est pas ta jambe. C'est moi.

Brighton leva les yeux au ciel.

— Épargne-moi les clichés.

Il se leva et se dirigea lentement vers la porte.— C'est bon, Tanner. Je comprends.

Le cowboy le regarda ouvrir la porte et entrer. C'était l'un de ces moments ; il le savait. Comme dans les films, quand le héros doit prendre une décision. Habituellement, il prend la mauvaise et passe le reste de l'histoire à le regretter. Tanner ne voulait pas de ça. Il s'avança donc pour retenir la moustiquaire avant qu'elle ne se referme sur lui et pénétra à l'intérieur. Brighton se retourna et le regarda.

Tanner laissa le battant claquer derrière lui et il ferma la porte d'entrée.

— Qu'est-ce que tu veux ? demanda Brighton dans un murmure.

— Ça n'a rien à voir avec ta jambe, dit-il. J-je ne vois pas tes jambes ou t-ta canne. Seulement toi.

— C'est gentil de ta part. Peu de gens sont comme ça.

— Je sais que tu m'entends moi et pas mon bé…bégaiement.

Il se rapprocha. Il devait s'assurer que Brighton voulait ça autant qu'il le désirait lui-même. Il pouvait facilement admettre qu'il voulait Brighton. C'était la partie la plus facile. Il n'avait aucun doute sur le sujet. C'était ce qui suivrait qui l'effrayait. À ce moment-là, tout s'effondrerait.

Brighton s'avança vers lui et Tanner en oublia toute sa prudence. Il le prit dans ses bras et le serra contre lui. La canne de Brighton tomba au sol et celui-ci lui rendit son étreinte.

Tanner l'embrassa, goûtant sa bouche, se délectant de cette simple et douce chaleur. Il aimait la sensation de ses lèvres sur les siennes, fermes, mais en même temps soyeuses. Il attrapa la nuque de Brighton pour approfondir le baiser. Il sentit l'autre corps se presser contre lui et, sans réfléchir, il serra plus fermement. Les jambes de Brighton avaient l'habitude de céder au mauvais moment ; Tanner allait veiller à ce que ça n'arrive pas. Il le souleva et le porta dans ses bras.

— Qu'est-ce que tu fais ? demanda Brighton, riant à moitié.

— Ce que je v-voulais faire la d-dernière fois.

Tanner partit en direction des escaliers et commença son ascension. Il tenait Brighton tout contre lui pour maintenir son équilibre. En haut des marches, son patron lui indiqua du regard sa chambre. Tanner ouvrit la porte, pénétra dans la pièce avec Brighton toujours dans ses bras et l'installa sur le lit.

Il était tout en sueur et sale. Sa chemise était maculée de poussières et de morceaux d'herbe.

— Faut q…que j'utilise la d-douche si je peux. Je ne veux pas… salir.

— Au fond du couloir, indiqua Brighton avec hésitation.

— Je ne serai pas long. Promis.

Tanner quitta la chambre et se hâta de traverser dans le couloir. Il s'arrêta, revint à l'escalier et dévala les marches. Il attrapa la canne, retourna en courant à l'étage. Il ouvrit la porte de la chambre, la posa à l'intérieur et se précipita dans la salle de bain.

Il ouvrit le robinet avant de se déshabiller. Il entra dans la douche, ne se souciant guère de savoir si l'eau était froide. Son seul désir était de se débarrasser de la crasse et de la mauvaise odeur. Il saisit le savon, le fit mousser entre ses mains et se nettoya en un temps record. Il sortit de la douche, attrapa une serviette et se sécha.

La sueur commença à revenir presque aussitôt qu'il eut attaché la serviette autour de sa taille et fut sorti de la pièce. Il laissa la porte ouverte pour permettre à la moiteur de l'air de se dissiper. Il retourna dans la chambre. Brighton était sur le lit, toujours habillé. Il s'était contenté de se déchausser. Il se tourna vers Tanner et se figea.

— Mon Dieu, tu es superbe, dit-il, tout en se rapprochant de lui. Je n'étais pas sûr de ce que tu voulais que je fasse, alors j'ai attendu.

Il rougit.— Tu es déjà nu.

Il sourit et s'assit sur le bord du lit. Tanner se rapprocha et tira le bas de la chemise de Brighton. Ce dernier portait bien trop de vêtements. Le cowboy la lui retira et la jeta par terre loin d'eux. Puis, il se pencha, l'embrassa en retour et le repoussa dos contre le lit. L'air frais de la chambre fit frissonner sa peau, mais les mains de Brighton le réchauffèrent immédiatement.

Celui-ci interrompit le baiser, le souffle court.

— Qu'est-ce que tu vois en moi? demanda-t-il, en rougissant de nouveau.

— Tu es… b…b-beau.

Tanner n'avait jamais maîtrisé l'art des compliments. Chaque fois qu'il essayait, il bégayait si fortement qu'il préférait rester silencieux. Ses mains caressèrent le torse et le ventre soyeux de Brighton. Il s'arrêta à la ceinture, hésitant sur la suite à donner. L'intéressé retint sa respiration, rentra son ventre et poussa en avant ses hanches. Le message était clair. Tanner détacha la ceinture, ouvrit la fermeture d'un geste vif et fit descendre le tout. Le pantalon alla rapidement rejoindre la chemise sur le sol.

Le caleçon de Brighton avait pris la forme d'une tente. Il rougit de nouveau, comme si son excitation était honteuse. D'après ce que Tanner voyait, cela aurait plutôt dû être un objet de fierté. Il écarta les jambes de son amant pour se placer entre elles. Il se pencha prudemment pour l'embrasser. Le baiser fut profond et les laissa le souffle coupé. La main de Brighton descendit le long de son dos, caressant sa peau. Arrivé à sa taille, il tira sur la serviette qui se détacha. Tanner releva son bassin pour que son patron la retire. Elle alla certainement rejoindre les autres vêtements – Tanner ne prit pas la peine de regarder. Il pressa son torse contre celui de Brighton, savourant la sensation de sa peau contre la sienne. Il enserra son amant et les fit rouler tous les deux pour que Brighton fût au-dessus de lui.

Cette sensation l'excitait.

— Tanner… je… bafouilla Brighton avant de faire une pause.

Le cowboy caressa les joues de ce dernier, en espérant qu'il lui dirait pourquoi il s'était arrêté. Comme Brighton restait silencieux, Tanner lui dit, veillant à parler calmement pour ne pas bégayer :

— Je ne veux pas te faire du mal. J'aime te sentir sur moi.

Il l'embrassa de nouveau, le serrant contre lui le plus possible. Sa main descendit dans le dos de Brighton, attrapa l'élastique du caleçon et le fit descendre. Il ne voulait absolument rien entre eux et bientôt il obtint ce qu'il désirait. Il changea à nouveau leur position sur le lit : Brighton se retrouva avec la tête sur un oreiller. Tanner avait le désir de s'assurer que son amant était confortablement installé avant d'explorer avec sa langue son cou et ce qui se trouvait plus bas…

Brighton frissonna sous lui, laissant échapper un gémissement. Tanner adora ce son, qui lui en dit bien plus que de longues paroles. Il poursuivit son exploration, écoutant attentivement les gémissements et la manière dont la respiration de son amant évoluait. Par exemple, une respiration précipitée lui indiquait qu'il avait trouvé une zone érogène, juste au-dessus de la hanche, autour des petits mamelons roses, qu'il agaçait de ses dents, ou du nombril, qu'il assaillait de sa langue.

Il s'agenouilla entre les jambes écartées de Brighton, ne s'arrêtant que pour regarder son amant. Brighton avait les yeux fermés, respirant de façon erratique, l'excitation crépitait tout autour de lui.

— S'il te plaît, gémit-il. Personne ne m'a touché depuis...

Il s'arrêta et Tanner le regarda fixement.

— D...d-depuis l'accident? demanda-t-il.

— Oui.

Tanner se décala légèrement. La jambe droite de Brighton était, du genou à la hanche, un réseau de cicatrices, certaines irrégulières, d'autres nettes, certainement causées par ses multiples opérations. Il avait envie de lui faire dire tout ce qui s'était passé, mais ce n'était pas le bon moment. Sa main parcourut la jambe couturée de Brighton – une caresse légère, mais suffisante pour y répandre sa chaleur.

Les muscles étaient aussi tendus que ceux d'un cheval boiteux. Il se mit à les masser délicatement de haut en bas. Il jeta un coup d'œil vers la table de nuit et attrapa une petite bouteille de lotion. Il en mit sur sa main et commença à le frictionner. Le liquide épais pénétra dans la peau, l'assouplit et permit aux mains de glisser plus facilement sans trop de frottement.

— Ça fait du bien?

Brighton laissa échapper un petit gémissement.

— Oui.

— Dis-moi si ça fait mal.

— Ce n'est pas le cas, déclara Brighton en refermant les yeux et en se délectant de cette attention. J'avais un petit-ami avant l'accident.

Son corps se raidit lorsque Tanner massa les environs du genou. Il prit note de faire davantage attention à cet endroit. Brighton se détendit de nouveau et continua :

— Il m'a quitté quand j'étais encore à l'hôpital. Il ne pouvait pas supporter l'idée que je ne puisse jamais remarcher. Il n'est même pas resté assez longtemps pour voir ce qui se passerait. Il est parti tout simplement.

Leur moment d'intimité venait de prendre une direction insoupçonnée. Tanner s'était attendu à ce qu'ils y aillent illico presto. Au lieu d'une simple partie de jambes en l'air, voilà que la soirée devenait plus intime, moins sexuelle.

— C'était un vrai b...bâtard! s'exclama-t-il, en continuant de le caresser.

Ses mouvements s'allongeaient, partant de la hanche pour s'arrêter au-dessus du genou. C'était très important à ses yeux que Brighton comprenne que sa jambe ne le dérangeait pas. Elle faisait partie intégrante de lui. Il poursuivit son massage. Très vite, Brighton se mit à gémir de nouveau.

Tanner changea de position et massa le torse et le ventre de son patron. Ils pourraient parler de leur passé plus tard, non pas qu'il veuille parler du sien, mais ça pouvait attendre. Il écarta ces pensées, se pencha sur Brighton et l'embrassa avec passion.

Brighton passa les bras autour de son cou, l'attirant contre lui, lui faisant clairement comprendre qu'il n'était pas près de le laisser s'en aller. Le cowboy ne voulait pas peser trop lourdement sur son amant, mais celui-ci ne lui laissa pas le choix.

L'excitation, qui avait décliné pendant qu'il massait la jambe, fit son retour, prête à se venger. Emportant Brighton avec lui, il roula sur son dos. Il adorait la sensation de cet homme dans ses bras et ne voulait absolument pas qu'elle prenne fin. Brighton s'écarta un peu en prenant appui sur les épaules de Tanner.

— Ne bouge pas, mon grand, déclara-t-il, avec un large sourire, avant de glisser le long de son corps.

Ses mains caressèrent les épaules, puis la poitrine. Tanner ferma les yeux et se reput du plaisir d'être ainsi touché. Brighton joua avec ses mamelons. Lorsqu'il se mit à les suçoter, à les érafler de ses dents, Tanner retint son souffle. C'était suffisant pour envoyer une décharge dans tout son corps. Il adorait tellement cela qu'il souleva son torse. Brighton suçota avec plus de force, pinçant l'autre téton entre ses doigts.

— Brighton…

— Tu aimes ça, n'est-ce pas ? demanda celui-ci, relevant un peu la tête pour que leurs regards se croisent.

Tanner acquiesça. Brighton eut un sourire coquin, puis il descendit encore le long du corps de son amant. Il caressa son torse tout en léchant son ventre, allant de plus en plus bas.

Le cowboy retint son souffle, espérant bien que son patron n'allait pas s'arrêter en si bon chemin. Tanner ne fut pas déçu. Il se mit à gémir comme un chiot lorsque Brighton pressa son gland entre ses lèvres. Quand il se mit à le sucer plus profondément dans sa bouche chaude, Tanner déglutit et se demanda s'il avait déjà ressenti quelque chose d'aussi bon dans sa vie. Rien ne lui vint à l'esprit. Il n'y avait rien de comparable dans son passé. Quand Brighton l'avala jusqu'à la garde, il poussa ses hanches, si bien que Brighton fut lui aussi soulevé du lit. La bouche de ce dernier ne le quitta pas une seconde.

— Mon Dieu, grogna Tanner entre ses dents.

Brighton ne répondit pas. À la place, il émit un fredonnement, qui transmit des vibrations de plaisir au sexe érigé de Tanner et au reste de son corps. Brighton commença alors à faire des allers-retours. Tanner resserra ses poings autour des draps, espérant ne pas les déchirer. Il était sur le point d'oublier comment il s'appelait. Par miracle, Brighton ralentit le rythme, Tanner n'aurait pas duré longtemps, et il était bien trop tôt pour que tout se termine. Il voulait que cela dure encore et encore.

Tanner ramena Brighton sur le lit. Il suçota ses tétons et goûta son ventre, lapant la peau chaude.

— Ça fait très longtemps, Tanner… l'avertit-il.

Le cowboy eut un sourire avant de sucer l'épaisse queue de Brighton, le gland glissant sur sa langue. Il soupira. Il adorait cette sensation, même si Brighton était plus épais que n'importe lequel de ses précédents amants. Il n'allait pas s'en plaindre, elle était parfaite. Au ranch, il avait gardé quelques livres sous son lit pour que personne ne les voie. Des histoires coquines… Il s'inspira de ce qu'elles contenaient pour faire gémir Brighton plus encore. Il fit courir sa langue juste dessous le gland. Il aimait le goût de son amant, mais à cet endroit, cette saveur était comme amplifiée. Il suça plus fortement, de haut en bas, de bas en haut.

Brighton plaça une main sur sa tête et l'arrêta avec douceur.

— Je ne vais pas durer longtemps si…

Tanner s'arrêta.

— Tu veux faire q… quoi ? demanda-t-il, se sentant maladroit.

Brighton roula sur le côté, ouvrit le tiroir de sa table de chevet et en sortit une petite bouteille, qu'il posa sur le meuble. Puis, il lui tendit un préservatif. La réponse ne pouvait pas être plus claire, ni plus détaillée.

Tanner laissa Brighton se placer sur le ventre, les fesses en l'air.

— Je sais que ce n'est pas la position la plus romantique, mais c'est, je crois, la plus confortable.

Tanner laissa sur le côté le préservatif. Il chevaucha les jambes de son amant, en veillant à ne pas peser sur elles. Puis, il ramena son sexe contre ses fesses, s'amusant à glisser de haut en bas, tout en caressant son dos.

— T'es sûr ? demanda-t-il à son oreille.

— Oh oui ! répondit l'intéressé, avec un petit frisson qui le traversa et se transmit à Tanner. Ça fait longtemps, alors va lentement.

Tout en léchant l'omoplate de Brighton, Tanner poussa son bassin en avant. Quand Brighton se tourna vers lui, il l'embrassa. Le baiser était bâclé et gauche, mais au moins il n'avait pas la sensation d'être séparé de lui.

Brighton gémit, se collant davantage contre lui. Tanner se plaça sur le côté pour mieux caresser les fesses de son amant et ce qui se trouvait entre ses jambes. Il recueillit ses testicules en coupe et son autre main glissa le long de son sexe, avant de revenir caresser son derrière. Il ne lâcha pas Brighton lorsqu'il attrapa la bouteille pour lubrifier ses doigts.

Il en fit alors glisser un entre ses fesses jusqu'à son entrée, taquinant la peau de son étoile plissée. Brighton laissa échapper un petit cri et poussa davantage contre lui. Tanner apprécia la chaleur qui entourait son doigt et attendit le signal de son amant. Lorsque celui-ci se mit à le supplier et lui affirma qu'il était prêt, Tanner déroula le préservatif et se mit en position. Il murmura le prénom de son amant au même moment où son érection rencontrait son entrée. La dernière chose qu'il désirait était de lui faire mal. Il se doutait que peut-être tous deux avaient déjà été blessés. C'était son cas, quoi qu'il en soit. Mais jamais, Tanner se permettrait de lui faire du mal s'il pouvait l'éviter. Aussi fit-il une pause.

— Tanner, gémit son amant, faisant pression contre lui.

Tanner le pénétra donc. Le corps de Brighton s'ouvrit à lui, l'attirant à l'intérieur. La chaleur court-circuita son cerveau, et la pression… Mon Dieu, ce serait un miracle s'il tenait plus longtemps avant de jouir. Durant quelques secondes, il s'efforça de conjurer dans son esprit des pensées dégrisantes, pendant qu'il sombrait de plus en plus loin dans le corps exquis de Brighton.

Son instinct lui criait d'aller plus vite, mais il s'arrêta, se souvenant qu'il refusait de faire du mal à son amant. Son sexe palpita et durcit davantage alors qu'il attendait que Brighton s'habitue à lui. Puis, il termina de le pénétrer, libérant au même moment l'air qu'il avait retenu dans ses poumons.

— S'il te plaît, murmura Brighton.

Tanner s'arrêta de nouveau avant de commencer à se retirer, lentement.

— Vais pas te faire mal, déclara-t-il d'une voix sourde.

Il suçota l'oreille de son patron. Quelle saveur ! Il continua donc ses succions et descendit à son épaule, léchant la peau tendre de Brighton, qui frémissait sous lui.

— N'ai pas mal, grogna Brighton.

Tanner le laissa décider du rythme : Brighton levait et abaissait ses jambes, s'empalant autant qu'il le souhaitait sur l'érection du cowboy. Il avait toujours été celui qui prenait les décisions, mais il semblait bien décidé cette fois à obtenir tout ce qu'il désirait et plus encore. Tanner se contenta de rester immobile et de passer un bras sous Brighton, pour le soutenir.

— P-prends ce que tu veux.

Et c'était bien son objectif : Brighton alla de plus en plus vite, contractant son corps souple, ce qui fit perdre l'esprit à Tanner. Il n'avait jamais pensé qu'abandonner un peu de contrôle à quelqu'un pouvait produire de telles sensations. Il avait essayé une fois auparavant, mais ça n'avait pas très bien marché. Mais ça… Mon Dieu !

— Tanner ! cria Brighton.

L'intéressé le serra fortement, le maintint contre le matelas et prit le contrôle. Il donna des coups secs avec ses hanches. Pas suffisamment pour faire mal, cependant à en juger par les petits cris qui se transformaient en longues plaintes, c'était juste comme il fallait.

La respiration de Tanner s'accéléra. Il le pénétra plus rapidement. Brighton venait à chaque fois à sa rencontre. La chambre se remplit de gémissements et de cris, qui se firent de plus en plus bruyants, si bien que le désir de Tanner monta en flèche. Il ne voulait pas que ça s'arrête, mais ses jambes commençaient à picoter et il sentait le début de sa jouissance grossir à la base de sa colonne vertébrale. Ses va-et-vient se firent irréguliers, mais il voulait attendre Brighton.

— Tanner, je vais… cria Brighton d'une voix gutturale.

Le cowboy s'efforça de garder le même rythme. L'intimité de Brighton se resserra autour de lui, se détendit…

— Mon Dieu !

Brighton se contracta. Il faisait coulisser à toute vitesse son sexe dans un étau serré. Ses gémissements enflèrent et son corps fut secoué de tremblements pendant qu'il jouissait. Tanner ne tarda pas à le suivre, la passion désespérée de Brighton lui avait fait perdre son contrôle. Il ferma les yeux alors que des vagues de pur plaisir le submergeaient, les unes après les autres. Il resta immobile et fit de son mieux pour ne pas s'effondrer au-dessus de Brighton.

Il se laissa tomber sur le côté, grimaçant lorsque leurs corps ne furent plus connectés. Il n'avait pas le choix : il avait besoin de respirer et ses bras avaient la consistance de la gelée. Lorsqu'il revint à lui, il retira le préservatif, le noua et le plaça dans la poubelle avant de retourner se lover auprès de son amant. Il enserra sa poitrine et se colla à lui.

Aucun des deux ne parla durant un certain moment. Tanner caressait la peau douce de Brighton, les yeux fermés afin de mémoriser chaque sensation.

— C'est agréable, soupira Brighton, se rapprochant davantage. Il y a longtemps que je n'avais pas été avec quelqu'un… comme ça.

— Ah bon? demanda Tanner.

Il savait déjà une partie de la réponse, mais il ne voulait pas l'arrêter. S'il avait envie de parler, alors Tanner avait envie de l'écouter.

— Il s'appelait Kurt. Nous sommes sortis ensemble durant un an. Un jour, alors que je rentrais chez moi depuis son appartement, j'ai pris le rond-point qui se trouve à deux kilomètres environ d'ici. Et ce gars a débarqué de l'autoroute. Il ne s'est pas arrêté comme il aurait dû et a percuté le côté passager de la voiture. Heureusement que ça n'a pas été le côté conducteur, ou je n'aurais pas survécu. Il faut dire que la voiture a fait une terrible entaille dans ma jambe. Le pire, c'était la blessure faite aux muscles et aux tendons.

Il fit une pause. Tanner se colla davantage à lui.— Je me suis réveillé à l'hôpital. Brianne était penchée au-dessus de moi, les larmes coulant sur ses joues. Elle a dit qu'ils avaient dû désosser la voiture pour me sortir de là et n'avaient même pas été sûrs que je survivrais, vu tout le sang que j'avais perdu. Puis, leur incertitude s'est portée sur ma jambe; ils ont envisagé de m'amputer.

Il soupira.— Parfois, j'aimerais qu'ils l'aient fait. Au moins, je n'aurais pas toute cette douleur. Les médecins disent que cela va prendre du temps et qu'à mesure que je me remets, ça devrait faire moins mal. Mais ce n'est pas encore le cas.

— Kurt est parti?

— Ouais. J'étais à l'hôpital. Apparemment, j'avais été inconscient toute une journée. Il s'est montré juste après mon réveil. Au début, il était compatissant et gentil. Puis, quand il s'est apprêté à partir, il s'est tourné vers moi, en pleurs, et a dit qu'il ne pouvait pas continuer.

La respiration de Brighton se fit plus difficile. Comme Tanner ne savait pas quoi faire, il se contenta de le tenir dans ses bras.

— Brianne a surpris ses paroles. Elle lui a dit de se casser de la chambre et de ma vie. Il est parti, mais elle l'a suivi. Ensuite, j'ai entendu Kurt glapir comme un chien et la supplier d'arrêter de le frapper. Visiblement, elle ne l'a pas écouté. Une infirmière a dû la ramener dans la chambre pour la gronder. Elle se fichait de savoir à quel point mon ex s'était comporté en connard, les règles de l'hôpital interdisaient à ma sœur de lui donner des coups de pieds.

Tanner ne put s'empêcher de rire.

— Elle a fait ça p…p-pour de vrai ?

— Oui, oui, répondit Brighton d'une voix plus légère.

Tanner embrassa son épaule.— Je suis tout ce qui lui reste. Et elle peut être une vraie lionne parfois. Bref, ce fut la dernière fois que j'ai vu Kurt.

Brighton soupira.— On avait pour projet d'emménager ensemble, mais heureusement on n'a fait qu'en parler. Quel bordel ç'aurait été !

— Il t'aimait pas vraiment. Sinon, il t'aurait pas quitté, déclara Tanner.

Il ferma ses yeux et traça des cercles avec ses doigts sur le ventre de son amant.

— Je le sais bien, maintenant. Mais à l'époque, ça m'a fait vraiment mal. J'avais peur de ne pas être entier à nouveau et la personne qui était censée m'aimer m'avait jeté un seul regard dans cette chambre d'hôpital et m'avait quitté.

Sa voix se brisa.— Après tout ça, j'ai voulu mourir. J'avais constamment mal et j'ai fini par passer sur la table d'opération de nombreuses fois pour sauver ma jambe.

Il renifla à plusieurs reprises et laissa échapper un profond soupir.— Je sais que je dois être patient. C'est un miracle que je puisse seulement marcher, mais j'aimerais être assez fort pour ne pas avoir besoin de ma canne.

Tanner se décala un peu quand Brighton changea de position pour lui faire face. Ce dernier posa la main sur sa poitrine.

— Ça… v-viendra avec le t-temps.

— Je me le demande. Monter et descendre l'escalier devient plus facile, c'est vrai. Le problème, c'est que mon genou lâche parfois sans raison. J'avais l'espoir que ça s'arrête, mais ce n'est toujours pas le cas.

— T'as essayé la rééducation ?

— Oui. Il faut d'ailleurs que j'aille voir le docteur pour vérifier mes progrès. Je sais qu'il voudra que j'en fasse à nouveau. Je ne veux pas le rencontrer de peur qu'il me dise que la situation a empiré.

Brighton ferma les yeux.

Tanner le serra contre lui. Il préféra garder le silence. Il aurait toujours pu lui dire que c'était mieux de savoir, mais Brighton devait le décider pour lui-même. Il avait déjà traversé beaucoup d'épreuves. Ce fut la raison pour laquelle Tanner considéra que son amant savait ce qui était le mieux. Il se tourna vers le réveil à côté du lit. Il ouvrit la bouche et hésita un peu, avant de demander :

— Tu as mangé ?

— Non.

Brighton s'assit au bord du matelas.— Je vais nous préparer quelque chose.

Le regard que son patron lui jeta contenait une question muette.

— Je vais t'aider.

Tanner se releva. Il glissa ses jambes de chaque côté de son amant, pressant son torse contre le dos de Brighton.

— On a le temps, ajouta-t-il. On a toute la nuit.

Il embrassa son épaule de nouveau. Il adorait tenir Brighton dans ses bras. C'était une sensation parfaite.

Brighton se leva lentement. Tanner se dépêcha d'aller chercher la canne. Ils s'habillèrent rapidement avant de quitter la pièce. Tanner récupéra ses chaussures en dehors de la chambre et il descendit rapidement les escaliers pour ne pas gêner son amant, qui le rejoignit dans la cuisine.

— Je vais nous préparer quelque chose, déclara ce dernier.

Tanner regarda par la fenêtre.

— Je vais vérifier la grange, dit-il, avant de quitter la maison et de traverser le jardin.

Il en profita pour déplacer sa moto dans le garage. Puis, il s'assura que tous les animaux avaient à boire et à manger.

— Vous avez été de bonnes bêtes aujourd'hui, dit-il aux chèvres, qui s'approchèrent de la barrière en le regardant. Les garçons vous aiment bien.

Il passa voir les brebis, qui étaient occupées à mastiquer. Elles étaient toutes couchées, l'une à côté de l'autre, comme si elles avaient froid. Il savait qu'il leur faudrait du temps avant de s'habituer à n'avoir plus de toison. Il rassembla toute la laine et l'entreposa dans la grange, là où elle pourrait sécher. Il se demanda ce que Brighton comptait en faire.

Il se mit à sourire lorsqu'il pensa à son amant dans la maison, en train de leur préparer un dîner. Il savait que c'était trop tôt pour envisager de s'installer ensemble. Il soupira et s'enleva ces pensées de la tête. Il se précipitait toujours, mais il fallait qu'il arrête. Cela n'apportait rien, si ce n'est du chagrin, de la douleur et ce sentiment d'exclusion. Certes, ce n'était pas la première fois. Il avait toujours eu la sensation d'être exclu, à cause de son bégaiement.

Le poney, agitant la tête, se mit à hennir doucement, ce qui tira Tanner de ses pensées vagabondes. Il fallait qu'il prenne les événements comme ils venaient. C'était le seul moyen. Il plaça du foin dans la mangeoire de Napoléon et tapota son cou. Il se trouvait dans une bonne situation et cela le rendait heureux. Il lui fallait profiter du moment présent, aussi longtemps que ça durerait. Il n'ignorait pas que tout avait une fin. Pour lui, c'était toujours ainsi que ça se passait.

Il referma les portes de la grange et retourna à la maison. Sur le chemin, il remarqua que le courrier était encore dans la boîte aux lettres. Il le récupéra et le ramena à l'intérieur. Il le plaça sur la table où Brighton semblait le déposer, puis il se rendit à la cuisine. L'odeur du bacon remplissait la pièce. Son estomac se mit à gargouiller au moment où Brighton terminait de préparer le dernier sandwich sur le comptoir.

— Tu c-comptes nourrir une armée ? demanda Tanner.

Brighton se tourna vers lui et lui dit, avec le sourire :

— Au cas où tu ne l'as pas remarqué, tu es une armée à toi tout seul.

— Je sais que je suis costaud, commença-t-il.

Brighton récupéra sa canne, qu'il avait déposée contre le meuble.

— Je t'aime bien comme ça, dit-il, en se rapprochant. C'est ce qui te rend sexy, je dirais.

Tanner l'enveloppa dans ses bras.

— Royce disait toujours qu'il avait peur que je l'étouffe ou quelque chose comme ça, confessa-t-il.

— Qui est Royce ? demanda Brighton. C'est à cause de lui que tu as fini ici ?

Tanner acquiesça.

— Mais tu n'es pas prêt à en parler.

Il secoua la tête. C'était bien la dernière chose dont il avait envie de parler à ce moment-là. Leur relation allait dans la bonne direction et cette révélation aurait tôt fait d'y mettre un terme.

V

BRIGHTON ÉTAIT heureux. Les derniers jours avaient été spectaculaires. Il avait passé beaucoup de son temps libre à travailler sur un plan commercial pour la ferme. S'il voulait réussir, il savait qu'il aurait besoin d'arrêter les détails : les bâtisses qu'il devrait faire construire, leur emplacement, les animaux dont ils auraient besoin, les soins que ces derniers devraient recevoir... Il lui faudrait obtenir des devis, pour savoir s'il avait assez d'argent. Il doutait en toute sincérité d'être capable de tout mettre en place du premier coup. C'est pourquoi il devait déterminer ce qui était le plus important et ce qui générerait de l'argent dès le début.

Tanner était d'une grande aide. Même s'il avait une plus grande expérience des activités de ranch que de celles de la ferme, il avait assez de connaissances pratiques pour être capable d'éviter les pièges. C'était en tout cas ce que Brighton espérait.

— Q-quand est-ce que tu espères ouvrir ? demanda Tanner, quand ils s'assirent autour de la table de la cuisine pour regarder les plans que Brighton avait établis.

— Au printemps prochain, certainement.

Brighton aurait aimé ouvrir la ferme à l'automne, mais ce ne serait pas possible. En dessinant les plans, il avait décidé qu'il fallait créer des sentiers, ainsi qu'une zone de pique-nique. Il voulait que les enfants puissent accéder entièrement à la ferme aux animaux.

— Ça va prendre beaucoup de temps d'obtenir les permis, de construire les bâtiments et d'installer les animaux. Il est déjà trop tard cette année pour planter la parcelle de citrouilles, mais avec un peu de chance, on peut labourer et préparer les différentes zones cet automne pour qu'elles soient prêtes l'année prochaine.

Il reporta son attention à son plan. Tanner examina ce dernier en détail et montra quelques points. Son patron hocha de la tête et déclara :

— Je pensais que nous pourrions mettre tous les animaux au même endroit. La grange actuelle peut être réaménagée pour les moutons et les chèvres. On construirait un nouveau bâtiment pour les autres animaux. Il serait peint en rouge avec les bords en blanc, pour que ça plaise aux enfants.

Le manège à poneys serait installé près de la nouvelle grange. Et ici, j'ai pensé que nous pourrions ajouter un clapier à lapins.

Il montra une zone entre les bâtisses.— Il y aura les toilettes là-bas. On peut planter le nouveau verger dans cette partie et utiliser l'ancienne comme verger hanté en automne. Ça permettra aussi de cacher la vue sur le centre commercial. Les citrouilles seraient là, avec derrière le labyrinthe de maïs. Ça le placerait entre le développement immobilier et nous.

Brighton sourit.— L'étape suivante consiste à obtenir les devis pour les bâtiments et les animaux, ainsi qu'à estimer les coûts d'entretien.

C'était une tâche colossale.

— T'es sûr que tu veux le faire ? demanda Tanner. C'est beaucoup de travail, on dirait.

Brighton y avait réfléchi à plusieurs reprises.

— J'y tiens. Je n'ai jamais été aussi excité par un projet depuis que j'ai eu mon accident.

Il soupira et se cala sur sa chaise.— J'ai la sensation d'avoir à peine existé cette année. J'ai mon travail, mais à part ça, je me suis comporté comme un automate.

Il attrapa la main de Tanner.— Tu m'as aidé à voir tout ça.

Les yeux de Tanner s'écarquillèrent.

— Comment ?

Brighton déglutit.

— Tu as voulu être avec moi.

Il se releva lentement et utilisa le comptoir pour se maintenir en équilibre.— Après le départ de Kurt, je pensais que personne ne voudrait de moi.

Il ne put regarder Tanner dans les yeux à ce moment-là.— L'homme que je pensais aimer et qui affirmait m'aimer s'est enfui à la minute où il a appris que je ne pourrais peut-être plus marcher.

Il inspira profondément.— Je croyais que cette partie de ma vie était terminée.

— C'est faux.

— Je le sais. Grâce à toi.

Il se tourna.— Je ne te demande pas en mariage ni de t'engager d'une manière ou d'une autre. Ce n'est pas ce que j'essaye de dire. Tu m'as tout bonnement fait un cadeau et je ne crois pas que tu le saches.

Il revint à la table. Tanner l'aida à se rasseoir.

Brighton remarqua que son amant n'avait pas grand-chose à dire après cet aveu. Il avait espéré que Tanner commencerait à s'ouvrir, mais il semblait se satisfaire d'en dire le moins possible sur son passé. Cela ennuyait légèrement Brighton, qui se demandait quel terrible événement pouvait justifier un tel silence.

— Je savais pas, déclara finalement le cowboy. Je suis content.

Il ne lâcha pas la main de son patron, lui caressant les doigts.

Brighton se dit qu'il lui suffisait de lui poser la question.

— Tanner, qu'est-ce qu'il t'est arrivé ?

Celui-ci se détourna et ses doigts arrêtèrent leur caresse.

— J...je... C'est...

Il commença à bégayer fortement. C'était un spectacle douloureux. Il ouvrit la bouche, mais tout ce qui sortit fut des sons inintelligibles. Brighton comprit qu'il avait commis une erreur.

— Tout va bien. Je n'aurais pas dû demander. Tu me le diras quand tu seras prêt.

Il avait vu ce géant le porter en haut de l'escalier comme s'il ne pesait rien, mais il s'apercevait que sous la surface, sous cette apparence de force brute, Tanner souffrait. Brighton ressentit de la colère.

— Je suis désolé.

Celui qui lui avait fait du mal méritait d'être fouetté au sang.

Mais il ne parvenait pas à se débarrasser de cette petite voix. De quoi Tanner pouvait-il à ce point avoir honte ? Beaucoup de gens se retrouvaient blessés. Ça lui était arrivé et il en avait discuté avec son amant. Il espérait que ce dernier s'ouvrirait, que la douleur était peut-être trop récente et qu'il avait besoin de temps. Ah ! Si c'était seulement ça, alors... il pourrait être patient. Mais au fond de lui, il ne pouvait pas s'empêcher de se demander s'il n'y avait pas anguille sous roche. Et si Tanner avait fait quelque chose dont il avait vraiment honte ? Et s'il avait blessé quelqu'un ? Dès que cette pensée naquit dans son esprit, Brighton l'écarta. Tanner était doux et gentil. Il le savait. Il respira profondément et essaya de faire taire ses doutes.

DEUX JOURS plus tard, Brighton se réveilla à côté de Tanner. Certaines parties de son intimité étaient délicieusement douloureuses. La climatisation bourdonnait doucement dans la chambre et il se colla contre son amant pour se réchauffer. Il n'aurait pu rêver mieux.

— Je dois me lever, marmonna Tanner. Nourrir les bêtes.

Quand ce dernier était détendu, comme il l'était maintenant, son bégaiement était bien moins prononcé et parfois même absent, ce que Brighton prenait comme un bon signe.

Il caressa l'épaule du cowboy et se retourna vers lui. Il lui fit un sourire et se rapprocha avant de l'embrasser. Ce qu'il pouvait aimer le poids de Tanner sur lui ! Il bougea pour être dans une position confortable. Pendant ce temps, les lèvres de Tanner recouvraient les siennes en un baiser profond, quelque peu brutal, mais tellement intense qu'il se sentit fondre. Tanner resserra ses bras autour de lui, rapprochant leurs corps. Son sexe épais glissa contre celui de Brighton, qui sentit sa température monter aussitôt d'un cran.

— Je peux à peine réfléchir quand je suis avec toi, murmura-t-il, une fois que Tanner eut mis fin à leur baiser.

La réponse de ce dernier consista à l'embrasser de nouveau, plus profondément, et à le tenir plus encore.

Brighton ferma ses yeux. Il voulait son amant à l'intérieur de lui, mais il ne voulait pas pour autant briser leur contact. Aussi bougea-t-il en même temps que lui. Sa queue frotta contre la hanche du cowboy. Alors que Tanner respirait doucement contre son oreille, il n'était que friction et chaleur. Il ne savait pas ce que Tanner était en train de dire, mais ça n'avait pas d'importance. On le tenait fermement et c'était ce qu'il désirait.

Tanner s'arrêta. Rouvrant les yeux, Brighton se demanda ce qui venait de se passer et ce qu'il avait fait de mal. Les bras puissants venaient de le lâcher et avaient disparu. Il releva sa tête au moment où Tanner sortait du lit. Leurs regards se rencontrèrent et Tanner revint se frotter contre lui. Le sexe de Brighton réagit à l'intensité de ce contact. Le cowboy se pencha pour le prendre dans sa bouche.

Brighton retint sa respiration et, sans pouvoir le contrôler, trembla d'excitation. Son amant le suça jusqu'à la garde, ses mains remontèrent le long de son ventre pour se poser sur son torse. Tanner pinça gentiment ses tétons et caressa sa peau jusqu'à ce que Brighton croie que sa tête allait exploser. C'était la première fois dans sa vie qu'il se sentait à ce point vivant. Chaque caresse le faisait frissonner, lui envoyait des décharges d'électricités qui venaient exciter le centre du plaisir dans son cerveau. Le sang pulsait dans ses veines, sa tête lui tournait, c'était une souffrance délicieuse. Sa peau quémandait davantage et Tanner cédait à ces caprices à chaque fois. Il n'y avait nulle volonté, nulle envie, nul besoin qui ne fussent satisfaits.

— Tanner! cria Brighton lorsqu'il ne put contenir son désir plus longtemps.

Sa jouissance lui échappa, comme un envol de ballons, et avec elle ses dernières retenues. Alors qu'il peinait à retrouver sa respiration, les yeux parsemés d'étoiles, Tanner, de son côté, avalait jusqu'à la dernière goutte de ce nectar délicieux. Sa bouche le libéra enfin.

Brighton était couché sur le dos, épuisé, mais heureux. Il attira son amant jusqu'à lui, goûta le sel de sa jouissance sur les lèvres du cowboy. Quelle saveur aphrodisiaque!

— Chevauche-moi, lui dit-il.

Tanner ne sembla pas comprendre ce qu'il voulait dire. Aussi Brighton le guida-t-il jusqu'à ce que ses jambes soient de chaque côté de son torse. Il se mit au bon niveau, enveloppa ses doigts autour de la queue turgescente de Tanner et en suça le gland. Tanner eut une respiration sifflante, puis se mit à gémir à mesure que Brighton jouait de sa bouche, de ses lèvres et de ses doigts. Il le prit profondément dans sa gorge, s'arrêta pour sentir les palpitations de cette queue, qui voulait caracoler le long de sa langue comme un cheval sauvage.

Et cette vue! Elle suffit à réveiller le désir épuisé de Brighton. Ce dernier voyait les muscles de Tanner rouler sous la peau, le torse se gonfler – une montagne de muscles et de puissance à l'état pur que Brighton était à même de contrôler avec le bout de sa langue, avec la douceur de ses lèvres. Il le suça comme si sa vie en dépendait. Il gardait son regard rivé vers le haut, afin de ne manquer ni les contractions de cet estomac aux muscles dessinés ni la manière que son amant avait de retenir sa respiration. Le simple fait de le voir sous cet angle donna une nouvelle érection à Brighton. La sensation de cette virilité qui remplissait sa bouche et le goût musqué faillirent lui faire perdre la tête.

Il recula sa tête de sorte que seul le large gland demeura entre ses lèvres. Sa langue l'entoura, tel un serpent affamé. Tanner en eut le souffle coupé, laissa échapper un juron et donna un coup de bassin pour le pénétrer davantage.

Brighton ne se fit pas prier pour le sucer avec plus de force et en profondeur. Il ne bougea pas, son nez enfoui dans cette toison blonde, sentant l'odeur unique de son amant. C'était incroyable. Cette senteur, ce goût, cette sensation, c'était comme être au paradis – sa version du paradis, en tout cas – et il aurait voulu que cela ne s'arrête jamais. Il en avait même besoin! Il se sentait en vie, il *était* en vie, bien plus que jamais. Son cœur, son âme, son corps, son esprit... Tous étaient investis dans le moment présent et fonctionnaient à plein régime. Il en avait entendu parler, on disait que c'était magique, mais il ne l'avait jamais vécu avec Kurt, pas une seule fois au cours de sa relation, tandis qu'avec Tanner... Son excitation prit le dessus. Il se retira pour lui demander :

— C'est ce que tu veux ? Dis-moi.

— Oui ! cria Tanner, mettant ses mains derrière sa nuque, s'étirant. Oui, suce-moi, s'il te plaît.

Brighton s'exécuta avec acharnement, aidé par les coups de bassin de son compagnon. Il le suça profondément, se perdant dans le plaisir qu'il était en train de prodiguer. Il commença à se caresser. Il se fichait de savoir s'il avait joui quelques minutes plus tôt. Il était à ce point excité qu'il ne pouvait plus se contrôler.

— Oh mon Dieu, cria Tanner lorsque Brighton le prit jusqu'à la garde et le garda ainsi.

Le sexe du cowboy palpita. Brighton lâcha sa propre queue pour attraper les fesses dures de Tanner. Il commença des allers-retours, facilités par les coups de boutoir de son amant, qui finit par devenir fou et se tortiller.

— Vais pas tenir ! cria ce dernier.

Brighton n'avait aucune envie de s'arrêter pour lui dire qu'il ne voulait pas que ça se prolonge, aussi le suça-t-il plus fortement, lui arrachant sa jouissance. Tanner rua, puis s'arrêta brusquement. Brighton continua de le sucer et il sentit la secousse venir. Sa bouche se remplit soudainement de la semence de Tanner, qu'il avala, encore et encore, prenant absolument tout ce que Tanner avait à offrir. Il n'aurait pas supporté de gâcher une seule goutte.

Tanner resta immobile durant un long moment. Brighton reposa sa tête sur le coussin, regarda la plastique de son amant pendant qu'il caressait sa propre érection. Tanner passa sa main derrière lui et repoussa celle de Brighton afin de pouvoir le caresser lui-même. Il fit des mouvements légèrement circulaires, qui stimulaient, à chaque caresse, cet endroit sensible sous le gland.

Brighton poussa un cri ; Tanner se pencha en avant, ce qui contracta ses abdos. La vue était parfaite, intense, et tellement excitante que Brighton perdit le contrôle durant quelques secondes. De la chaleur éclaboussa son ventre, son esprit plana grâce à l'intensité des deux orgasmes qu'il avait eus en moins d'une demi-heure.

Tanner finit par se décaler et se coucher sur le lit, caressant le ventre de son amant, son torse et répandant la semence de Brighton sur sa peau. Il se pencha, l'air chaud de son souffle caressa les lèvres de son patron, qui ouvrit la bouche pour être embrassé. Ils se goûtèrent l'un l'autre, laissant échapper des gémissements, langue contre langue, lèvres contre lèvres.

Ils restèrent couchés ensemble durant un moment. Brighton se détendit, à moitié endormi, et heureux comme il ne l'avait jamais été. Il ne voulait pas que ce moment prenne fin. Mais il fallait qu'ils se mettent au travail.

Tanner soupira, avant de l'attirer contre lui.

— Il faut vraiment que je me lève.

Ces mots étaient aussi ensommeillés que l'était Brighton. Il poussa un gémissement et resserra sa prise sur Tanner. Il voulait seulement quelques minutes de plus.

Mais si Tanner se levait pour prendre soin de *ses* animaux, Brighton se devait de quitter le lit lui aussi. Il avait certaines tâches à faire, mais aucune d'entre elles n'était aussi plaisante que la perspective de passer la journée au lit. Tant pis.

— Entendu, je vais nous préparer le petit-déjeuner, finit-il par déclarer.

Tanner s'habilla sous le regard intéressé de Brighton. Celui-ci adorait les jambes bronzées et les fesses blanches de son cowboy, mais il détesta les voir disparaître sous cette paire de jeans. Il retint sa respiration lorsque Tanner boutonna sa braguette et se tourna vers lui avec un clin d'œil coquin. L'esprit de Brighton allait être pollué de pensées impures toute la journée, maintenant qu'il savait que Tanner ne portait aucun sous-vêtement pour envelopper ce fessier aussi beau qu'une œuvre d'art. Et ce chef-d'œuvre, ce miracle de la nature, Brighton était bien décidé, s'il en avait la chance, à le célébrer autant que possible.

Après s'être nettoyé, Brighton se leva et s'habilla prudemment. Comme il avait du travail à réaliser ce jour-là, il prévoyait de manger et de rester assis à son bureau aussi longtemps qu'il le pourrait. Tanner partit après l'avoir embrassé. Brighton termina de s'habiller, puis se rendit à la cuisine. Il prépara le petit-déjeuner et mit de côté la garniture en attendant le retour de Tanner. Puis, il décida d'ouvrir le courrier qui s'était empilé sur la table. Il l'amena à celle de la cuisine et regarda dehors pour vérifier si Tanner revenait ou non. Il avait déjà commencé à préparer le café, dont la senteur remplissait la pièce entière. Impossible d'attendre : il en avait terriblement besoin. Lorsque ce fut prêt, il s'en versa une tasse et alla s'asseoir. Le tri commença alors : il mit les factures sur une pile et les publicités sur une autre, qui finirait à la poubelle. De même que les magazines, qui étaient nombreux. Son grand-père avait dû payer toutes les factures d'abonnement qui se retrouvaient dans sa boîte aux lettres, car Brighton avait reçu jusqu'à présent douze magazines et certains avaient dû être pour sa grand-mère à l'origine.

Il ouvrit enfin les dernières enveloppes, les mettant de côté, soit pour les envoyer au notaire, soit pour les ajouter aux factures de la ferme à payer. Toutefois, une qui venait de la ville attisa sa curiosité. Il la décacheta et lut son contenu.

— Putain de merde !

Il la fusilla du regard.

— C'est quoi le problème ? demanda Tanner, depuis le salon.

Brighton avait été tellement absorbé par la lettre qu'il ne l'avait pas entendu entrer.

— Il y a une audience la semaine prochaine. La ville veut changer le statut de la terre. Apparemment, les terrains n'ont pas été utilisés à des fins agricoles depuis plus de dix ans. Ils veulent donc modifier le zonage.

Il jeta la lettre sur la table.— Je te parie ce que tu veux que ma tante ou mes cousins sont derrière tout ça.

Tanner ramassa le courrier sur la table et rejoignit Brighton. Après quelques minutes, il le posa et montra le bas du texte. La lettre stipulait que même avec un nouveau zonage, les terres pouvaient quand même être utilisées pour des activités agroalimentaires, mais deviendraient constructibles.

— Je p...p-pense que c'est une question d'impôts.

Brighton relut la lettre et hocha la tête.

— Putain. Ça va faire monter la valeur de la propriété de manière démesurée et ils vont me faire payer les taxes foncières en fonction.

Il pouvait déjà voir ses projets s'envoler par la fenêtre. L'accroissement des impôts éliminerait toute chance de mettre en place son entreprise. Il lui faudrait vendre pour couvrir ce fardeau financier.

— Mon oncle était au courant.

Tanner le regarda sans comprendre.

— Il a dit quelque chose lors des funérailles. Que ce n'était pas terminé ou un truc dans le genre. Je parie que c'était leur projet depuis le début et qu'ils attendaient simplement que mon grand-père meure. Ils ne pouvaient pas lui faire ça, mais maintenant qu'il est parti, plus rien ne les retient, et ils se fichent de moi.

Tanner se rapprocha, le releva avec douceur et l'enveloppa dans ses bras musclés. Il était tellement fort que Brighton eut la sensation que tout se passerait bien. Ce fut d'ailleurs ce qui l'inquiéta : il avait eu la même impression avec Kurt. Mais Tanner n'était pas Kurt et il ne devait pas l'oublier.

— Ça dit qu'il y a une audience, murmura Tanner dans son oreille. Ils disent que la t-terre n'a pas été activement cultivée, mais c'est faux. Appelle Arthur et voit ce qu'il t'en dit. Je te sug-g…suggère de finir les plans de ce que tu veux faire. Prends des photos de la ferme, sans oublier la t-t-toison que nous avons récupérée hier et les animaux que tu as.

Brighton s'arrêta de trembler et saisit la lettre. Il demeura immobile.

— Oui. J'imagine qu'il vaut mieux que je connaisse la loi afin de mieux me battre.

Il prit une profonde respiration.

— Va l'appeler, lui conseilla Tanner. Je finis le petit-déjeuner.

Brighton n'avait aucune envie de s'éloigner de son amant, mais il le fit quand même. Il attrapa sa canne là où il l'avait posée et se rendit dans le salon. Il s'assit sur le canapé, retrouva le numéro du notaire dans le répertoire de son téléphone et l'appela.

— Je voudrais parler à Arthur, s'il vous plaît. Brighton McKenzie à l'appareil, s'annonça-t-il à la réceptionniste, qui le lui passa immédiatement.

— D'autres ennuis avec la famille ? demanda Arthur en guise de salutations.

C'était devenu une blague entre eux.

— Je ne sais pas. La ville veut passer le zonage de la ferme en terrains constructibles.

Il lui lut des extraits du courrier.— Je crois qu'ils veulent une occasion pour augmenter les taxes.

Il développa son raisonnement et indiqua aussi l'avis de Tanner.

— Je pense que mon cousin a raison, répondit Arthur. Je vais vérifier le code rural et foncier pour savoir sur quoi ils se basent pour ce changement et nous mettrons en place un plan de défense. Envoyez-moi une copie de cette lettre. Je m'y attellerai tout de suite.

— Tanner vous l'amènera ce soir, répondit Brighton.

— En attendant, ne vous inquiétez pas. Il y a des moyens pour s'opposer à ce genre de décisions. Laissez-moi faire quelques recherches.

Pendant une seconde, Brighton se demanda combien il aurait à payer de frais notariés, mais il se souvint que cela lui coûterait bien plus en hausse de taxes.

— Envoyez-moi simplement cette lettre.

— Je le ferai, accepta Brighton. Et je vous remercie.

Il raccrocha et retourna à la cuisine, où Tanner venait de disposer le petit-déjeuner sur la table.

— Ton cousin pense, comme toi, qu'il y a un moyen de s'opposer à cette décision.

Tanner hocha la tête et s'assit en face de lui.

— Oui. Ap...prends les règles et utilise-les à ton avantage, dit-il avec un sourire.

Il commença à manger et Brighton fit de même, mais il n'avait pas vraiment faim. Après avoir mangé un œuf, il se sentit repu et son estomac se mit à gargouiller, ce qui était un mauvais présage. Il s'installa confortablement. Son ventre se calma au bout de quelques secondes. Il s'efforça de manger un petit peu plus et d'oublier ses soucis pour le moment.

— Est-ce que tu pourras amener la lettre à Arthur ce soir?

Il la plaça à côté de lui. Il détestait poser cette question, car cela voulait dire que Tanner le quitterait à la fin de sa journée de travail. Il adorait sa présence, mais son cowboy ne resterait pas chaque nuit. L'inverse aurait certainement précipité les choses un peu trop.

Tanner acquiesça.

Brighton avait du mal à savoir ce qu'il pensait la plupart du temps. Son visage pouvait être très expressif, mais Brighton avait appris que ça n'arrivait que lorsque Tanner le désirait. Ce dernier aurait pu devenir un joueur de poker très doué, parce que son visage ne révélait parfois rien. De plus, il ne discutait pas assez pour que Brighton sache ce qui se passait dans sa tête. Parfois, cela le désespérait – un peu comme maintenant.

— Qu'est-ce que tu veux dire? l'incita-t-il, parce que Tanner n'arrêtait pas de le regarder.

— J'... j-j'allais dire q-que je dois y aller après le b-boulot, c-car Alicia m'a demandé de surveiller les ga-g-garçons pour elle.

Son bégaiement était de retour.

— Bien sûr. Pourquoi est-ce que m'en parler te rend nerveux?

Il lui prit sa main.— Dis simplement ce que tu veux. Je ferai de mon mieux pour écouter.

Tanner haussa les épaules.

— J'ai pas l'habitude de parler beaucoup.

Il baissa le regard sur son assiette. Brighton relâcha sa main. Son employé et amant retourna à son petit-déjeuner. Une fois qu'il eut terminé, il apporta sa vaisselle dans l'évier. À son retour, il offrit un sourire à Brighton, serra tendrement sa main et sortit de la maison. Brighton le regarda marcher rapidement au-delà de la grange pour atteindre le cabanon à outils qui se trouvait à l'autre bout de la propriété. Brighton ne s'y était pas encore rendu, mais il aurait voulu savoir ce qui s'y trouvait. Il n'y avait pas pensé jusqu'à présent, trop occupé par tout le reste. Lorsque Tanner reviendrait, il l'interrogerait à ce sujet.

Il termina de manger et décida qu'il était temps de se mettre au travail. Après avoir fait la vaisselle, il s'assit à son bureau et attaqua. Il eut quelques difficultés au début, son esprit refusait de se concentrer. Mais au bout d'un moment, ses soucis finirent par passer en fond de toile et il put travailler.

Un coup à la porte le détourna de ses pensées. Il regarda l'horloge de son ordinateur et prit conscience qu'il avait travaillé durant deux heures. Il transpirait, la chaleur de la journée avait pénétré la pièce, sans qu'il fasse attention. De toute manière, il était temps qu'il bouge un peu. Il se leva donc et ouvrit la porte d'entrée. Tante Vera se tenait sous le porche et lui souriait. Un crocodile en robe d'été et collants.

— Bonjour, dit-il aimablement, tout en se demandant la raison de sa visite.

Il poussa la moustiquaire et elle entra.— Il fait un peu chaud.

Il nota mentalement qu'il faudrait faire installer un autre climatiseur pour cette partie de la maison. À ce stade, une climatisation centralisée était hors de question. Le coût d'installation dans cette vieille maison dépasserait la somme qu'il pouvait se permettre de dépenser, d'autant plus s'il voulait économiser autant que possible pour réaliser les travaux de la ferme.

— Je vois ça, dit-elle en regardant tout autour. On dirait que cette maison ne change jamais. Elle était comme ça quand j'étais petite.

— Alors, pourquoi est-ce que tu veux la faire disparaître ? demanda Brighton.

Le sourire de sa tante diminua légèrement.

— Ce n'est pas le cas. Même si tu vends, la maison ne partirait pas nécessairement. Elle a une structure solide et c'est un superbe endroit pour vivre.

Elle poursuivit son exploration.

Il y avait des fois où Brighton ne la comprenait absolument pas. Pour dire la vérité, il était en train de s'apercevoir qu'il ne comprenait pas les gens aussi bien qu'il l'avait cru. Il avait pensé qu'il était un bon connaisseur de ses contemporains, mais apparemment il s'était trompé.

— Est-ce que tu es venue pour discuter ? demanda-t-il. Dans ce cas, nous pouvons aller sur la terrasse.

En réalité, il ne la voulait pas dans sa maison.

— Je suppose que je…

Elle soupira. Il prit conscience qu'elle essayait de gagner du temps pour une raison qu'il ignorait.

— Un ami m'a dit que la ville allait changer le statut des terres.

Au moins, elle eut la décence de ne pas sourire.— Ce coin est en train de se développer et ça ne va pas s'arrêter en si bon chemin. Tu ne peux pas t'opposer au progrès.

— Tante Vera, je vois très bien ce que tu veux…

— Brighton.

Elle secoua sa tête de façon théâtrale.— Je sais ce que tu penses et j'ai eu tort d'être égoïste. Ça n'a rien à voir avec moi ou ton oncle, mais bien avec ce qui est bon pour toi.

Elle balaya la pièce du regard.— La maison a besoin d'être rénovée et cette ferme est l'ombre de ce qu'elle a été. Sans parler de ces nouveaux développements immobiliers et ces centres commerciaux. Parfois, les changements arrivent pour une bonne raison.

Elle plaça sa main sur son épaule. Ce geste se voulait maternel et attentionné.— Essayer d'utiliser le domaine autrement qu'en le vendant n'apportera rien de bon. Papa le savait. Il s'est contenté d'y vivre, sans rien y faire de plus. À l'époque, il y avait du bétail et nous avions davantage de terre. C'est ainsi que Papa a survécu toutes ces années : il a vendu le terrain sur lequel ils ont construit le centre commercial et une partie des maisons. La ferme n'a pas rapporté de l'argent depuis des années.

Brighton acquiesça. Il était certain que ce n'était pas un mensonge. C'était même plus que vraisemblable.

— Être fermier, c'est vraiment ce que tu veux faire ?

Elle jeta un coup d'œil à son ordinateur, posé sur le bureau.— Tu as d'autres occupations dans ta vie, d'autres intérêts qui n'ont aucun rapport avec les animaux, qu'il faut nourrir à cinq heures du matin, ou encore avec les récoltes, pousseront-elles ? Y aura-t-il assez de pluie ? Trop ? Le verger rapportait beaucoup d'argent, mais ce qu'il en reste est vieux, et les arbres ne produisent plus beaucoup.

Tante Vera soupira.— Aucun de nous ne rajeunit. Cette ferme a assez vécu et il est temps de tourner la page.

Elle recula d'un pas et lui sourit.— Je suis vraiment désolée pour mon comportement inapproprié.

Elle se tourna vers la porte.— J'ai un rendez-vous, mais je voulais surtout passer voir comme tu t'en sortais.

Elle sourit et prit Brighton dans ses bras, ce qui ne manqua pas de le surprendre. Au final, il la prit aussi dans les siens. Elle fit demi-tour et quitta la maison.

Il alla à son tour à la porte d'entrée, d'où il la vit lui faire un petit coucou de la main avant de monter dans sa Cadillac et s'en aller. Il laissa la porte ouverte pour que la brise ventile la maison et alla se rasseoir à son bureau. Il espérait que sa tante était assez honnête pour lui dire la vérité. Il voulait la croire. Après tout, elle avait peut-être raison. La maison, la ferme, tout avait besoin de réparations... Des tâches qu'il ne pouvait faire. Il secoua la tête. Sa tante avait eu raison sur un point : il n'avait jamais voulu devenir fermier. Il avait été passionné d'informatique depuis l'école. C'était dans ce domaine que se trouvait son expertise, non dans l'élevage et les cultures.

Il fallait qu'il réfléchisse. S'il souhaitait continuer avec ce projet, il lui faudrait tenir sur le long terme. Il ne pouvait se lancer dans un tel chantier et se retirer quelques années plus tard. Développer une entreprise prenait du temps et demandait beaucoup d'effort. Était-il disposé à fournir cet effort? L'énergie qui l'avait soutenu ces quelques derniers jours commençait à diminuer. Il se retrouvait de nouveau sur le bas-côté, à se demander quoi faire. Il referma son ordinateur portable et attrapa le câble. Il avait tellement chaud qu'il préférait continuer à travailler dans sa chambre, là où il faisait frais.

Il parvint en haut des marches sans avoir eu besoin de sa canne, qu'il avait laissée derrière. Il pria pour que son genou ne le lâche pas et marcha jusqu'à sa chambre, sans chuter. Il prit quelques minutes pour préparer son lit et le transformer en bureau. Il brancha son ordinateur et se mit à l'aise. Il avait tout ce dont il avait besoin et était heureux d'avoir son téléphone dans sa poche. Il ne pouvait rien entendre de ce qui se passait à l'extérieur de la chambre à cause de la clim, mais il put se concentrer.

Des heures passèrent. Sa faim et la rigidité musculaire qui grandissait dans sa jambe, le forcèrent à quitter le confort et la paix de sa chambre. Il ouvrit la porte et tendit l'oreille. Il put entendre au loin des vrombissements profonds et réguliers. Il descendit les escaliers et récupéra sa canne sans tomber par terre. Le son devint plus fort et il comprit qu'il s'agissait du bruit d'un gros moteur qui se rapprochait. Il poussa le rideau sur le côté à temps pour voir Tanner passer sous la fenêtre, assis sur un vieux tracteur. Il sortit sous le porche.

— C'est quoi ? demanda-t-il lorsque la machine se tut.

Tanner montra le cabanon.

— Je l'ai réparé.

Il se tourna et Brighton suivit son regard.— J'ai labouré un bout de champ près du verger.

Il sourit.— Maintenant, on dirait une ferme.

Brighton ne pouvait pas le contredire : il avait l'impression d'être à la ferme, une ferme où les travailleurs agricoles étaient tous bien musclés…— Je vais répandre le fumier pour fertiliser le champ.

— Nous devrions en mettre là où nous avons l'intention de planter le labyrinthe de maïs. Même si les voisins ne vont pas apprécier, ajouta-t-il en haussant les épaules. Faisons ça quand nous saurons qu'il va pleuvoir. Ça permettra de limiter les odeurs.

Tanner acquiesça et descendit de son tracteur.

— Pourquoi pas là-bas près du verger ?

— J'ai fait quelques recherches. Les arbres fruitiers ont besoin d'un sol doux et le fumier ajoute de l'acidité. Peut-être que nous pourrions mélanger de la chaux au sol afin de le rendre moins acide et décider du type d'arbres à planter. Il fait trop chaud pour le faire maintenant, mais nous pouvons préparer cette zone pour le printemps prochain.

— Oh.

Tanner avait l'air déçu.

— Merci, lui dit Brighton.

L'endroit avait l'air plus en vie maintenant que lorsqu'il était arrivé pour la première fois, où tout avait paru endormi. Qui passerait non loin en voiture pourrait voir que la ferme fonctionnait de nouveau. Les scénarios catastrophes et les doutes qu'il avait entretenus plus tôt dans la journée semblaient lointains.

— Tu as fait un super boulot. L'endroit ressemble enfin à quelque chose ! s'enthousiasma-t-il, avec un large sourire.

Tanner reprit du poil de la bête en voyant la réaction de son patron.

— Quelqu'un était là? demanda-t-il. Personne t'a embêté, hein?

— C'était ma tante.

Brighton essayait toujours de comprendre cette visite.— Elle s'est bien comportée.

Il ne souhaitait pas développer davantage. Il était toujours convaincu que Vera en avait simplement après l'argent, mais ce qu'elle avait dit n'était pas dénué de sens. De même que ce que Tanner venait de faire. Si les paroles de sa tante avaient nourri ses doutes et l'avaient fait réfléchir, le labourage que Tanner avait entrepris sur cette petite parcelle l'avait tout bonnement rempli de joie. Peut-être était-il taillé pour devenir fermier après tout. Seul le temps le dirait.

Tanner plissa les yeux, clairement sceptique.

— Elle n'a pas perdu ses vieilles habitudes, je le sais bien. Mais elle a été gentille. Quant à savoir si c'est de la gentillesse définitive ou encore un de ses tours pour obtenir ce qu'elle veut, ça reste à déterminer.

Il n'était pas idiot. Tante Vera savait comment manipuler son entourage et il continuerait de croire qu'elle était à l'origine de cette affaire de reclassement des terres, jusqu'à preuve du contraire.

— Viens déjeuner.

Il garda la porte ouverte pour que Tanner pénètre à l'intérieur. Brighton le suivit, s'appuyant sur sa canne. Il le regarda avancer vers la cuisine. Pour un homme si grand, il était incroyablement gracieux, du moins à ses yeux. Ce que Tanner voyait en lui était un mystère. Croisant ses bras contre sa poitrine, Brighton se fit pensif.

Le cowboy se retourna.

— P-pourquoi tu viens pas?

Il s'arrêta et revint vers son amant. Puis, avec un large sourire, il le souleva et le plaça sur son épaule.

— Tu te prends pour un homme des cavernes? demanda Brighton entre deux rires.

— Moi, faim, grogna Tanner, ce qui renforça l'hilarité de son patron.

— Tu peux me remettre au sol.

Il lui frappa les fesses, mais, comme c'était plus facile, il finit par agripper ce derrière musclé.— Oublie ce que je viens de dire, j'ai une bonne vue de là où je suis.

Tanner finit par le replacer sur le plancher des vaches. Brighton alla sortir la garniture des sandwiches du réfrigérateur. Il lui faudrait appeler sa sœur pour aller faire les courses. Il avait besoin de tout acheter, encore une fois.

— Cet aprèm, faut que j'y aille. Ça te va ?

Tanner se prépara un sandwich.

— Bien sûr.

— Je reviendrai à temps pour les t-tâches du soir, ajouta Tanner hâtivement.

— Parfait. J'ai du travail à faire. Prends la camionnette si tu veux.

Ce n'était pas comme s'il allait en avoir besoin. Il fit son sandwich et commença à manger lentement. Il était heureux. Quand Tanner lui sourit depuis l'autre bout de la table, son cœur se réchauffa. Plus que tout, il voulait croire que ça allait fonctionner côté cœur. Tanner était chaleureux et gentil. Lorsqu'il lui prit la main, le geste était doux et attentionné. Évidemment, c'était un peu dur de manger un sandwich avec une seule main, mais il se débrouilla.

Quand ils eurent terminé, Tanner nettoya la table. Puis, il se pencha pour l'embrasser.

— Je reviens tout à l'heure.

— Entendu.

Brighton le suivit jusqu'au-devant de la maison. Il referma la porte derrière son amant et monta à l'étage travailler. Avant de s'installer, il appela Brianne au sujet des courses et ils se mirent d'accord pour qu'elle passe le prendre dans l'après-midi. Arthur appela au moment où il raccrochait pour lui dire qu'il avait un bon dossier pour faire changer la commission d'avis et qu'une fois qu'il aurait la lettre, ils pourraient se rencontrer pour mettre en place une stratégie. Peut-être la situation allait-elle s'améliorer finalement.

BRIGHTON TRAVAILLA beaucoup durant les heures qui suivirent. Il termina un projet, envoya les détails à un client et fut payé aussitôt sur son compte PayPal. L'argent était le bienvenu. Il lui restait de nombreuses tâches à faire, mais il ne pouvait pas rester assis plus longtemps. Il posa son ordinateur sur le côté et se releva. Il se souvint d'un vieux sac à dos qu'il avait vu passer durant le déménagement. Il claudiqua vers le placard et le trouva, posé sur l'étagère du haut. Après l'avoir récupéré, il glissa à l'intérieur son ordinateur et le cordon d'alimentation, et le jeta sur son épaule.

Il avait dorénavant les deux mains libres pour s'équilibrer pendant qu'il descendait les escaliers. Il les détestait toujours, mais les monter et les descendre semblaient aider sa jambe. Ces derniers temps, il avait ressenti moins de douleur durant la nuit et, il touchait du bois, n'était pas tombé. Comme d'autres aspects de sa vie, sa jambe avait peut-être décidé de coopérer finalement.

Un banc de nuages cachait le soleil, ce qui rendait la température supportable. Il laissa son sac sur une des chaises du salon avant d'aller dans la cuisine. Il se servit un verre de thé glacé et sortit sur la terrasse.

Il pensait que ce serait agréable de s'asseoir et de se balancer pendant un moment, mais il dut revoir son opinion lorsque l'air étouffant le fit transpirer en quelques secondes. Il se cala néanmoins dans le fauteuil à bascule.

Malgré la chaleur, il se sentit bien, il y resta presque une heure. Il termina sa boisson et décida de se resservir. Le soleil venait de refaire une apparition. Il se releva. Il était sur le point de rentrer quand une voiture inconnue tourna pour pénétrer dans l'allée. C'était un véritable tacot, il n'y avait pas d'autre mot pour désigner cette vieille carcasse recouverte d'une épaisse couche de poussière et de boue. Cependant, quand elle se rapprocha, Brighton se dit qu'elle n'était peut-être pas aussi vieille qu'il le pensait, seulement sale.

— Est-ce que je peux vous aider ? demanda-t-il quand un homme en sortit.

Celui-ci regardait par-dessus le toit de la voiture. Il était grand et large, avec le teint hâlé, les cheveux noirs et un chapeau de cowboy clouté d'argent.

— J'espère bien. Je cherche Tanner Houghton. J'ai réussi à remonter sa trace jusqu'à ses cousins et une gentille dam' au téléphone m'a dit qu'il travaillait ici.

Il regarda autour de lui.— C'est p'tit, mais en même temps je viens de l'ouest, où le plus petit terrain va d'un bout à l'autre de l'horizon.

Ce commentaire hérissa les poils de Brighton. La ferme n'était peut-être pas grande, mais il n'allait pas supporter qu'un con arrogant vienne faire ses remarques sans l'envoyer aussitôt paître.

— Et vous êtes ?

L'étranger contourna la voiture et sauta sur la terrasse.

— Royce Weston. Le petit-ami de Tanner. Suis venu jusqu'ici pour le ramener avec moi. Il y a eu tout un pataquès à la maison. J'l'ai réglé. Et je viens de faire tout ce chemin pour l'retrouver.

Royce tendit sa main.

— Brighton McKenzie, répondit ce dernier, acceptant de serrer la main par simple politesse. Tanner n'est pas là. Il a pris la camionnette, parce qu'il avait des courses à faire cet après-midi.

— C'est toi le proprio?

Royce regarda autour de lui.— Sans vouloir te vexer, 'faut faire des travaux. 'Doit pas te rapporter beaucoup, cette ferme.

Il se tourna vers Brighton.— J'imagine que t'as besoin qu'on t'aide.

Brighton leva sa canne, tenté de l'utiliser comme une arme pour défigurer cet idiot et faire ainsi disparaître son air supérieur. Oui, il avait besoin d'aide, eh oui, cet homme avait réellement été élevé avec le bétail, qui devait avoir de meilleures manières que lui.

— Je l'ai récemment héritée de mon grand-père. Cette terre a appartenu à ma famille bien avant la Guerre d'Indépendance. Elle est peut-être petite, mais j'ai de grands projets pour elle. Maintenant, désiriez-vous autre chose, ou êtes-vous simplement venu pour insulter le tout-venant? Si c'est le cas, je dirai à Tanner que vous êtes passé.

Il montra la route.— Vous connaissez la sortie.

— 'Voulais pas t'insulter, répondit Royce. J'ai l'habitude de plus grand, c'est tout.

Brighton commençait à se demander si cet homme était stupide, totalement inconscient, ou les deux. Ses manières auraient eu de quoi faire rougir Napoléon, leur poney.

— Quant à ne pas vouloir m'insulter, je dois avouer que vous avez un talent certain. Mais peut-être avez-vous passé trop de temps avec le bétail et pas assez avec les humains. D'ailleurs, ne seriez-vous pas né dans une grange?

Il lui jeta un regard noir, le mettant au défi de contester.— Je dirai à Tanner que vous êtes passé.

— J'peux t'laisser mon numéro?

Il fouilla dans ses poches.— J'ai cherché Tanner une bonne semaine.

— S'il est votre petit-ami, comme vous le dîtes, ne l'a-t-il pas? Et, s'il avait été un tant soit peu intéressé, n'en aurait-il pas fait usage?

Il vit apparaître une première faille dans l'armure de Royce. D'accord, celui-ci était bien le genre d'hommes qui convenaient mieux à Tanner : beau, fort, avec des yeux magnifiques. Mais c'était aussi un connard, du moins, vu à travers les yeux de quelqu'un de très méchante humeur. Brighton récupéra la carte et la fourra dans sa poche, tandis que Royce retournait à sa voiture.

— Comme j'ai dit, y a eu tout un pataquès et faut que je clarifie certains trucs. V'là pourquoi j'suis là.

Il eut un sourire éclatant, parfait, avant d'incliner son chapeau et de soulever un nuage de poussière en partant, qui vint s'ajouter à la crasse déjà présente sur sa voiture.

Brighton fut tenté de prendre la carte et de la déchirer en petits morceaux, mais cela aurait été mesquin. Et si Brighton avait de nombreux défauts, il ne souhaitait pas ajouter à la liste la mesquinerie. De nombreux termes, peu flatteurs, lui vinrent à l'esprit pour décrire sa réaction à ce moment-là : il était jaloux à en crever, dégoûté, furieux comme pas possible. À cela, s'ajoutaient un manque de confiance en soi et la sensation d'être la cinquième roue du carrosse. Dans ce contexte, ajouter la mesquinerie eût été excessif. Il retourna à l'intérieur, une fois qu'il vit la voiture disparaître. Il vérifia l'heure sur son téléphone et se prépara pour partir. Brianne arriverait d'une minute à l'autre, Dieu merci. Il avait besoin de parler à quelqu'un.

— DONC CE soi-disant petit-ami vient de refaire surface ? demanda Brianne plus tard, alors qu'ils poussaient leurs chariots dans le supermarché.

— C'est ce qu'il a dit.

Brighton examina le contenu d'une barquette de steak haché et en attrapa deux. Puis, il alla choisir du poulet et des côtelettes de porc.

— À quoi est-ce qu'il ressemblait ?

Elle s'arrêta à ses côtés.

— Le portrait craché d'un cowboy de cinéma. La même manière de parler. Aussi costaud que Tanner, bronzé, cheveux noirs et un corps taillé dans la pierre.

Brighton ne voulait pas en parler plus longuement et fit avancer son chariot jusqu'au rayon des produits laitiers, où il prit du lait et du fromage.

— Tanner est bien plus beau que ce Royce. Aucun doute sur le sujet.

— Ce n'est pas vraiment ton inquiétude, n'est-ce pas ?

Elle tendit le bras pour prendre un litre et demi de lait à son tour.

— Tu aimes vraiment bien Tanner, non ?

Brighton s'arrêta et mit ses deux mains sur sa poitrine.

— Je ne couche pas avec le premier venu, dit-il d'une voix plus forte que prévue.

Il cacha sa bouche lorsqu'il prit conscience de ce qu'il avait dit. Il ne lui avait rien avoué au sujet de Tanner.

— Tu es une vraie chienne, plaisanta Brianne. Faire des cochonneries avec un employé.

Elle se mit à rire encore plus fort. Son frère leva les yeux au ciel.

— Ne fais pas ta collet monté. Je l'aime bien, OK ? Il est gentil et réfléchi. Il dit qu'il se fiche de ma jambe.

Le souvenir de leur première fois dans sa chambre, quand son amant avait pris soin de sa jambe, le fit rosir. Il eut soudainement chaud.

— Donc, oui, je l'aime bien.

— Mais si ce Royce est son petit-ami et que les choses sont telles qu'il le prétend ? Est-ce que Tanner a dit quoi que ce soit à son sujet ?

Il secoua sa tête.

— Tanner a mentionné son nom une fois, mais il ne parle pas de ce qui s'est passé avant qu'il ne quitte le ranch du Montana. Royce a dit qu'il y avait eu un « pataquès » qu'il avait dû régler. Je ne sais vraiment pas ce que ça veut dire.

Il avança dans l'allée.

— Maintenant, tu as peur que ton cowboy reparte avec ce fameux Royce ? demanda sa sœur.

— Et pourquoi est-ce qu'il ne le ferait pas ? On se connaît depuis à peine quelques semaines… Même moins. Lui et Royce ont peut-être eu ce genre de relations uniques, ou sont même des âmes sœurs qui ont été séparées. Qu'est-ce que j'en sais !

Il s'arrêta et s'appuya sur le chariot.— Je ne sais plus rien maintenant. Je n'arrête pas de me passer les événements en boucle et j'en viens à penser que je suis peut-être sa façon de se remettre de sa déception amoureuse. Lui et Royce avaient rompu, ou il était parti à cause de ce pataquès, et nous deux…

Il était trop démoralisé pour pouvoir continuer.

Brianne vint à son niveau.

— Tu l'as encore fait, n'est-ce pas ?

— Fait quoi ?

— Te jeter dans cette relation avec tout ton cœur.

Elle tapota gentiment son épaule. Brighton grimaça.— Ne réagis pas ainsi. C'est une des choses qui te rendent spécial. Si tu ne te jetais pas à corps perdu avant de réfléchir, tu ne serais pas le frère qui a fait passer sa petite sœur avant lui-même.

Elle le força à lui faire face.— Tu m'as donné une maison dès que tu étais en âge de le faire, parce que tu ne pensais pas que notre tante et notre oncle étaient assez bons, ou faisaient assez pour moi. Maman et Papa étaient morts et tu as mis ta vie entre parenthèses pour que je puisse décrocher un diplôme et avoir un bon métier. Et j'aurai une bonne carrière, crois-moi. Tu le sais. Mais c'est grâce à toi que je vais accomplir tout ça.

Elle le prit dans ses bras.— Je ne crois pas que c'est le genre de conversations que nous devrions avoir ici, mais on s'en fiche. Tu mérites tout le bonheur du monde. Alors, arrête de penser que tu vaux moins que le premier venu, tout ça parce que tu as une mauvaise jambe. Ça me gonfle.

— Mais, Bree, c'est ce que voient les gens.

— Et alors ? C'est leur problème. Et juste pour mémoire, si Tanner n'est pas le bon, il y en aura d'autres.

Brighton laissa échapper un rire dérisoire.

— Évidemment. Parce que l'univers place sur mon chemin des milliers d'hommes musclés, qui sont gentils et attentionnés. Je t'en prie. Tanner est...

Il s'arrêta, car s'il continuait, il allait se mettre à pleurnicher. Ce n'était pas ce qu'il voulait.— Il est spécial et j'ai sauté dans cette relation à pieds joints.

Sa sœur leva les mains en signe de paix.

— Tu ne sais même pas si ce Royce, là, dit la vérité. Il se fait peut-être des idées et dit que des conneries.

Elle avait raison.

— La seule personne qui peut te dire la réalité, c'est Tanner. Alors, terminons nos courses et je te ramènerai. Il a bien dit qu'il viendrait faire les travaux du soir ?

Brighton acquiesça.— Alors, il sera de retour dans une heure ou deux.

Elle lui frappa le derrière.— On se bouge, boiteux de mon cœur.

Elle partit en courant. Brighton secoua la tête, incrédule. Parfois, elle se comportait comme une enfant. Il aimait la voir ainsi. Cela voulait dire que les adversités qu'ils avaient traversées ne lui avaient pas trop laissé de cicatrices, ou du moins pas autant qu'à lui. C'était une bénédiction.

Brighton continua d'avancer dans l'allée. Il lui restait quelques articles à se procurer. Une fois fait, il se rendit à la caisse. Il fit la queue et plaça ses produits sur le tapis pendant que le caissier scannait l'ensemble. Il paya et rejoignit Brianne, qui l'attendait à la voiture. Elle l'aida à y transporter ses achats. Puis, il fut temps de rentrer à la ferme. La camionnette n'était toujours pas de retour et la moto était toujours là où Tanner l'avait laissée. Brighton entra, pendant que sa sœur vidait la banquette arrière.

— Pourquoi est-ce que nous n'avons pas mis ça dans le coffre? demanda-t-il.

— Parce qu'il est plein, répondit-elle en posant les sacs sur le comptoir. Je me suis arrêtée à Costco l'autre jour. Ils font toujours de bons prix. Je n'ai pas eu l'occasion de le vider. J'espérais que Tanner m'aiderait.

— Tanner? Pourquoi? demanda-t-il, tout en rangeant.

— Je t'ai acheté un climatiseur pour le rez-de-chaussée. J'en ai assez de crever de chaud chaque fois que je pose le pied dans cette maison. C'est trop lourd à porter toute seule. Voilà pourquoi j'aimerais l'aide de Tanner.

Elle lui fit un large sourire. Brighton soupira.— Tu mérites bien un cadeau.

— Bree.

Durant l'année écoulée, elle lui avait rendu beaucoup de services pour rembourser la dette qu'elle pensait lui devoir. Il y avait eu des moments où il avait été dans l'incapacité de faire quoi que ce soit, elle avait toujours été présente.

— Tu as fait réparer le système électrique. Je ne vois donc aucune raison pour que tu ne t'installes pas avec tout le confort, d'autant plus si c'est ta nouvelle maison. Il faut que tu te sentes chez toi et, crois-moi, on ne se sent pas chez soi dans un four.

Brighton était toujours en train de ranger les courses quand il entendit la camionnette s'arrêter devant la maison. Il regarda par la fenêtre et vit Tanner partir en direction de la grange.

— Je vais lui demander s'il peut m'aider, déclara-t-elle, avant de sortir à toute vitesse.

Brighton espéra qu'elle ne dirait rien au sujet de la visite de Royce. Il était presque certain qu'elle garderait le silence et le laisserait en discuter avec lui d'abord. Toutefois, il lui arrivait de parler un peu trop.

— Il va m'aider dès qu'il se sera occupé de la nourriture et de l'eau, dit-elle en revenant dans la cuisine.

La moustiquaire se referma en claquant.

Elle l'aida à terminer avant de retourner à l'extérieur. Bientôt, Tanner entra avec dans les bras une grosse boîte, qu'il posa sur le sol du salon.

— J'espère que ça rentrera dans l'emplacement, commenta Brighton d'une voix douce.

Son coffre avait dû être à peine assez grand pour contenir le carton.

— J'ai mesuré, répondit-elle. Ce climatiseur est assez puissant pour rafraîchir toutes les pièces du bas, surtout si tu fermes la porte de la cuisine.

Elle le prit dans ses bras en guise d'au revoir.— Il faut que je rentre, dit-elle d'un air satisfait. Merci, Tanner.

Et, se tournant vers son frère, elle articula silencieusement :— Parle-lui.

Elle partit. Il lui aurait bien botté les fesses. À la place, il s'assit sur l'une des chaises, assez loin pour ne pas gêner Tanner.

— Tu as besoin d'aide ? lui demanda-t-il.

Tanner leva les yeux du mode d'emploi et secoua la tête. Il sortit. Brighton entendit la porte de la camionnette se refermer une minute plus tard. Tanner revint avec la boîte à outils de son grand-père. Il la posa sur un morceau de carton et commença à visser certaines pièces sur le climatiseur. Brighton le regarda faire. Tanner travailla en silence.

— Est-ce que tu as trouvé tout ce dont tu avais besoin ?

— Oui. Je t…te montrerai quand ça sera… fini.

Il termina de monter l'unité, puis ouvrit la fenêtre. Bandant ses muscles, il fit glisser le climatiseur, puis il referma la fenêtre. Il quitta la pièce. Quelques secondes plus tard, Brighton put l'entendre travailler de l'autre côté, à l'extérieur. Il y eut un déclic. Le climatiseur était en place. Tanner revint et boucha les espaces de chaque côté de la clim en utilisant deux pièces en plastique qui étaient fournies.

— Il faut attendre un peu.

— Entendu, répondit Brighton.

Il se leva pour aller chercher un verre de thé glacé et le lui amena. Sa main tremblait lorsqu'il le lui tendit. Son amant le remercia.

— Tu as eu un visiteur aujourd'hui.

Il prit la carte qui se trouvait dans la poche et la lui remit.— Il a dit qu'il s'appelait Royce et qu'il était ton petit-ami.

Dire ces mots fut une torture, mais après tout ils ne s'étaient jamais dit ce qu'ils étaient l'un pour l'autre. En plus, Tanner ne parlait jamais de ses sentiments.

— R…R-Royce était ici ?

Il posa son verre.

— Oui. Il a dit qu'il y avait eu un pataquès chez lui, qu'il avait dû régler et qu'il était venu te chercher.

Brighton n'eut pas le courage de lui demander si Tanner voulait être trouvé. Son cœur se fit lourd et douloureux.

—Apparemment, Alicia lui a indiqué que tu étais ici quand il a appelé.

Tanner regarda fixement le numéro. Brighton essaya de lire ses émotions dans son regard. Il espérait y trouver de la colère, ou alors que Tanner jette la carte et le prenne dans ses bras. Malheureusement, rien de tout ceci n'arriva.

— Il faut que j'y aille, dit-il dans un murmure.

— Je comprends, répondit Brighton, la gorge serrée. S'il est si important à tes yeux, il faut que tu le voies et que tu découvres ce qu'il a à te dire.

Tanner s'arrêta et se tourna vers lui.— Tu as besoin d'être avec la personne qui te rendra heureux. Je ne t'en empêcherai pas.

Royce avait tellement de choses que Brighton ne pouvait pas offrir. Il était un cowboy, comme Tanner, et ressemblait à la personne idéale pour lui. Royce n'avait pas besoin d'une canne pour se déplacer et sa voiture, même si elle était couverte de poussière suite à son long voyage, coûtait bien plus que ce que Brighton gagnait en deux ans. Il savait reconnaître une grosse cylindrée, même sous toute cette saleté. Royce avait tout ce que Tanner méritait et si c'était ce que ce dernier voulait, alors…

— Va le trouver pour savoir ce qu'il veut. Visiblement, il tient à toi pour avoir fait le déplacement depuis le Montana.

Brighton se retourna et partit en direction de la cuisine. Il avait besoin de prendre ses distances. Il espérait juste que sa jambe ne choisirait pas ce moment pour céder.

Tanner se redressa, jeta le reste de l'emballage dans le carton du climatiseur et le transporta à l'extérieur, certainement pour le jeter à la poubelle. Il revint à l'intérieur, ce qui fit sourire Brighton, qui se tenait contre l'encadrement de la porte de la cuisine. Durant une seconde, il avait espéré que Tanner avait changé d'avis et voulait rester. À la place, celui-ci le dépassa à grandes enjambées pour aller récupérer dans la cuisine la lettre, qu'il devait remettre à son cousin. Puis il se dépêcha de quitter la maison sans se retourner. Une minute plus tard, le bruit de sa moto retentissait à travers l'air du soir. Il y eut une accélération, puis le bruit diminua à mesure qu'il s'éloignait de plus en plus.

Brighton regarda derrière lui avant de se laisser tomber dans un fauteuil. Il ne bougea pas durant un très long moment. Il savait qu'il avait donné son cœur à Tanner et ne savait pas trop quoi faire. Son téléphone finit par sonner. Il répondit, espérant que c'était son employé.

— Qu'est-ce qu'il s'est passé alors ? demanda Brianne aussitôt.

— Je lui ai dit que Royce était venu et il a déclaré qu'il devait y aller. Brighton essaya sans succès de garder une voix neutre.— Il n'aurait pas pu partir d'ici plus vite qu'il ne l'a fait.

Cela faisait des heures qu'il était tourmenté par des images de Tanner et de Royce ensemble.

— Rien de plus ? voulut-elle savoir.

— Il a pris la carte, l'a regardée fixement et m'a dit qu'il devait partir. Puis, il a jeté le carton du climatiseur, avant de s'en aller. Il n'a rien dit d'autre.

Il soupira.— La seule raison à tout ceci, c'est qu'il est encore amoureux de Royce et j'ai simplement servi de lot de consolation.

— Tu n'en sais rien.

Il alla allumer la clim. Elle émit un léger bourdonnement avant de commencer à envoyer de l'air frais dans la pièce.

— Si, je le sais. J'ai bien vu l'expression sur son visage. Il y avait de l'espoir dans ses yeux quand il a regardé cette carte. Je le sais.

— Brighton, calme-toi.

— Pourquoi est-ce que je devrais me calmer ? Tanner est…

Il bloqua sa respiration.— Et merde, j'ai tout fait rater.

— Hé ho, ce n'était pas ta faute. Parfois, les choses arrivent, tu le sais bien.

Brianne essayait de le réconforter, mais Brighton ne voulait pas l'être.— Comment as-tu pu tout faire rater ? Y a-t-il eu un événement que tu as gardé pour toi ?

— Non, non. C'est juste moi.

— Il faut que tu restes calme et que tu ne sois pas défaitiste. Tu ne sais pas ce qui s'est passé entre Tanner et ce Royce. Ils ont apparemment eu une relation, mais Tanner est parti et a terminé ici, à des milliers de kilomètres de Royce, pour une raison. Le fait qu'il débarque et la manière dont Tanner a réagi pourraient n'avoir aucun lien avec toi.

Elle était la voix de la raison, mais la poitrine de Brighton lui donnait la sensation d'être prête à imploser. Il n'arrivait pas à digérer la façon dont Tanner était simplement parti.

— Il s'en est allé comme ça. Ça fait… un certain moment qu'il n'avait pas quitté la maison sans auparavant me toucher ou m'embrasser.

Il disait toujours au revoir, mais cette fois, il a juste fait demi-tour et s'est cassé sans un mot.

— Je vois, répondit-elle d'une voix douce. Je te suggère de lui laisser un peu de temps. De toute manière, il devait rentrer à la maison ce soir, n'est-ce pas?

— Oui.

— Est-ce qu'il lui est déjà arrivé de ne pas se montrer le matin pour prendre soin des animaux?

— Pas depuis que je l'ai embauché.

— Alors, ne t'inquiète pas. Il reviendra très certainement demain matin et tu pourras discuter avec lui à ce moment-là. Et cette fois-ci, parle-lui vraiment. Tu dois savoir ce qui lui est arrivé et s'il a besoin d'aide. Dis-lui que tu veux savoir, parce que tu te soucies de lui et que tu t'inquiètes à son sujet.

Elle fit une pause pour respirer.— Vous autres les hommes, vous pensez tous que les choses arrivent simplement et que cela ne sert à rien de se parler.

— Et, tu es une experte sur le sujet parce que…?

— Je lis, répliqua-t-elle.

— Je vois. Ne crois pas tout ce que tu lis, répliqua-t-il.

— Si tu le dis. Peut-être qu'il faudrait que je me fasse ma propre expérience.

Brighton fit une pause.

— Tu vois quelqu'un en ce moment?

Brianne sortait rarement avec des hommes. Elle avait été trop occupée ces dernières années.

— Il y a un garçon dans un de mes cours. Il vient juste d'avoir sa maîtrise en administration des affaires et il m'a demandé si je voulais sortir avec lui. Je pense que je vais accepter et voir comment ça évolue.

On ne pouvait manquer l'excitation dans sa voix.

— Amuse-toi bien et ne fais pas…

Elle l'interrompit :

— Oh, je t'en prie. Je ne suis plus une gamine. Si ça marche bien entre nous, je te le présenterai peut-être un jour. Mais tu dois me promettre de ne pas l'effrayer.

— Tu n'as même pas eu un rencard et tu t'inquiètes que je puisse l'effrayer? Je pense que tu n'as pas besoin de mon aide pour ça.

Brianne avait une personnalité intense et il fallait être un homme fort, intelligent, bien dans ses baskets, pour être l'homme de sa vie. Il espérait vraiment qu'elle l'avait trouvé, parce qu'à son avis sa sœur était une perle rare qui ne méritait pas de rester seule.

— Tu es trop marrant. Écoute, il faut que j'y aille. Mais ne te torture pas avec cette histoire. Tu as besoin de dormir. Tanner est un chouette type, ou tu ne te soucierais pas autant de lui. Aie confiance en ça et donne-lui le temps dont il a besoin.

— Je vais essayer, promit-il, sans être certain d'être capable de tenir cette promesse.

Sa jambe droite se mit à trembler. Il continua de regarder par la fenêtre chaque fois qu'il entendait le bruit d'une moto passer dans les parages. Il lui souhaita une bonne soirée et raccrocha. Il se leva et s'assit près de la fenêtre de devant pour mieux y voir. Il regarda l'allée pendant quelques minutes avant de se détourner.

Il se rendit dans la cuisine et se prépara un encas. Il n'avait pas à s'inquiéter pour les animaux, puisque Tanner s'en était occupé. Il décida finalement de se réchauffer un plat congelé et le mangea debout au comptoir, car il n'avait plus envie de s'asseoir. Quand il eut fini, il jeta les restes à la poubelle et laissa la vaisselle dans l'évier avant de sortir.

Il ne pouvait pas tenir en place. Comme sa jambe ne lui faisait pas mal, il fit le tour du jardin. La camionnette était garée sur le côté ouest de la maison. Alors qu'il s'en approchait, il se demanda pourquoi il y avait des feuilles qui en dépassaient. En se rapprochant, il réalisa que la plate-forme était remplie d'arbres dans des pots, des dizaines au moins. Il se demanda d'où ils provenaient. Il ouvrit la portière. Une facture de la coopérative agricole reposait sur le siège. Visiblement, Tanner avait obtenu un énorme rabais lors d'une vente de liquidation des stocks. Il avait acheté tout ce qu'ils avaient.

Brighton monta sur le siège du conducteur et éplucha la facture. Il y avait des pommiers, des poiriers et des cerisiers. À en croire la facture, il y avait aussi des pêchers. Il déglutit, se demandant où il avait merdé.

— Nom d'un chien, Tanner, j'aurais aimé que tu me parles.

La générosité de ce dernier ne connaissait aucune limite, comme en témoignait la camionnette qui était remplie d'arbres. Ce qui lui faisait le plus mal, c'était de savoir que Tanner méritait quelqu'un d'autre, quelqu'un qui pourrait s'investir dans les tâches à accomplir et n'aurait pas constamment besoin d'aide. Il s'avança et posa sa tête contre le volant.

Il était épuisé d'avoir la frousse à chaque seconde de sa vie. Depuis cet accident... Il s'arrêta lui-même. Non, ça remontait à bien avant cette période. Perdre ses parents l'avait fait tomber à genoux. L'accident avait eu les mêmes conséquences, mais littéralement cette fois. Kurt l'avait quitté et il aurait aimé...

C'était différent. Très différent. Oui, il avait aimé Kurt. Mais ce n'avait pas été cet amour inconditionnel, sans lequel il est impossible de vivre. Son âme n'avait pas été blessée, pas comme elle l'était maintenant avec Tanner. Quand ils étaient ensemble, c'était comme si Brighton avait trouvé l'autre moitié de lui-même, la pièce qui avait toujours manqué. Bon sang, Tanner s'était fichu de sa jambe. Même si ce dernier n'avait rien dit, Brighton avait cru qu'il se souciait de lui, voire qu'il l'aimait comme Kurt n'avait jamais pu l'aimer.

Il leva ses yeux. Tout ce qu'il vit dans le rétroviseur, ces pousses d'arbres fruitiers, était une preuve de la prévenance du cowboy. Brianne avait raison : il devait se contenter d'espérer qu'il serait de retour au matin, pour qu'ils puissent discuter et qu'il apprenne ce qui était advenu et ce que Tanner voulait vraiment. Il espérait vivement que ça serait lui, mais il n'y comptait pas. Il en était incapable. Bon sang, toute cette histoire pouvait n'être due qu'à son manque d'assurance et tout irait pour le mieux le lendemain matin. Cette introspection et cette indécision n'avaient probablement aucune importance. Il aurait simplement aimé que Tanner lui donne quelques indices sur ses sentiments.

Il sortit de la camionnette. L'intérieur était un véritable four, il avait besoin d'air frais. Il referma la portière. Comme il passait devant la plate-forme de la camionnette, il s'aperçut que le terreau dans les pots était sec. Il alla chercher le tuyau d'arrosage, ouvrit le robinet et arrosa les arbres. Tanner avait été suffisamment gentil pour les lui apporter, Brighton ne voulait pas qu'ils meurent. Lorsqu'il eut terminé et coupé l'eau, il alla sous le porche, gardant un œil sur le soleil qui se couchait et un autre sur l'allée, au cas où Tanner reviendrait. Ce ne fut pas le cas, aussi décida-t-il finalement de rentrer se coucher.

Son sommeil fut léger. Il se réveilla toutes les heures, croyant avoir entendu un bruit dans la maison. Bien sûr, c'était impossible d'entendre quoi que ce soit avec le vrombissement de la clim. Lorsqu'il fut temps de se lever, il s'habilla et descendit. Il regarda par la fenêtre en direction de la grange. La porte était fermée, rien n'avait bougé. Il vérifia l'endroit où Tanner garait habituellement sa moto, mais l'emplacement était vide.

Brighton venait d'avoir sa réponse. Et ce n'était pas celle qu'il voulait. Mais que pouvait-il y faire ?

Il sortit son téléphone, tenta d'appeler son employé, puis appela sa sœur.

— Putain, j'espère que tu es mort pour m'appeler à six heures et demie du matin !

— Est-ce là une manière de répondre au téléphone ? répliqua Brighton.

— C'est six heures et demie. À quoi t'attendais-tu, bordel ? Ça a intérêt à être urgent.

Elle n'était vraiment pas du matin.

— Tanner n'est pas là.

Il essaya de masquer du mieux qu'il pouvait sa déception et la douleur qu'il éprouvait.

— Est-ce que tu as essayé de l'appeler ?

— Oui. Pas de réponse.

Il secoua la tête par réflexe, comme si elle pouvait le voir.— Retourne te coucher. Je vais m'occuper de la situation. Je suis désolé de t'avoir appelée. Je peux sortir les animaux et m'assurer qu'ils ont à boire.

C'était à peu près tout ce qu'il pouvait faire, mais ça suffirait pour une journée.— Je suis désolé de t'avoir dérangée.

— Brighton, je serai là dès que je me sens à peu près humaine.

— Non, c'est bon. Je t'assure. Je devrais m'en sortir pour un jour ou deux. Je vais trouver un moyen de faire ce que j'ai à faire.

Il raccrocha et sortit.

L'air était frais, ce qui était rare pour la fin juin. Il respira profondément et sortit sur la terrasse avant de partir en direction du jardin. Sa jambe semblait suffisamment solide et c'était peut-être le début de la guérison et des progrès que les docteurs n'avaient pas arrêté d'annoncer. Il parvint sans difficulté à la grange. Il utilisa le tuyau qui se trouvait à l'autre bout pour remplir les abreuvoirs et parvint à ne pas répandre de l'eau partout. Il ajouta de la nourriture, puis ouvrit les portes pour que les animaux puissent avoir accès à leurs enclos extérieurs.

À la fin, il se sentait plutôt bien. Du coup, il récupéra une pelle qu'il déposa dans la camionnette. Ce connard de Royce avait dit qu'il était plus ou moins inutile. Il allait lui montrer, tiens !

Plein d'énergie, il revint à la maison et récupéra les clés. Il envisagea de manger, mais n'avait pas très faim. À son retour au véhicule, il grimpa derrière le volant et alluma le moteur. Il fut surpris de pouvoir le conduire.

Pas parfaitement, mais il pouvait contrôler la vitesse, ce qui jusqu'alors s'était avéré impossible pour lui. Comme il s'agissait d'une boîte de vitesses automatique, il devait utiliser son pied gauche pour le frein, qui servait aussi d'embrayage. Ce n'était pas pratique, mais il n'allait que de l'autre côté de la propriété. Il se débrouilla finalement comme un chef. Il se gara à côté de l'endroit que Tanner avait retourné. Il tourna la clé du moteur et sortit.

Le soleil se levait. Il faisait déjà chaud, mais il apprécia d'être dehors sur sa propriété, comme son grand-père avant lui, quand il travaillait la terre avec le sourire, espérant faire fructifier son bien. Il marcha jusqu'à l'arrière et ouvrit la plate-forme. Il commença à sortir quelques pommiers.

Ils étaient plus lourds que prévu, mais il parvint à les prendre les uns après les autres et à regrouper ceux qui restaient par type. Ensuite, il décida comment il voulait les disposer et se mit au travail. Il se dit qu'un bosquet de chaque type d'arbustes fonctionnerait bien. Il utilisa les rangées des arbres qui existaient déjà comme guide et commença à creuser le premier trou.

Puisque la terre avait été retournée, la première étape fut facile. Quand il creusa davantage, le sol devint plus dur, mais il obtint le trou qu'il désirait, plaça l'arbre à l'intérieur et le boucha avec ce qui se trouvait autour. Les arbrisseaux avaient encore les tiges pour les soutenir. Il les laissa pour le moment et passa au suivant.

Il planta six arbres. Il s'attaquait au septième trou, quand le soleil disparut derrière des nuages. L'humidité continua de monter et Brighton, qui avait sué comme un bœuf, se sentit mieux. Il commençait à manquer d'énergie et il était extrêmement soulagé de ne pas avoir sorti tous les arbres de la camionnette. Il termina le trou pour le dernier des pommiers et tassa la terre tout autour, du mieux qu'il put. Il regarda sa création et sourit. Il avait planté les pommiers sur deux rangées et le résultat était agréable à l'œil. Il mit la pelle dans la remorque du véhicule et referma le hayon. Sa bonne jambe glissa. Instinctivement, il essaya de se rééquilibrer. La douleur dans sa mauvaise jambe l'assaillit et il tomba au sol.

— Putain de merde de mes deux ! hurla-t-il.

Il essaya de se lever, mais bouger lui faisait extrêmement mal. Il ne se rappelait pas avoir éprouvé une telle douleur depuis des mois. Il se déplaça pour mettre son genou dans une position aussi confortable que possible et sortit son téléphone de sa poche. L'écran avait été fissuré. Il appuya sur le bouton pour rallumer l'écran, mais celui-ci demeura noir. Impossible de passer des appels. Il était dans la merde, à moins de pouvoir remonter dans la camionnette. Il rampa à même le sol en direction de la portière. Il se fit l'impression d'être un poisson hors de l'eau. Chaque mouvement renforçait la douleur dans sa jambe.

Le tonnerre gronda au loin. Brighton comprit qu'il avait tout intérêt à se mettre à l'abri. Il utilisa sa canne et la camionnette comme appui. Il parvint à se relever et traîna sa jambe inutile jusqu'à la portière. Il l'ouvrit et entra dans le véhicule. Un éclair éclata dans le ciel plus près de lui. Le sol sous les roues allait très rapidement devenir boueux quand la pluie se mettrait à tomber. Dans ce cas, lui comme la camionnette se trouverait bloqué. Il alluma le moteur et utilisa son pied gauche pour l'embrayage. Quand il le leva, le véhicule se mit à avancer, lentement. Il ne pouvait pas accélérer. Il essaya avec son pied droit, mais ça ne fonctionna pas, il parvint simplement à faire ronronner le moteur. Dans tous les cas, il se mit à aller un peu plus vite et réussit à se sortir du champ. Il arriva à la maison quand les premières gouttes s'écrasaient sur son pare-brise. Il s'arrêta et éteignit le moteur.

Ce fut à ce moment qu'il se mit à pleuvoir des cordes. Brighton était bloqué. Il ne pouvait pas sortir avec toute cette pluie, sans mentionner sa jambe, qui pulsait et palpitait de douleur. À l'aide de ses mains, il changea sa position sur le siège et plaça sa jambe devant lui. La douleur était insoutenable, il dut retenir sa respiration. Quand il fut installé aussi bien que possible, il put enfin pousser un soupir de soulagement.

Comme le vent soufflait la pluie contre l'autre côté de la camionnette, Brighton abaissa sa fenêtre pour mieux respirer. Il se mit à espérer que Brianne vienne lui rendre visite malgré ce qu'il lui avait dit. Plus vraisemblablement, toutefois, il serait coincé là pour un long moment. Le déluge continua, se calma, puis recommença une nouvelle fois.

Brighton s'efforçait de bouger le moins possible, car la douleur dans son genou, quand elle n'était pas cinglante, se faisait lancinante et remontait sur toute sa jambe. Il pouvait presque sentir son genou enfler.

Il avait besoin d'aide.

Une demi-heure plus tard, il vit du rouge de l'autre côté de la vitre. Il espéra qu'il s'agissait de quelqu'un pour l'aider. La porte-passager s'ouvrit.

— Brighton? s'exclama Tanner, passant sa tête à l'intérieur. Qu'est-ce que tu fais ici?

La pluie s'était finalement calmée.

— Je me suis fait mal à la jambe.

— D'ac-cord, t'as besoin de q-quoi?

— Je ne peux pas marcher. Mon genou est blessé.

— Mais p…pourquoi t'es ici ?

Brighton ne savait pas comment l'expliquer.

— Je ne suis pas un incapable.

Tanner monta le rejoindre.

— Qui a dit que t…tu l'étais ?

Le mouvement du siège fut suffisant pour renforcer la douleur dans son genou.

— Ton petit-ami, répliqua Brighton. Il faut que tu lui apprennes les bonnes manières.

Tanner se figea et le regarda.— Quand il était ici hier, je te jure, en cinq minutes, il m'avait déjà insulté, ainsi que la ferme. Il m'a regardé comme si j'étais un invalide. Il a même demandé comment je pouvais faire quoi que ce soit.

Tanner ressortit et referma la portière derrière lui. Brighton pensa qu'il était parti, mais il l'entendit tapoter au carreau, qui se trouvait dans son dos. Il changea de position au moment où Tanner ouvrait la porte. Celui-ci monta et l'aida à se redresser.

— Alors tu as… décidé de faire quoi ? Planter des arbres ? Ça a prouvé que t'étais p-pas un in… incapable ?

— Non, ça l'a simplement confirmé. Je ne peux rien faire !

Il se retourna, regarda à l'extérieur et lui demanda :

— Il est où, ton petit-ami, d'abord ?

Tanner mit ses bras autour du torse de Brighton.

— Il est juste ici. Mais je c-commence à me dire qu'il n'est pas aussi… in-intelligent que je le croyais. P…p-planter des arbres, vraiment ?

Brighton ferma les yeux et se laissa aller en arrière contre lui. Il se sentit idiot d'avoir voulu prouver quoi que ce soit. Peut-être qu'il cherchait à *se* le prouver, mais il n'en était pas sûr. Il avait juste démontré qu'il était un abruti fini.

— Mais il a dit… Royce a dit qu'il… que tu…

Tanner le serra plus fortement.

— Qui bégaie maintenant ? Quand je t'ai pas trouvé dans la maison, je suis p-parti à ta recherche.

Sa voix laissait transparaître son inquiétude.— Tu m'as fait p-peur. Je pensais que tu serais dans la grange, mais j'ai vu que la ca-camionnette avait été bougée. T'as attendu combien de temps ici ?

131

— Deux heures environ. J'ai besoin de rentrer. Nous pourrons parler autant que tu veux.

— Non. Je vais appeler une ambulance. Tu as besoin d'aide.

Tanner refusa de le lâcher et Brighton le sentit trembler légèrement.

— Contente-toi de me ramener dans la maison, murmura-t-il.

— Non, répondit le cowboy.

Il lui remit son téléphone dans la main.— Tu appelles de l'aide ou j'ap-pellerai ta s...sœur.

Il montra son téléphone. Brighton se retourna pour le regarder et fut intimidé par l'expression sévère de son employé et amant.

— Tu n'oserais pas, dit-il.

Tanner, au contraire, hocha la tête avec force.— Tu es mesquin, plaisanta-t-il avant d'appeler le 911.

Dès qu'il raccrocha, Brighton se laissa aller contre Tanner. Sa jambe faisait de plus en plus mal, pulsant à chaque battement de son cœur. Il savait qu'il était mal en point.

— Qu'est-ce que je vais faire s'ils doivent prendre ma jambe?

— T'en auras une n-nouvelle.

— Tu es d'une grande aide!

Brighton changea de position et siffla de douleur. C'était très, très mauvais signe. Il ne pouvait l'ignorer, il se mit à trembler. Tanner continua de le tenir dans ses bras, même quand le soleil réapparut et que l'air dans l'habitacle se fit plus chaud et plus moite. Il ne bougea pas. Brighton respirait difficilement, suant à grosses gouttes.

Les sirènes se firent entendre au loin, puis de plus en plus forte, jusqu'à ce qu'il voie des lumières dans le pare-brise embué. Il espérait qu'ils avaient quelque chose contre la douleur, même ses dents lui faisaient mal, tellement il les avait serrées.

— Fais en sorte qu'ils ne coupent pas ma jambe, dit Brighton à Tanner, avant de s'évanouir à cause de la douleur.

Brighton garda le souvenir d'être bousculé et puis il n'y eut plus rien. Tout se passa comme en arrière-plan. Il était à peine conscient. La douleur diminua. On avait dû lui donner quelque chose. Dieu merci.

Il fut déplacé de nouveau, il y avait des lumières au-dessus de lui. Il garda ses yeux fermés. Son corps devint immobile. On lui parla et il s'efforça de répondre... Mais il était installé confortablement, la douleur diminuait, ses yeux pouvaient demeurer fermés. Puis, on le déplaça encore. Sa jambe faisait mal à chaque cahot. Après avoir été transporté dans des couloirs, il fut laissé au même endroit pendant un certain moment.

— M. McKenzie, est-ce que vous m'entendez?

— Oui, répondit-il.

Ses paupières étaient si lourdes, mais il se força à les ouvrir. Il les referma aussitôt. On baissa l'intensité de la lumière. Il essaya de nouveau, avec cette fois de meilleurs résultats.

— Je peux vous entendre.

— Je suis le docteur Patel, votre chirurgien. Nous devons réparer votre genou dès que possible avant que le gonflement ne coupe la circulation sanguine dans la partie inférieure de votre jambe. L'infirmière va amener des papiers que vous devez signer, puis nous vous préparerons pour l'opération. Est-ce que ça vous convient?

— Oui.

Brighton tourna sa tête dans la direction où Tanner était resté assis.

— On a appelé votre sœur.

— Vous pouvez dire à Tanner ce qui se passe aussi, dit-il.

— C'est entendu. L'infirmière va s'occuper de tout. Je veux commencer au plus vite.

— Je comprends, marmonna Brighton. Sauvez ma jambe.

C'était sa faute, il le savait.

— Je vais faire mon possible. Je vous le promets.

Le docteur toucha son épaule avant de partir. Brighton savait que dans le jargon des médecins, ça voulait dire : « nous allons essayer de sauver votre jambe, mais on ne peut rien promettre ». Quelques minutes plus tard, une infirmière vint lui faire signer les papiers, puis l'activité autour de lui augmenta. Il dit au revoir à Tanner, qui lui serra la main et lui promit qu'il serait là à son retour.

À un moment indéterminé, Brianne arriva, mais Brighton n'était plus en état de lui parler. Finalement, on l'amena en salle d'opération et le dernier souvenir qu'il garda avec clarté fut de voir l'expression inquiète sur le visage de son amant. Après ça, tout se brouilla. Des gens bougèrent autour de lui, il se réveilla aux soins intensifs.

— Tout s'est bien passé, lui dit l'infirmière. Ne bougez pas, détendez-vous. Dans quelques minutes, nous vous amènerons à boire. Avez-vous mal?

Brighton se sentait bien, mais il savait que ce n'était que temporaire. Dès que l'anesthésiant disparut de son système, la douleur revint

133

graduellement. L'infirmière injecta un produit dans son intraveineuse et très vite, il se sentit mieux. Il put enfin fermer les yeux.

— Tout va bien. Avez-vous soif ?

Brighton produisit un son affirmatif et on lui mit un glaçon entre les lèvres. C'était froid et fondant. L'eau commença à couler goutte à goutte dans sa gorge sèche. C'était agréable. Quand l'infirmière se retira, Brighton ouvrit les yeux. Brianne était assise à côté de lui. Elle lui prit la main avec douceur.

— Tu es un imbécile, commença-t-elle.

— J'ai mal. Tu pourras me faire la leçon plus tard, bougonna-t-il.

Rien n'avait changé entre eux. C'était réconfortant.

— Si tu veux, mais tu ne perds rien pour attendre. Que t'est-il passé par la tête ? Tu nous as fait peur à tous les deux.

Elle leva les yeux. Brighton suivit son regard et découvrit la présence de Tanner. Il était assis non loin d'elle.

— Décider de planter des arbres, continua-t-elle. Peut-être que je vais leur demander d'examiner ta tête tant que tu es ici.

— Merci pour ta compassion, dit Brighton.

— Comme si tu en méritais après ce que tu as fait.

Elle ne lâcha pas sa main, toutefois, et se pencha vers lui.— Je vois qu'il est revenu.

— Il m'a sauvé, répondit Brighton dans un murmure, sans savoir si sa voix était si basse que ça.

Ses paupières se faisaient lourdes à nouveau.— J'ai toujours une jambe ?

— Oui. Ils l'ont sauvée. Tu as des morceaux de métal maintenant à la place de ce que Dieu t'a donné à la naissance.

Elle tapota sa main.— Tout ira bien tant que tu n'essayes pas de recommencer.

— Je peux te faire confiance pour me faire la morale quand j'ai mal et que je sors à peine d'une opération.

Il regarda ailleurs. Sa sœur plaça un autre glaçon entre ses lèvres. Il décida qu'il avait assez discuté et ferma ses yeux. Il allait s'en sortir et Tanner était de retour. C'était suffisant pour le moment. Il pourrait régler le reste au moment venu.

VI

TANNER S'ASSIT à côté du lit d'hôpital de Brighton. Il avait passé autant de temps qu'il pouvait en sa compagnie.

La nuit précédente, Brianne l'avait ramené à la ferme, pour qu'il s'assure que le bétail avait tout ce dont il avait besoin et qu'il puisse récupérer sa moto. Il était ensuite retourné chez lui. Le lendemain matin, après ses tâches habituelles, il avait filé à l'hôpital.

Brighton était toujours endormi quand il entra dans la chambre. Il s'installa et fit le moins de bruit possible. Il soupira à la pensée que c'était en partie de sa faute si son amant était à l'hôpital. Sans aucun doute possible, il avait besoin d'aide et de soutien, mais il pouvait être tellement indépendant. Quoi qu'il en soit, Tanner aurait dû lui parler avant de partir. Il ne s'était pas échappé parce qu'il voulait retourner auprès de Royce. Il avait eu besoin de temps pour réfléchir et être en compagnie de Brighton voulait souvent dire qu'il n'en avait pas l'occasion. Son patron avait tendance à monopoliser son attention. Son odeur, le voir, même la façon qu'il avait de s'appuyer sur sa canne, ou de le regarder quand il pensait que Tanner ne le remarquait pas, tout cela l'excitait au plus haut point. Il n'avait jamais connu quelqu'un qui le regardât comme s'il venait de décrocher la lune. Cela en soi était spécial.

— Es-tu resté toute la nuit ? demanda Brighton dans un murmure.

— Non, je me suis occupé des animaux hier soir et encore ce matin. Je c-crois que tu leur manques. Même Napoléon, qui se jette habituellement sur la nourriture comme un morfal, avait l'air maussade et calme. Je viens à peine d'arriver.

Tanner prit sa main et caressa ses doigts.— J'aurais d... dû te parler avant de partir.

— Alors Royce n'est pas... ?

— Juste dans sa tête, répondit Tanner.

Brighton se tourna vers lui.

— Tu veux m'en parler ?

Le cowboy regarda autour de lui.

— Ici ?

— Je ne vais nulle part.

Brighton serra sa main avant de fermer les yeux.— Tu peux continuer si tu veux. Je repose juste mes yeux.

— Et si je t'en parlais quand tu rentres à la maison plutôt?

— On dirait que tu ne sais pas comment je vais réagir.

Pour dire la vérité, Tanner ne savait même pas quoi en penser lui-même. Il se lança :

— Royce est le fils du propriétaire du ranch où je travaillais. Il est gay, sans aucun doute sur le sujet, mais son père ne le sait pas. Ou plutôt, ne le savait pas... Je pense qu'il est au c-courant maintenant.

Il parlait d'une voix égale, essayant de ne pas être nerveux. Il s'adressait à son petit-ami. S'il voulait être proche de lui, il fallait lui dire la vérité.— Tu sais, c'est p... p-pas facile de parler.

Brighton ouvrit les yeux, tourna sa tête vers lui et caressa lentement la joue du cowboy.

— Tu n'as aucune honte à avoir avec moi.

Il regarda sa jambe entourée de bandages.— Tu m'as accepté comme j'étais. Je crois que c'est ce qui m'a fait le plus mal quand j'ai cru que tu m'avais quitté. Les gens n'acceptent pas souvent les autres tels qu'ils sont. Donc, si tu peux m'accepter, pourquoi est-ce que tu penses que je ne ferais pas la même chose avec toi?

— Les gens me traitent d'imbécile et d'idiot tout le temps. Et ce, depuis que je suis p-petit. Personne ne veut aimer quelqu'un de stupide, que ça soit vrai ou pas.

— Tu es loin de l'être. Tu n'as aucun souci à te faire sur ta façon de parler. Car je veux entendre ce que tu as à dire.

Tanner laissa Brighton l'attirer à lui pour un baiser. Il se redressa lorsqu'il entendit quelqu'un se racler la gorge derrière lui.

— On se calme, les garçons. Vous aurez tout le temps que vous voulez pour ça quand vous serez de retour chez vous, déclara l'infirmière, en souriant.

Elle tira le rideau.— J'ai besoin de vérifier votre pression artérielle et m'assurer que vous êtes bien installé. Le docteur devrait arriver un peu plus tard. Avez-vous mal?

— Un peu. Moins que ce à quoi je m'attendais, déclara Brighton, en essayant de ne pas rougir.

Tanner s'assit, mais ne lâcha pas sa main pour autant.

— Une bonne pression, nota-t-elle.

Elle continua de travailler sur les moniteurs et de vérifier les différents signes vitaux de Brighton.

Tanner veilla à ne pas être sur son chemin, mais il refusa de lâcher la main de son amant. Il voulait maintenant, à tout prix, cette connexion physique. Après ce malentendu, il était important à ses yeux que Brighton sache qu'il était présent et n'allait pas partir.

— Alors, comment vous êtes-vous fait ça ? demanda-t-elle.

— Il plantait des arbres, dit Tanner. Il savait qu'il ne d-devait p-pas, mais il l'a fait quand même.

— Est-ce que tu vas dire à tout le monde à quel point j'ai été stupide ?

— Jusqu'à-à-à ce que tu promettes de p-plus le faire, oui.

Il plongea son regard dans le sien. Il comptait bien s'assurer que Brighton ne se mette plus jamais en danger de la sorte. Pas s'il pouvait l'en empêcher. C'était sa nouvelle mission : garder Brighton en bonne santé, en un seul morceau et heureux. Cela aurait dû être son objectif dès qu'il avait commencé à prendre conscience de ses sentiments pour l'homme qui était étendu sur ce lit d'hôpital.

— Tu t'aperçois, j'espère, que tu m'as plus parlé aujourd'hui en quelques minutes que tu le fais dans toute une journée.

Il se tourna vers l'infirmière.— C'est un homme de peu de paroles.

L'infirmière fit une pause pour regarder Tanner.

— Mon fils est un peu plus jeune que vous. Il bégaie aussi. Il ne parle pas beaucoup non plus et je crois bien que c'est une erreur. Vous avez une voix comme tout le monde et ce que vous avez à dire est tout aussi important. Je vais vous dire quelque chose d'important. Je sais que vous ne me connaissez ni d'Ève ni d'Adam, mais si vous ne parlez pas en votre nom, d'autres le feront pour vous. Et ce ne sera peut-être pas ce que vous voulez.

Elle se détourna, donnant la sensation qu'elle pensait en avoir trop dit.— Je suis désolée. Je lui rabâche la même chose tout le temps et j'ai tendance à m'emporter sur le sujet.

Tanner acquiesça.

— Je lui ai dit la même chose, déclara Brighton. J'aime le son de sa voix. Je la trouve sexy.

Tanner ne put s'empêcher de rougir. Personne ne l'avait complimenté ainsi auparavant.

— Ils vont apporter le petit-déjeuner bientôt. Il faut donc que je vous prépare.

Elle releva le lit de Brighton pour qu'il puisse manger et tapa ses oreillers avant de les replacer. Elle adressa ensuite un sourire à Tanner, qu'il lui retourna, puis elle quitta la chambre.

— Repose-toi, déclara-t-il, avant de le regarder fermer ses yeux. Tu te sentiras mieux bientôt.

C'était ce qu'il espérait en tout cas.

— Je ne vais pas oublier que tu me dois une explication sur ce qui s'est passé, l'avertit Brighton.

— Je me sens tellement bête.

Brighton tira sa main vers lui.

— Il n'y a rien de stupide dans le fait de s'attacher à quelqu'un et d'avoir ensuite le cœur brisé.

Tanner prit une inspiration.

— Ce n'est pas aussi simple.

— Rien ne l'est jamais. Mais tu n'as aucune raison de te sentir mal. Royce est parti, n'est-ce pas ?

Il hocha la tête.

— Je lui ai dit que nous n'allions pas revenir ensemble et qu... qu'il devait retourner chez lui. Il n'était pas content, puisqu'il a conduit pendant des jours pour venir ici. En fait, il a *dit* que ça lui avait pris des jours. Mais la voiture n'est pas celle qu'il avait avant. En plus, la plaque d'immatriculation est de Géorgie. Je pense que c'était une location.

— Et pour la poussière qu'il y avait dessus ?

Tanner secoua la tête.

— Je sais pas. Mais s'il affirme qu'il a fait toute la route depuis le Montana, il devrait s'assurer qu'elle ait l'air d'avoir fait le trajet. Ce qui est sûr, c'est que je n'ai jamais vu Royce conduire autre chose qu'une camionnette. Donc j'y ai regardé de plus près.

— Est-ce que tu as dit tout ça à Royce ?

Tanner soupira.

— Je lui ai dit de rentrer chez lui. Que notre relation était du passé.

Les mots lui venaient maintenant avec facilité, sans le moindre bégaiement.— Je suis heureux ici. Je me suis aperçu que je l'étais pas à l'époque, même quand tout se passait bien. Je te promets de tout te raconter, mais pas maintenant.

Il déglutit.— Quand tu seras à la maison, je te dirai tout ce que tu veux savoir.

Tanner se pencha vers le lit pour que Brighton le voie bien.— Je veux que tu comprennes que j'ai vraiment cru que Royce se souciait de moi. Ce n'était pas le cas, ou pas assez, en tout cas.

Brighton se tourna vers lui.

— Je ne comprends pas.

— Di-disons que Royce voulait décider de tout et j'ai plus envie de vivre ma vie comme ça. Il n'est pas comme toi, prêt à écouter ou prendre le temps d'entendre ce que j'ai à dire. Royce va à une seule vitesse : la sienne.

Il sentit sa gorge se serrer.— Quand il a débarqué, il fallait que je m'éloigne. Je suis désolé de ne pas t'avoir parlé avant de partir.

Un aide-soignant entra dans la chambre avec le petit-déjeuner. Il le mit sur un plateau à roulettes, qu'il plaça à portée de Brighton.

— Tu n'as pas à t'arrêter, remarqua ce dernier.

— Si. Tu es plus important et je dois me concentrer sur ce qui te permettra d'aller mieux. Je veux plus parler de Royce.

Tanner avait pensé en toute honnêteté avoir laissé toute cette affaire, la douleur et la déception qu'elle avait causées, derrière lui. Et c'est bien là qu'il voulait qu'elle reste. Pour toujours.

— Mange maintenant ton p…p-petit-déjeuner. Tu pourras faire une sieste après.

Brighton souffla un peu et commença à manger, visiblement contre son gré. Tanner devait reconnaître que la nourriture avait l'air bien fade.

— Je n'en veux plus, déclara son patron, après avoir à peine touché à son plat.

— OK.

Tanner décala le plateau pendant que Brighton fermait ses yeux. Il se pencha au-dessus de lit.— Je vais aller à la ferme pour un moment. J'ai des choses à y faire, mais je reviendrai. Je te le promets.

Il l'embrassa.— Repose-toi.

— Entendu.

Il expliqua à Tanner le projet de plantation sur lequel il avait travaillé, puis ce dernier serra sa main une dernière fois et la plaça sous la couverture. Il se retourna pour partir, mais s'arrêta à la porte. Il regarda son amant durant quelques instants avant de traverser le couloir de cet énorme hôpital. Il arriva au parking, monta dans la camionnette et conduisit jusqu'à la ferme. Il s'arrêta près de la maison, là où il avait déposé les arbres qu'il avait enlevés de la remorque ce matin-là et alla jusqu'au verger.

Quand il se mit au travail, la chaleur était déjà importante. Il poursuivit les rangées que Brighton avait commencées, suivant dans l'ensemble les consignes qu'il lui avait données à l'hôpital.

— J'ai pensé que je te trouverais ici, déclara Royce alors qu'il traversait le champ à sa rencontre.

Tanner avait presque terminé. Il voulait planter les derniers arbres et les arroser. Ils n'allaient pas tenir longtemps dans leurs pots avec cette chaleur. C'était d'ailleurs la raison pour laquelle ils les avaient eus à si bon prix. Il avait ensuite prévu de prendre quelques photos pour les montrer à Brighton quand il retournerait le voir après une bonne douche.

— Qu'est-ce que tu fais ici?

— Suis v'nu te donner une dernière chance pour changer d'avis, déclara Royce avec un de ces sourires dont il avait le secret.

C'était ce sourire qui avait séduit Tanner. Il avait même cru qu'il en était tombé amoureux. Mais maintenant, il manquait de sincérité, si bien que Tanner se demanda ce que Royce cachait.

— J'ai pas changé d'avis, déclara Tanner en plantant la pelle dans le sol. C'est terminé, Royce. Quand je suis a-arrivé ici pour la p-première fois, j'espérais que tu viendrais me chercher.

— J'suis ici maintenant, répondit-il en se rapprochant.

Tanner avala sa salive.

— C'est trop tard, répondit-il d'une petite voix. Tu vois, j'ai trouvé quelqu'un qui se soucie de moi autant que je me soucie de lui.

Il abandonna son instrument. Il retira son chapeau, essuya son front avec le dos de sa main et le remit en place.

Royce était beau, Tanner ne pouvait pas le nier. Il était musclé aux bons endroits, un sourire radieux comme le soleil et des yeux qui étincelaient. Mais ça n'allait pas plus loin.

— C'est jamais trop tard, tu l'sais, dit-il en lui tournant autour. Tu préfères travailler ici dans une ferme délabrée au milieu de la ville, qui va probablement finir par l'avaler pour la remplacer par ces horreurs.

Il montra les complexes immobiliers du doigt, puis se rapprocha. Tanner sentit la même attirance que lors de leur première rencontre.

Il ne bougea pas.

— Cette terre appartient à la famille de Brighton depuis une éternité. Et il ne va pas l'abandonner sans se battre.

— Et c'est ça vos armes? Des arbres fruitiers qui vont mett' dix ans avant de produire une pêche? Oh, j't'en prie.

Il se moqua ouvertement.— Tu peux tout avoir. Tu sais que je vais hériter du ranch, la totalité. Quand Papa s'ra parti, tout s'ra à moi. Enfin, à nous.

Tanner le regarda, bouche bée.

— T'es un p...putain de menteur. Tu sais ce que ton père pense de moi. Il a été très clair. Je sais que tu dis que t'as réglé la situation, mais t'as vraiment parlé à ton père?

Tanner le fusilla du regard et, après quelques secondes, Royce baissa les yeux.— Tu vois? T'es un menteur de première!

— Papa n'a pas besoin de tout savoir. Un de mes amis a accepté de te prendre sur son ranch. Ils cherchent un bon ouvrier. J'ai tout expliqué au sujet du malentendu. Ils seraient plus qu'heureux d't'avoir. Ils comprennent not' situation, donc on pourrait s'voir.

Il prit son air de chien battu, qui avait toujours fini par marcher sur Tanner, mais ce ne fut pas le cas cette fois-ci. Il ne se ferait pas avoir à nouveau. Ces démonstrations n'étaient qu'une ruse pour obtenir ce qu'il voulait. Royce était un maître de la manipulation. Il était même possible qu'il n'y ait aucun emploi pour lui dans le Montana. Du vent! Quand Tanner serait de retour là-bas, Royce lui annoncerait que c'était tombé à l'eau à la dernière minute. Et il se retrouverait à nouveau dans une situation infernale.

Il secoua sa tête.

— Je sais que tu me crois stupide. Tu dois penser que je vais gober toutes ces conneries. Tu vois, il y a des gens ici qui se soucient de ce que j'ai à dire. Ils ne pensent pas qu'ils ont à me trouver un job, ou q...q-que je suis désespéré au p-point d'accepter d'être ton vilain petit secret. Je le suis pas!

Il fit une pause.— Tout le monde ici sait qui je suis. Arthur, et aussi Alicia... Et Brighton m'aime assez pour accepter qui je suis : un cowboy... reconverti en ouvrier de ferme, qui p-parle pas beaucoup.

— T'es bien plus que ça. T'es sexy, chaud comme la braise et...

— Je te mets en valeur. C'est tout ce qui t'importe. L'apparence.

Il s'avança et arracha le chapeau de la tête de Royce.— Ça coûte plus que ce que je touche en un mois et c'est juste un fichu chapeau.

Il le laissa tomber au sol.— Un simple chapeau. Tu devrais pas avoir besoin de faire un crédit pour l'acheter. Je ne comprendrai jamais pourquoi t'as jamais pris ma défense quand ton père s'est acharné sur moi. Comment est-ce que t'as pu le laisser me faire ça? Maintenant, je sais. C'était pour ce fichu chapeau.

141

Tanner donna un coup de pied dans sa direction, soulevant un nuage de poussière. Royce se précipita pour le récupérer. Il l'épousseta et le remit en place sur sa parfaite coupe de cheveux.

— Alors, c'est ça ? Tu préfères cett' vie aux bons moments qu'on a passés ensemble ?

L'incrédulité que Tanner put voir dans les yeux de Royce indiqua que ce dernier ne comprenait pas et ne comprendrait probablement jamais.

— J'peux choisir qui j'veux, des garçons, des filles, n'importe qui, et c'est toi que j'veux !

— Eh bien, je te suggère de rendre ta voiture de location après l'avoir nettoyée de toutes les saletés que tu as mises dessus, prendre un avion, rentrer chez toi et dire à ton père de commencer à te trouver des bimbos que tu pourras épouser. Puisque tu peux choisir qui tu veux, fais-le. P…p-parce que je ne suis plus dispo. Je te préfère un homme qui se soucie de moi. Quelqu'un qui me fera passer en p…pr…pre…

Le mot resta coincé dans sa gorge.

— Premier, suggéra Royce.

— Je sais, connard, rétorqua Tanner. Passer en *premier* et qui n'agit pas comme un con de *première*. Je bégaie. Et alors ? Tu me regardes toujours comme si j'étais de la boue collée à tes chaussures quand ça arrive. Brighton n'a jamais réagi comme ça. Il est patient et gentil. Il se soucie de moi.

Il posa son doigt contre la poitrine de Royce.— Je sais que c'est vrai.

Il fit un pas en arrière et lui mit un coup de poing dans la mâchoire. Royce ne s'y attendait pas et termina sur son derrière.

— Ça, c'est pour avoir insulté cette ferme et dire que Brighton était un incapable, indiqua-t-il, tout en massant les articulations de ses doigts.

Il avait frappé une seule personne dans sa vie et c'était en Seconde, quand une des brutes du Lycée terrorisait un autre élève.— Je te conseille de rester loin d'ici, ou je te péterai le nez la prochaine fois.

— Ah, ce Brighton m'a l'air d'aimer les vrais mecs, lui qui est si sensible.

Royce avait adopté une intonation efféminée. Tanner vit rouge.

— Un vrai mec n'a pas besoin de petites merdes comme toi. Et je vais te dire un truc, Royce Weston : Brighton est un homme… là où ça compte.

Il le fusilla du regard.— Il est fort à sa manière et tu peux le croire ou pas, il réussira à faire fonctionner cette ferme. Je préfère largement être ici avec lui qu'avec toi dans ce ranch luxueux que ton papa possède. Donc, rentre chez toi pour retrouver ton gros ranch, ta grosse camionnette et ton gros cheval. Sache que tu ne dupes personne.

Il agita son auriculaire devant Royce, pour clarifier son message.— Maintenant, tu ferais mieux de partir. T'as dit ce que t'avais à dire, mais j'ai terminé de gober toute la merde que tu me sers. Toi et ton père, vous voulez avoir une vie parfaite, mais t'aimerais quand même me garder sous le coude. Eh bien, si tu veux un petit cul pour t'amuser, va le chercher ailleurs.

Il fit un signe en direction de la voiture de Royce, garée près de la maison.— Je suis désolé que tu sois venu jusqu'ici pour recevoir une fessée. T'aurais pu appeler, j'aurais été aussi clair au téléphone. Maintenant, au moins, tu sais comment tu m'as traité.

— J'n' reviendrai pas. C'est ma dernière offre.

— Je suis pas une voiture d'occasion, cria Tanner. Et on n'est pas chez un concessionnaire. T'es censé te soucier de moi, pas me considérer comme un de tes joujoux.

Tanner tenait bon. Chaque seconde, il sentait sa décision s'affirmer et il en était satisfait.

— Je te préviens…

— Pars avant de te ridiculiser encore plus, lui conseilla-t-il. Tu ressembles à un mauvais personnage de films pour adolescentes.

Il pointa son doigt vers Royce et d'une voix moqueuse déclara :— « *Tu vas le regretter. Ce n'est pas fini !* »

Il se mit à rire à gorge déployée.— Rentre te cacher derrière ton Papa. Laisse-le diriger ta vie et choisir, qui tu dois épouser. J'en ai assez que ce vieux connard amer influence la mienne. Quand tu en auras marre toi aussi, tu auras enfin grandi. Et peut-être que tu deviendras un petit-ami décent. Mais j'ai pas besoin de ton…

Royce finit par comprendre le message. Il alla rejoindre sa voiture, monta à l'intérieur et démarra. Tanner le regarda partir avec satisfaction. Il laissa enfin échapper un soupir de soulagement.

Il s'appuya sur la pelle. Il venait de tourner la page une bonne fois pour toutes. Certes, il aurait dû le faire depuis bien longtemps. Il n'avait jamais eu l'intention de retourner dans le Montana, avec Royce ou un autre. La ferme commençait à devenir sa maison. S'il demandait à Brighton, ils pourraient peut-être acheter un cheval pour lui. Il adorerait faire de l'équitation. Ils pourraient lui construire un enclos, et il ferait des balades au bout du domaine et au-delà, sous les lignes électriques, qui avaient coupé en deux le développement immobilier.

Il chassa ces rêveries et retourna travailler. Il planta les derniers arbres dans le sol. Il sortit ensuite un des sacs de chaux de la camionnette et en répandit le contenu autour de leurs troncs. Après quelques recherches, il avait découvert que Brighton avait raison, les arbres fruitiers avaient besoin d'un sol calcaire. Les granules de chaux finiraient par se dissoudre sous la pluie et diminuer l'acidité du sol. Il utilisa finalement deux sacs. Il se releva pour passer en revue son travail. Il fut satisfait du résultat. Il sortit son téléphone et prit quelques images, avant de refermer le hayon et de revenir à la maison.

Heureusement, Brighton lui avait donné une clé. Tanner alla boire et vérifier que tout était en ordre. Il se demanda si son amant et patron aimerait avoir son ordinateur avec lui, mais décida de le laisser où il était. Brighton avait besoin de se reposer et non de travailler.

Une fois qu'il eut terminé de faire le tour de la maison, il verrouilla la porte et revint en moto à la maison de son cousin.

Marky et Josh sortirent de la maison en se précipitant dès qu'il se gara dans l'allée.

— On peut faire de la moto ? demanda Marky, de l'espoir dans les yeux.

C'était un bon gamin, mais il était un peu trop précoce.

— Les garçons, appela en vain Alicia depuis la porte d'entrée.

Ils refusèrent de se laisser distraire.

— J'ai besoin de visiter Tonton Brighton à l'hôpital. Il s'est fait mal et il est là-bas tout seul. Mais vous pourrez monter sur la moto très bientôt.

— *Plomis* ? demanda Josh.

Comment aurait-il pu dire non à cette petite bouille ?

— Promis.

— Les garçons, venez déjeuner, appela de nouveau leur mère.

Elle se tourna vers lui et, sur le même ton qu'elle utilisait avec ses fils, elle lui demanda :

— Est-ce que tu as mangé seulement ?

— Pas eu l'occasion, répondit Tanner.

Il était pressé et s'était dit qu'il mangerait un bout à l'hôpital.

— Entre, dans ce cas. J'ai cuisiné en plus. C'est juste des macaronis au fromage, mais ça va te remplir.

Elle poussa les enfants à l'intérieur et leur dit de se laver les mains.—
On dirait que tu portes la moitié de la ferme sur tes vêtements.

Tanner s'examina.

— Oui, tu as raison. Je vais p-prendre une douche et je reviens.

— Bien sûr. Dépêche-toi, car Marky et Josh ne t'ont pas vu beaucoup ces derniers jours et ils sont survoltés.

Elle rentra. Tanner se rendit à toute vitesse dans sa chambre. Il se déshabilla et alla sous la douche. Quand il eut fini de se laver, il se sécha en un temps record. Il s'habilla et s'assura que sa serviette était bien accrochée avant de quitter sa chambre et de descendre l'escalier pour entrer dans la maison.

Marky et Josh étaient assis sur des tabourets près du comptoir. Il était évident qu'ils l'attendaient. Tanner s'assit sur le troisième tabouret. Alicia contint un rire en les voyant tous les trois attendre leur déjeuner. Au moins, Tanner avait droit à une véritable assiette, tandis que les deux petits mangeaient dans une assiette en plastique. Cela ne l'empêcha pas d'avoir l'impression d'être un de ses enfants, d'autant plus lorsqu'il eut droit à un verre de lait comme les deux autres.

— Papa, il boit de la bière, dit Marky, tout en faisant une grimace qui indiqua qu'il en avait déjà goûté et qu'il s'agissait de la pire boisson au monde.

— Ne tire pas la langue, le gronda gentiment sa mère. Finissez votre déjeuner. Nous allons aller au parc pendant que Tonton Tanner va à l'hôpital.

— Tonton Brighton va aller bien? demanda Josh. Moi, j'aime beaucoup ses moutons.

— Oui. Il s'est blessé, mais il va a-aller mieux.

Cette réponse sembla pleinement satisfaire Josh, car il reporta son attention sur sa nourriture.

— Est-ce qu'on pourra voir les chèvres et le poney quand on fera de la moto? demanda Marky.

— C'est un p-peu loin. Mais je p…p-pense que vous pourrez voir les animaux quand votre mère acceptera de vous y amener.

Il regarda l'intéressée.— En fait, tu p-pourrais probablement nous aider.

Une idée venait de lui traverser l'esprit.

— Comment? demanda-t-elle.

Il lui raconta la situation dans laquelle ils se trouvaient avec le reclassement des terrains et les conséquences que ça aurait pour Brighton.

— Arthur travaille sur l'affaire, mais on pourrait bien avoir besoin d'une aide moins… conventionnelle.

Tanner voulait en parler avec Brighton avant de faire quoi que ce soit.

— On fera tout notre possible. Tu le sais, dit-elle avec un sourire.

Les garçons hochèrent la tête avec enthousiasme.

TANNER TERMINA son déjeuner. Il dit au revoir et obtint un câlin de chacun des garçons. Josh s'accrocha à lui jusqu'à ce qu'il accepte de faire le balancier avec lui. Le petit se mit à glousser tandis que Tanner le soulevait à quelques centimètres du plafond et le précipitait vers le sol. Après les avoir rendus heureux, il retourna à l'hôpital.

En approchant de la chambre de son amant, il entendit des voix. Arthur était assis sur la chaise, située à côté du lit. Il se leva et serra brièvement Tanner dans ses bras.

— Est-ce que vous p-parlez de la stratégie pour l'audience ? demanda Tanner.

Il remarqua que l'intraveineuse et les moniteurs avaient été enlevés. De même, Brighton avait l'air bien moins pâle que quelques heures plus tôt.

— Oui, répondit ce dernier. C'est dans quelques jours.

— Est-ce que t…tu veux que je sorte ?

Il était prêt à faire demi-tour. Si Brighton avait besoin d'intimité…

— Non, répondit ce dernier, en lui tendant la main. On essaye de voir ce dont on a besoin.

Tanner serra sa main dans la sienne et resta debout près du lit.

— Pour résumer, la ville peut faire ce qu'elle veut quand il s'agit d'établir le statut des terrains, déclara Arthur. Cependant, il y a une procédure mise en place. Ils ont établi des règles qu'ils doivent suivre, tout autant que nous. Une de ces règles est indiquée dans la lettre. Il n'y a pas beaucoup de terrains agricoles dans la ville. En fait, les vôtres sont certainement parmi les derniers. Beaucoup de gens ont demandé à ce que leurs terres soient reclassées pour qu'elles deviennent constructibles, mais je n'ai pas trouvé beaucoup de cas où c'est la ville qui a engagé la procédure de son propre fait. La plupart du temps, ce sont les propriétaires qui en font la requête et ils doivent invoquer une raison particulière. La ville ne peut pas non plus changer le zonage à tout moment, si l'on en croit leur propre réglementation. Est-ce que vous comprenez ?

Arthur regarda Brighton, dont les yeux semblaient sortir de leur orbite.

— Je crois que vous devez répéter tout cela dans un langage simple, dit-il.

Tanner avait pensé la même chose, mais s'abstint de commenter.

— Leur décision de changer le statut de vos terrains est basée sur leur perception et sur la croyance que la ferme n'a pas été activement cultivée depuis plus de dix ans. Ils doivent penser que leur évaluation est sûre parce que la superficie n'est pas assez importante pour que la ferme rapporte assez d'argent.

— Alors, qu'est-ce qu'on fait ? demanda Brighton.

— On assiste à l'audience et on présente les preuves que les terres sont cultivées. Il serait utile d'avoir des images qui montrent des travaux agricoles récents. Cela pourrait leur faire changer d'avis et la situation serait résolue. Il y a aussi les animaux de la grange dont vous avez hérité. Ils constituent des preuves supplémentaires. Le souci avec ces comités, c'est qu'ils sont très politisés et la politique locale pourrait rendre fou n'importe qui de sensé. Chaque personne a ses propres motivations et je ne suis pas parvenu à trouver qui est réellement derrière cette décision de changer le statut de vos terrains.

— Je crois que c'est ma tante, dit Brighton.

— Vera ?

— Oui. Est-ce que j'ai oublié de vous dire ce qu'on m'a dit lors des funérailles ?

— Non, je crois m'en souvenir. Mais il lui aurait été impossible d'envoyer une requête pour changer le zonage. Elle n'a pas le statut adéquat.

Arthur ouvrit sa mallette et sortit quelques documents.

— Mais... commença Tanner. Et si elle avait un ami qui travaille pour la ville et qui p-peut le faire à sa place ?

Il détestait intervenir de la sorte, au cas où il aurait l'air d'un idiot.— Elle a un motif...

— Est-ce que vous pensez vraiment qu'elle irait aussi loin pour vous forcer à vendre ?

Arthur sortit d'autres papiers.

— Je crois qu'elle fera tout ce qu'elle pense être nécessaire pour obtenir ce qu'elle désire.

Brighton se tourna vers lui.— Oncle Raymond est vraiment à plaindre. Ça fait des années qu'elle le mène à la baguette.

La fatigue pouvait se lire dans son regard. Il posa la tête sur son *oreiller.*— Que devrions-nous faire ?

— Prenez des photos de la ferme. Montrez que les bâtiments sont dans un bon état et que la ferme n'est pas en train de s'effondrer. Documentez vos activités et, en particulier, montrez ce qui était là quand vous avez hérité de la propriété. Si vous pouviez trouver les tickets de caisse de vos achats, ou mieux encore de la vente de produits issus de votre ferme, ça aiderait. Comme

147

j'ai dit, les comités ont une tendance à manquer de cohérence. Il faut donc que nous les perturbions le plus possible et leur coupions l'herbe sous le pied.

— Et que se passera-t-il si nous perdons?

— Nous pouvons faire appel auprès du conseil municipal et, en dernier recours, en justice. Mais c'est le genre de procédure qui n'en finit jamais et qui n'est pas agréable à vivre. Sans parler du fait qu'ils peuvent entre-temps appliquer le taux de taxe foncière le plus élevé.

Arthur consulta le document qu'il avait entre les mains.— Nous voulons mettre un terme à cette affaire ici et maintenant. Je pense que nous avons une très bonne chance de gagner.

— Est-ce que tu y seras? demanda Tanner, inquiet du fait que Brighton pourrait être trop fatigué.

— Oui, je l'accompagnerai, répondit Arthur.

— Est-ce que tu penses qu'il sera en état d'y aller?

Son regard se porta sur Brighton, qui était maintenant à moitié endormi, et qui le serait définitivement dans quelques minutes.

— Je ne sais pas.

— Je me débrouillerai, marmonna Brighton avant d'ouvrir les yeux. Contre vents et marées, j'y serai. Et puis, imaginez : je me déplacerai dans un fauteuil roulant. Ça devrait être utile.

— Peut-être pas, malheureusement. Le comité pourrait considérer cela comme une preuve que la terre ne sera pas vraiment cultivée, puisque vous serez cloué au lit et que vous combattez cette décision dans le seul but de réduire ce qu'ils verront comme un juste taux d'imposition. Les terres agricoles rapportent moins de taxes et la ville veut évidemment en obtenir le maximum.

— C'est...

Brighton se releva.— Je veux préserver l'héritage de ma famille. C'est tout ce qu'il me reste de mon grand-père. Et ils essayent de me le prendre!

Tanner l'obligea gentiment à se recoucher.

— Je ne dis pas que je suis d'accord avec eux, mais simplement ce qu'ils pourraient penser, répondit Arthur, d'un ton apaisant. Nous devons nous préparer pour toutes les éventualités et ne rien considérer comme acquis.

L'expression d'Arthur indiqua à Tanner qu'il n'avait pas voulu contrarier Brighton.— Reposez-vous. Nous avons encore quelques jours et nous avons tous besoin d'être forts et de penser clairement si nous voulons gagner.

— Mais si nous perdons? demanda Brighton.

— Nous ferons appel dans ce cas.

Brighton soupira.

— Je devrais peut-être me résoudre à vendre.

Il ferma les yeux comme s'il essayait de tout oublier. Tanner jeta un coup d'œil à son cousin et un demi-sourire apparut sur ses lèvres.

— Je vous verrai plus tard, déclara Arthur après avoir tout rassemblé dans sa mallette. Comme je vous l'ai dit, évitez de vous inquiéter. Je sais que c'est difficile, mais nous allons mettre en place la meilleure défense possible. Elle sera solide.

Il sourit alors que Brighton se tournait vers lui.— Je ne peux pas vous garantir une victoire, mais nous allons nous battre jusqu'au bout.

Brighton acquiesça. Arthur jeta un coup d'œil à Tanner avant de partir.

— Merci, dit Brighton.

— À bientôt.

Il quitta la chambre. Tanner fit le tour du lit pour s'asseoir sur la chaise qu'Arthur avait libérée.

— Il essaye d'aider, comme nous tous, dit-il avec un soupir. Tu dois arrêter de p-parler comme ça. Je sais que tu ne veux pas vendre, mais dès que ça devient un peu difficile, tu le remets sur le tapis.

— Et alors? demanda Brighton d'une voix cassante.

— Et alors, arrête! rétorqua-t-il. Gagner sa vie en étant agriculteur c'est dur. Ton grand-père le savait et il a certainement pensé que tu étais à la hauteur, sinon il ne t'aurait pas laissé cette ferme. Il l'aurait simplement vendue et c'était fini, on n'en parlait plus. Il a fait un choix différent. Alors, arrête de te plaindre, repose-toi pour aller mieux et bats-toi.

— C'est ce que tu as fait dans le Montana?

Tanner déglutit.

— Non. J'ai été malmené et je les ai laissé faire.

Il s'installa confortablement.— Le père de Royce est le propriétaire du ranch où je travaillais.

Il se dit qu'il pouvait bien se débarrasser de cette histoire vu qu'il avait commencé.— J'aimais bien Royce. Il était séduisant et il avait l'air de bien m... m'aimer.

Brighton tourna sa tête pour lui faire face. Il tendit sa main. Tanner la serra.— On s'est tournés autour pendant un moment, et finalement Royce a fait le p...premier pas.

— Est-ce que tu l'aimais?

— Je le croyais, j'imagine, répondit-il, sans sourire.

149

Il fut surpris de constater que ces sentiments, qui avaient été si intenses à l'époque, s'étaient refroidis et semblaient dorénavant artificiels.— On avait l'habitude de se retrouver et de... eh bien, de coucher ensemble... beaucoup. Il disait qu'il m'aimait, mais maintenant je ne pense pas que c'était vraiment le cas.

Tanner essaya d'expliquer.— Tu vois, son père a découvert qu'on était ensemble. Il m'a immédiatement viré, me traitant de t...tout ce que tu peux imaginer.

Il avait l'impression d'entendre encore *ses* paroles.— Le venin...

— Je suis désolé, murmura Brighton.

— Je suis parti et j'ai loué un petit studio en ville, dans l'espoir de trouver un autre job, ou de me casser, tout simplement. Parce qu'il a été très vite clair qu'aucun autre ranch ne voulait qu'un p...p-pédé travaille pour eux. J'étais donc en train de me préparer à quitter la ville quand j'ai reçu la visite du shérif. Le père de Royce avait déclaré que j'avais corrompu son fils et avait même s-su-suggéré que je l'avais violé.

Tanner avait beaucoup de mal à respirer. Il se détourna.

— Oh mon Dieu ! Est-ce qu'ils t'ont arrêté ?

— Non. Je ne crois pas que le shérif l'a cru, mais quand j'ai nié...

Tanner ouvrit la bouche pour respirer.— Il n'était pas ravi de la situation et en gros il m'a dit que je devrais quitter la ville avant que q... quelqu'un prenne la situation en mains.

Tanner essaya de ne pas se rappeler l'air tout à fait dédaigneux que le shérif avait affiché. Ce gros porc puant.

— Bon sang. Est-ce que ce genre de folies arrive encore de nos jours ?

— Ouais. Il a même dit que ça serait une honte si une affaire comme celle de <u>Matthew</u> Shepard [1] arrivait dans cette ville.

1 Le 6 octobre 1998, dans le Colorado, Matthew Shepard part avec deux jeunes hommes de son âge, qui affirment eux aussi être gay. Ils le conduisent dans la campagne, le font sortir du véhicule à coup de crosse et l'attachent à un poteau. Ils le torturent jusqu'à le laisser pour mort. Les médias de l'époque rapporteront que le visage de Matthew était entièrement couvert de sang, à l'exception de deux traînées plus claires tracées par ses larmes. Après avoir été découvert, Matthew Shepard demeure dans le coma durant dix-huit heures. Le 12 octobre, six jours après cette tragique nuit, il décède suite à ses blessures. Il n'avait que 21 ans. NdT—

Le sang de Tanner s'était glacé.— J'ai attendu une journée de plus caché dans un motel miteux, avec ma moto garée à l'arrière sous une vieille bâche pour que personne ne la voie. J'espérais que Royce viendrait, mais il n'est p...p-pas venu. P...p-personne n'est venu. Du coup, j'ai fait mon sac et je suis parti.

Brighton lui serra la main.

— J'imagine que l'histoire n'est pas terminée ?

— Non. J'ai vu Royce quand j'ai quitté la ville. Il y entrait avec sa camionnette. Je me suis arrêté pour entendre ce qu'il avait à me dire. Il ne s'est pas arrêté. Il m'a vu, il l'a reconnu quand je l'ai revu pour la première fois ici, mais... il m'a tourné le dos.

Il respira profondément. La douleur, qui l'avait consumé, venait de refaire surface. Brighton continua à lui tenir la main et à lui caresser le bras.

— Tu n'es pas obligé de continuer si tu ne le veux pas.

Tanner secoua sa tête. Il éprouvait le besoin de se libérer de toute cette histoire. Il en avait terminé avec Royce et il fallait qu'il conclue ce récit.

— J'ai alors su que c'était fini. Il fallait que je m'en aille. Moins de deux kilomètres plus tard, une camionnette a débarqué dans le sens opposé. Elle était remplie d'hommes du ranch. J'en ai vu une autre arriver derrière moi. Celle de devant a ralenti et a essayé de me bloquer le passage. Ce que le shérif avait annoncé était en train d'arriver. Je n'étais pas certain que Royce les ait appelés pour leur dire où je me trouvais. Bref, j'ai accéléré et je suis parvenu à contourner la camionnette. Un des hommes a lancé une batte de base-ball dans ma direction. Je l'ai évitée et je suis parti à toute vitesse.

Son cœur battait de nouveau à tout rompre. Il se força à respirer alors que la terreur et l'agitation s'emparaient de lui encore une fois.— Je suis parti aussi loin que possible, mais le père de Royce avait le bras très long. Personne ne voulait m'embaucher. À la fin, complètement désespéré, j'ai appelé Arthur et il m'a dit de venir ici. Je ne crois pas qu'il ait su comment réagir à cette histoire, mais il a accepté de m'aider.

Tanner fut surpris d'avoir réussi à raconter cette dernière partie sans s'emmêler les pinceaux.

Il aida Brighton à se redresser.

— Qu'est-ce que ce connard voulait quand il est revenu, alors ? Cette petite merde a dit qu'il était ton petit-ami.

Brighton garda sa voix basse, mais sa colère remplit la chambre.

151

— Il a dit qu'il avait calmé la situation avec les hommes du ranch, ainsi qu'avec le shérif et qu'il m'avait trouvé un boulot à l'un des ranchs. Je croyais te l'avoir dit. Peut-être pas, en fait.

Il lui était difficile de s'en souvenir. Son esprit était sens dessus dessous.— Bien sûr, il ne s'est pas opposé à son père. J'étais censé être son petit secret jusqu'à ce que son vieux meurt et lui laisse tout. À partir de ce moment-là, on aurait vécu dans le monde des bisounours et on aurait vomi des petits cœurs tellement ç'aurait été le bonheur.

Brighton se mit à rire, puis grogna, avant de se remettre à rire.

— Tu vois, tu peux parler et dire tout ce que tu veux, dit-il en prenant la main de Tanner pour l'embrasser. Tu sais être désobligeant.

Le cowboy n'en était pas entièrement convaincu, mais il était ravi d'avoir pu dire ce qu'il désirait.

— J'imagine que ça veut dire…

Brighton l'attira contre lui.

— Je sais exactement ce que ça veut dire, répondit ce dernier avant de l'embrasser. Et tu devrais toujours dire le fond de ta pensée.

— Tout à fait. Hier, je me suis défoulé sur Royce et je l'ai envoyé paître. Je crois savoir ce qu'est l'amour maintenant et ce n'est pas ce que Royce pouvait bien me proposer.

Il garda pour lui toutes les horreurs que ce dernier avait *dites* au sujet de la ferme et de Brighton. Son ancien amant était un enfant gâté et il savait se montrer tout particulièrement détestable quand il n'obtenait pas ce qu'il voulait.— Je pense que j'étais juste un autre jouet pour lui. Son père l'arrose de cadeaux et Royce n'allait pas refermer le robinet, pour moi ou un autre.

— Il est donc parti ?

— Je crois bien. Il ne reviendra pas. Peu importe ce que Royce veut croire ou dire au shérif ou autres habitants de la ville, son père va faire venir une ribambelle de filles à marier. Il se doute bien que son fils n'est pas aussi hétéro qu'il le voudrait.

Tanner fit une pause, s'apercevant soudainement qu'il n'avait buté sur aucun mot. Cela faisait longtemps que ça ne lui était pas arrivé.

— Pourquoi est-ce que tu ne m'en as pas parlé plus tôt ? demanda Brighton. Je savais que quelque chose était arrivé… C'était évident, vu comme tu agissais.

— Au début, je ne savais pas comment tu réagirais, et p… puis…

Il sentit sa gorge se serrer et les mots y rester coincer.— J'avais honte. J'avais des sentiments pour Royce. Je croyais l'aimer. Et il m'a pris pour de la merde. Du coup, c'était peut-être ce que j'étais et...

Il s'arrêta et respira profondément pour se calmer. Il n'allait pas se comporter comme une écolière maintenant.

— Tu n'as pas intérêt à redevenir silencieux. Pas maintenant, l'avertit Brighton, en lui tapotant la main.

Il se recoucha et ferma les yeux.— Mais une fois encore, c'est certainement ce que tu vas faire.

— Bonjour, bonjour, dit une femme en débarquant dans la chambre.

Brighton n'avait pas bougé et Tanner eut l'impression qu'il faisait le mort. En fait, il en fut certain quand celui-là laissa échapper un léger grognement.

— C'est l'heure d'aller faire une petite promenade, continua-t-elle.

— Une promenade? demanda Tanner, choqué. On vient juste de l'opérer du genou.

Il se demanda pourquoi elle avait un fauteuil roulant avec elle.

— Tout à fait. C'est pourquoi il a besoin de se lever et de bouger.

Elle était jeune, assez jolie et pleine d'énergie. Ses cheveux comme ses yeux étaient noirs. Tanner se dit qu'elle devait avoir beaucoup de succès.

— Le docteur a remplacé mon genou par une prothèse en titane, et cette... femme n'arrête pas de m'embêter pour que je sorte du lit et marche.

Il repoussa les couvertures.— Ils pourraient au moins me donner des vêtements s'ils veulent que je me lève, que je ne montre pas mes fesses à tout le monde.

— Mais elles sont jolies, commenta doucement Tanner.

— Il a fallu les menacer de coups de bâton hier, dit la thérapeute avec un sourire. Ne vous inquiétez pas, j'ai apporté une paire de pantalons médicaux. Je vais vous aider à les enfiler et nous pourrons y aller. Je vous amène en rééducation pour vous montrer comment utiliser vos béquilles et faire bouger ce nouveau genou. Il va vous falloir du temps avant de pouvoir supporter votre propre poids, mais nous devons bouger votre jambe et veiller à ce que vos muscles ne s'atrophient pas. Je vais aussi vous installer un appareil orthopédique qui aidera à la guérison et empêchera que vous ne vous blessiez à nouveau. Vous voulez rentrer à la maison, n'est-ce pas?

— Bon sang, oui, répliqua Brighton. Au fait, Tanner, cette boule d'énergie sadique s'appelle Amanda. Elle est déjà venue me menacer de me torturer, plus tôt dans la journée.

Il s'assit sur le bord du lit. Tanner prit le pantalon et aida Brighton à le mettre. Il n'était pas ravi à l'idée que quelqu'un d'autre puisse aider son amant avec ça. C'était son boulot.

— Vous avez besoin qu'il soit dans le fauteuil? demanda-t-il à Amanda.

Elle acquiesça. Il le souleva, en faisant attention, et l'installa dans le fauteuil roulant.

— Je dois attendre ici? voulut-il savoir.

— Ça va nous prendre une heure. Je vous conseille d'en profiter pour déjeuner, si ce n'est pas déjà fait.

Elle sortit de la chambre en poussant Brighton. Tanner s'installa dans le fauteuil à côté du lit. Quelques minutes plus tard, il décida qu'à défaut d'avoir faim, il avait soif. Il partit donc à la recherche d'un café.

Il trouva un distributeur. Le liquide noir avait un goût dégoûtant, mais il se força à le boire, avant de retourner à la chambre. Comme Brighton n'était toujours pas de retour, il décida donc de l'attendre, confortablement assis.

Il entendit les braillements de son petit-ami, avant même qu'Amanda ne l'ait fait entrer dans la chambre. Il en déduisit que la séance s'était mal passée.

— Elle dit que je devrais aller bien mieux qu'avant et qu'une fois que ce genou aura guéri, je pourrai marcher normalement.

En fait, il semblait heureux. Elle l'aida à utiliser ses béquilles pour retourner au lit.

— C'est vrai? demanda Tanner.

Un homme frappa contre le chambranle de la porte avant d'entrer.

— Demandons-le-lui, proposa Brighton. Merci de m'avoir aidé, Amanda.

— Je vous en prie, répondit-elle.

Elle les salua d'un geste de la main et repartit avec le fauteuil roulant.

— Me demander quoi? demanda le docteur alors qu'il consultait un ordinateur sur un chariot.

— Elle a d…d-dit que son genou serait aussi bien, voire mieux, que le précédent, l'informa Tanner.

— Bien mieux, sans l'ombre d'un doute. Je ne comprends pas pourquoi votre genou n'a pas été remplacé après l'accident. Votre convalescence se serait bien mieux passée.

— Ils ont dit que j'étais trop jeune, répondit Brighton.

— Pour un remplacement normal, oui. Celui-là va durer trente ans au moins. À ce moment-là, vous en aurez peut-être besoin d'un autre, mais j'en ai vu de ce type qui dure indéfiniment. Vous devriez retrouver l'usage intégral de votre jambe, maintenant, et avoir moins mal. C'est tout ce qui importe.

Il vérifia les bandages et le positionnement du support orthopédique.— Je pense que vous pourrez rentrer chez vous demain, à condition qu'il y ait quelqu'un pour rester avec vous. Pas d'escaliers pendant quelques jours, jusqu'à ce que vous maîtrisiez bien les béquilles. Je veux que vous ayez une autre séance de rééducation à l'hôpital. Et pas de plantage d'arbres d'ici le printemps prochain !

Tanner fut du même avis.

— Je les ai déjà plantés, au cas où il p…prévoyait de recommencer.

— Je vous présente mon petit-ami, Tanner, déclara Brighton. C'est lui le responsable pour les arbres.

— Je ne t'ai pas dit que tu devais essayer de les planter, contra Tanner, en secouant sa tête.

Il serra la main que lui tendit Brighton.

— Je ne vois aucune raison qui empêcherait un complet rétablissement. La guérison va prendre davantage de temps que pour un genou normal, à cause de l'état de votre jambe, mais mon équipe et moi-même avons pu réparer les anciennes blessures. Avec un peu de chance, on vient de vous donner un genou qui va vous permettre de marcher pour des décennies.

— Je vous remercie, répondit Brighton. Qui eût cru qu'il aurait pu y avoir un avantage à planter des arbres dans mon état ?

Tanner grogna, mais ne dit rien.

— Vous avez eu de la chance, M. McKenzie. Beaucoup de chance.

Le docteur leur serra la main à tous les deux et quitta la pièce.

Après la manière dont il avait trouvé Brighton dans la camionnette, Tanner savait que le pronostic du docteur était la meilleure nouvelle possible. Il s'était attendu à une annonce plus pessimiste.

— Je dois y aller, dit-il enfin.

Il y avait beaucoup de travail à terminer à la ferme.

— Je reviendrai après avoir nourri les bêtes ce soir.

Il sourit avant de se pencher au-dessus de Brighton.

— Il me tarde de partir, murmura ce dernier.

Tanner suivit son regard vers le renflement de la couverture.

— Sois sage, dit Tanner avec un sourire.

Il l'embrassa.— T…tu rentreras à la maison bientôt.

L'idée que Brighton voulait vraiment de lui l'excita. Toutefois, Tanner ne put s'empêcher de se demander combien de temps ça durerait.

VII

LE LENDEMAIN, Brighton était prêt à partir quand Brianne et Tanner vinrent le ramener à la maison. Elle lui avait proposé de rester chez elle pour quelques jours, mais il avait refusé. Il ne pensait qu'à rentrer chez lui et c'était bien ce que la ferme était devenue. Il pouvait le sentir au fond de lui. D'ailleurs, quand Brianne entra dans l'allée avec Tanner, qui suivait dans la camionnette, il sentit qu'il s'apaisait aussitôt. La voiture s'arrêta, il ouvrit la porte et attendit qu'on lui remette les béquilles avant de pouvoir se lever.

— Où est-ce que tu vas? demanda sa sœur.

— Tu es en train de mal tourner. Un vrai petit dictateur. Tu t'en rends compte?

— J'ai appris auprès du meilleur.

Elle referma la portière.— Et tu n'as pas répondu à ma question.

Elle se précipita à sa suite. Brighton entendit la porte de la camionnette se fermer. Tanner les dépassa et entra dans la grange pour ouvrir grand la porte. Utilisant ses béquilles, Brighton le suivit.

— Je veux voir les animaux, répondit-il finalement, alors qu'il s'approchait de la stalle de Napoléon.

Le poney sortit sa tête et son museau vint sentir son maître.

— Je sais. Tu m'as manqué, toi aussi.

Si quelqu'un lui avait dit quelques semaines auparavant qu'il serait heureux d'avoir un poney en train de lui baver dessus, il n'y aurait pas cru. Après l'avoir salué, il alla regarder les autres.

— Est-ce qu'elle ne grossit pas? demanda-t-il, en regardant une des brebis. Est-ce qu'on la nourrit trop?

— Non, elle est pleine, répondit Tanner avec un sourire. Je crois que ton grand-père l'a fait se reproduire quelques semaines avant sa mort. Nous avons aussi quelques chèvres dans le même état. On dirait bien que le printemps arrive un peu tard cette année, mais nous all… Je veux dire, tu vas avoir des petits.

Brighton nota le changement de pronoms et se demanda quelle en était la raison. Si Tanner n'avait pas été présent, personne n'aurait pris soin des animaux. Il se demanda si c'était là la conséquence du retour de

Royce. Il regretta de ne pas l'avoir battu avec sa canne lorsqu'il en avait eu l'occasion.

— Tu devrais rentrer avant d'être trop fatigué. Tu as été opéré il y a quelques jours seulement. Je ne crois pas que le docteur voulait que tu ailles te balader dans toute la ferme dès que tu rentrerais chez toi, le gronda Brianne. Il a aussi dit que tu n'utiliserais pas les escaliers pendant quelques jours, tant que tu n'es pas un pro des béquilles.

— Oh, bon sang, mais lâche-moi donc, répondit Brighton, à moitié amusé. J'ai bien entendu ce qu'il avait à dire. Tu n'as pas besoin de te comporter en mère poule tout d'un coup.

Il se rendit vers la porte de la maison, mais vacilla en arrivant au pied des marches de la terrasse. Tanner le cueillit pour le porter dans ses deux bras puissants. Brighton se laissa aller contre ce torse puissant et respira cette odeur qu'il aimait le plus au monde. Son cowboy le porta jusque devant l'entrée. Brianne les suivit avec les béquilles dans les mains.

Brighton entoura de ses mains le cou de son amant. Il ne voulait pas le lâcher. Brianne les doubla et déverrouilla la porte avec le nouveau trousseau de clés qu'il lui avait remis. Tanner l'amena à l'intérieur et le déposa avec douceur sur le canapé.

Dans la maison, il faisait tellement chaud qu'on étouffait. Brianne alluma la climatisation, qui très vite se mit à expulser de l'air frais dans la pièce. Il faudrait encore du temps pour que la température devienne agréable, mais il était heureux d'être de retour à la maison.

— Je vais retourner chez moi pour récupérer quelques habits, afin de passer quelques jours ici, annonça Brianne.

Brighton regarda son cowboy.

— Je vais rester avec lui, déclara ce dernier, prenant Brianne de court.

— Vous êtes sûrs ? Aucun de vous ne sait préparer autre chose que des sandwichs.

— Je sais utiliser le grill, rétorqua Tanner.

Brianne recula d'un petit pas.

— Si tu es sûr, je sais qu'il préférera t'avoir à ses côtés au lieu de moi, dit-elle avant de sourire. Si tu peux faire une liste de courses, j'irai au supermarché. J'imagine que tout ce que Brighton a dans son frigo, c'est de la mayonnaise, du ketchup et de la charcuterie.

— Pas la peine d'être mesquine non plus. J'ai aussi de la moutarde.

— C'est parfait alors.

Elle leva les yeux au ciel.— Préparez-moi cette liste rapidement. Plus vite, j'aurai fait les courses, plus vite je vous laisserai tous les deux seuls à faire… Mon Dieu, je ne veux pas savoir ce que vous faites tous les deux. Mais si je te vois encore en train de rêvasser…

Elle se pencha pour l'embrasser sur la joue.— Je vais te donner quelques minutes pour que tu réfléchisses à ce dont tu as besoin.

Elle quitta la pièce et quelques secondes plus tard, il l'entendit porter l'aspirateur à l'étage. Tanner regarda la porte, où elle avait disparu, une question sur son visage.

— Elle ne peut pas rester tranquille plus de cinq minutes, commenta Brighton. J'imagine qu'elle est en train de nettoyer une des chambres de l'étage. Qui sait ?

En vérité, il s'en fichait éperdument. Il attira Tanner à lui pour un baiser. Immédiatement, il eut une érection et se mit à gémir doucement. À cause du quiproquo et de sa blessure, cela faisait longtemps qu'il n'avait pu l'embrasser de la sorte. Cela lui avait manqué. Maintenant, Tanner était à ses côtés.

Le vrombissement de l'aspirateur prit fin. Le cowboy se recula.

— La liste, dit-il.

Brighton attrapa un petit carnet qui était sur la table basse et commença à noter.

— Des steaks, des patates, de la glace, du maïs, des côtes de porc, des trucs pour la salade…

— Pourquoi tout ça ? demanda Tanner.

— Tu as dit que tu pouvais utiliser le grill. Donc, c'est toute la nourriture qui va avec un barbecue, expliqua Brighton, tout en ajoutant de la garniture de sandwich et quelques plats congelés, qu'ils pourraient préparer au micro-ondes. Quoi d'autre ?

— Macaronis au fromage ? suggéra Tanner.

Brighton nota les ingrédients. Il pensa à d'autres produits et quand Brianne descendit, il lui remit le morceau de papier avec de l'argent.

— Je suis heureuse de voir que vous avez de la nourriture saine sur cette liste, dit-elle, en se dirigeant vers la porte. Je reviendrai dans une heure.

Elle fila à l'extérieur. Brighton regarda Tanner, attendant que le bruit de la voiture disparaisse au loin. Tanner se leva et alla fermer la porte d'entrée, puis se tourna vers lui avec du désir dans les yeux. Il s'assit sur le bord du canapé. Brighton déplaça prudemment ses jambes, qu'il plaça ailleurs pour lui laisser de la place. La pièce commençait enfin à se rafraîchir. Le cowboy se rapprocha. Brighton enroula ses bras autour de son cou et l'attira à lui pour un autre baiser, qui se fit très vite profond.

Tanner vibrait d'excitation.

— Tu dois me promettre que tu vas te tenir tranquille et ne pas bouger.

Brighton s'écarta pour plonger son regard dans le sien.

— D'accord.

Tanner se leva et passa ses mains sous la chemise de Brighton. Le ventre de ce dernier frissonna sous cette caresse. Il inspira et retint sa respiration. Lorsque son amant atteignit sa ceinture, il ouvrit la bouche et ferma les yeux, priant et espérant. Tanner sembla l'entendre, car il tira sur le pantalon pour l'ouvrir.

— Il faut qu'on te trouve des shorts, remarqua-t-il.

Il descendit ses mains à l'intérieur du sous-vêtement et enroula ses doigts autour de l'érection, dès que celle-ci se libéra.

Brighton gémit et poussa ses hanches en avant, afin d'augmenter le frottement, qu'il désirait au plus haut point.

— Tanner.

Il n'avait pas d'autres mots à ajouter. À la place, l'intéressé se pencha et le prit en bouche. Oh, mon Dieu, la sensation était agréablement chaude. Unique. Ce dont Brighton avait besoin. Il avait passé des journées à désirer le toucher de son amant. Il avait besoin de lui et il était prêt à tout pour obtenir ce qu'il voulait et davantage même.

Il n'y eut aucune délicatesse. Tanner donnait toute son énergie et son enthousiasme dans chaque mouvement. Il le suçait en profondeur, s'arrêtait et laissait sa gorge faire le travail.

— Oh, mon Dieu, gémit Brighton, faisant durer le dernier mot le plus longtemps possible.

Il faillit terminer en criant presque tant il était près de perdre la raison. Il posa ses mains sur la tête de son amant, mais tâcha de ne pas la pousser de haut en bas comme un fou, même si chaque parcelle de son corps lui criait de le faire. Cela faisait une éternité qu'il n'avait pas eu la bouche de Tanner autour de sa queue et il ne pouvait nier que c'était le paradis sur Terre. Après tout ce qu'il avait traversé ses derniers jours, cette langue, cette gorge profonde, c'était bien trop pour qu'il puisse tenir. Il prévint son amant.

Tanner marmonna quelque chose que Brighton ne comprit pas, mais peu importait ce qu'il dit, des vibrations remontèrent le long de son sexe et lui firent perdre davantage le contrôle. Brighton lutta pour retrouver une respiration normale. Il laissa sa tête tomber en arrière sur le bras du canapé, pendant que Tanner tendait la main sous sa chemise pour aller agacer ses tétons. À chaque seconde, le délire menaçait de submerger Brighton. Il avait oublié l'existence même de son genou. Il sentait tellement le plaisir l'envahir que ses jambes n'étaient plus qu'un souvenir, une idée abstraite dont il se fichait éperdument. Il tenta de prévenir Tanner, mais son orgasme le percuta comme un train lancé à toute vitesse. Tout ce qu'il put faire, ce fut de s'accrocher à cette locomotive et de la chevaucher jusqu'à ce qu'elle finisse par s'arrêter. Il retint sa respiration alors qu'il lançait jet après jet, son liquide de vie dans la gorge étroite et talentueuse de son amant. Pour un peu, il aurait été prêt à revivre l'enfer de ces derniers jours si on lui avait promis d'obtenir à nouveau un tel plaisir.

Épuisé, il se laissa retomber sur le canapé. Sa vue s'était troublée. Tanner s'assit sur le bord à côté de ses jambes. Brighton l'attira à lui. Il éprouvait le besoin de le toucher et de savoir que son amant était bien réel. Les trois derniers jours avaient été difficiles. Il soupira, gardant les yeux fermés parce que les rouvrir demandait trop d'effort.

— Donne-moi une minute, murmura-t-il.

Tanner lui caressa la joue, avec douceur, attentionné.

— Maintenant, tu dors, dit-il doucement, avant de se lever.

— Mais… Et toi?

— Ça va, répondit-il en se penchant pour l'embrasser.

— Je t'aime, Tanner, dit Brighton, dans un murmure, comme si ce n'était pas le bon moment pour l'annoncer. J'en ai pris conscience l'autre jour, quand je ne cessais d'entrouvrir les rideaux pour voir si tu étais de retour. Je pensais que je t'avais perdu.

La détresse qu'il avait alors éprouvée revint en partie. Il ouvrit les yeux et fixa Tanner pour se convaincre simplement qu'il était toujours là et ne s'était pas de nouveau enfui.

Son amant le regardait aussi. Soudainement, il hissa dans ses bras Brighton, qui se laissa aller contre son torse et ferma les yeux.

— Où est-ce qu'on va?

Son pantalon était toujours ouvert. On aurait dit un débauché!

Mais il lui importait peu de savoir où ils allaient tant que c'était Tanner qui le portait.

— Au lit, répondit ce dernier, qui montait déjà les marches.

— Tu n'as pas besoin de me transporter partout, rigola Brighton. J'ai des jambes, tu sais, et je peux marcher avec les béquilles.

160

Comme Tanner ne répondait pas, il décida de ne pas insister pour le moment. En haut des marches, son amant l'amena dans sa chambre et ouvrit la porte d'un coup de coude. Il le déposa sur le lit et alluma la climatisation. La chambre était une fournaise, puisque la chaleur de la maison avait pénétré l'étage durant la journée. Brighton ferma les yeux et attendit que l'air se rafraîchisse. Il n'eut pas à attendre longtemps.

Quand il ouvrit ses paupières, Tanner lui offrit la vue de son ventre et ensuite de son torse, alors qu'il retirait sa chemise par-dessus sa tête. Peu d'hommes parvenaient à étirer le tissu au point de presque le faire craquer aussi bien que Tanner.

— Parfois, je me dis que tu es Hulk incognito.

Il lui ressemblait en tout cas, à la seule différence que sa peau était dorée par le soleil. Brighton avait toujours envie de la caresser. Tanner se tourna, ce qui permit à son patron de bien regarder son fessier, qui était recouvert de jean. Il ouvrit sa ceinture, puis se baissa pour retirer son Denim, exposant une totale nudité. Brighton se serait bien précipité pour enfouir son visage dans ces fesses, fermes et parfaites, mais Tanner était un peu trop éloigné. Il devait donc se contenter de regarder... pour le moment.

Le cowboy avait oublié d'enlever ses bottes. Brighton se contenta de sourire lorsqu'il le vit sautiller sur place pour s'en débarrasser, ainsi que ses chaussettes. Quelques secondes après, la paire de jeans partait les rejoindre. Enfin, il se retourna dans toute sa gloire.

— Hulk excité, dit-il.

Brighton ne put se retenir et s'esclaffa tellement qu'il eut du mal à voir clairement. Tanner se mit à rire à son tour. C'était agréable, mais ils redevinrent sérieux quand ce dernier monta sur le lit. Aussitôt, ils eurent d'autres idées. Une fois qu'il eut son amant à ses côtés, Brighton, qui avait été trop absorbé par le striptease pour retirer lui-même ses vêtements, s'en débarrassa avec l'aide de Tanner.

L'appareil orthopédique compliqua l'affaire, de même que la position qu'il devait adopter pour être à l'aise, mais Tanner accepta tout ceci sans sourciller. Quand Brighton se retrouva contre lui, tout sembla se mettre en place. Les mains du cowboy apaisèrent l'inquiétude qu'il éprouvait au sujet du reclassement de ses terres et les lèvres chassèrent ses autres soucis.

— Je t'aime aussi, murmura Tanner dans son oreille.

— Est-ce que tu aimais Royce?

— Je le croyais, mais pas comme ça.

Il le serra plus fortement contre lui.— Je p…pensais que je l'aimais, car il me donnait du plaisir. Mais, toi, tu me fais me sentir bien tel que je suis.

Il décala la partie supérieure de son corps et Brighton se reposa sur le matelas. Tanner l'embrassa avec tendresse au début, mais la passion grandit entre eux jusqu'à ce que Brighton soit dévoré de son plein gré.

— Tu aimes, qui je suis.

— Et toi aussi, répondit Brighton.

Tanner hocha la tête.— Avec une jambe folle, et tout le reste…

— Ta jambe fait partie de toi, comme le bégaiement pour moi. Ta jambe guérira et mon b…bégaiement diminuera.

— Je me fiche de savoir si ça s'améliore ou pas, tant que tu me parles et que je peux entendre cette voix qui me fait fondre.

— Voilà pourquoi ça ira mieux, répondit Tanner avec conviction.

Brighton caressa les larges épaules de son amant et remonta jusqu'à son cou. Il croisa ses doigts derrière la nuque de celui-ci.

— Pour le moment, je crois qu'il y a trop de discussions et pas assez de gémissements, de grognements et de baisers.

Tanner corrigea immédiatement la situation.

LES MOUVEMENTS étaient un peu maladroits, mais cela ne diminua en rien leur ardeur ou leur enthousiasme. La peau du cowboy avait un goût divin, musqué, d'autant plus, peut-être, que Brighton savait maintenant qu'il était à lui. L'absence de doute et d'inquiétude adoucissait chaque situation et Tanner ne faisait pas exception. La jambe immobile de Brighton fut un défi, mais leur passion n'en fut point affectée. Tanner le fit tourner sur son ventre avec précaution. Brighton utilisa ses coudes pour se soulever et regarder Tanner, qui remontait le long de sa bonne jambe en la léchant. Il finit par enfouir ses lèvres et sa langue entre ses fesses. Brighton se cabra davantage et laissa échapper un cri de plaisir intense. Tanner entoura ses bras autour de ses hanches et le soutint. Sa langue explora son ouverture jusqu'à ce que Brighton voie des étoiles.

Quand ce dernier fut sur le point de perdre la raison, Tanner changea de position, en veillant à ne pas peser sur lui.

— Je ne peux pas attendre de faire l'amour face à face, murmura Tanner dans son oreille pendant que Brighton cherchait à récupérer son souffle.

— Je sais, répondit-il d'une voix éraillée.

Tanner câlina Brighton, le pressant contre son large torse. Ils s'embrassèrent avec négligence, leurs bouches peinant à être l'une sur l'autre. Tanner s'assura que son amant était dans une position confortable avant d'aller fouiller dans le tiroir sous le lit. Il trouva le lubrifiant. Brighton ferma ses yeux et attendit aussi patiemment que son corps, tremblant d'excitation, le lui permettait. Il l'entendit sortir le préservatif, marmonner pendant qu'il le mettait. Enfin, il sentit Tanner au-dessus de lui et sa queue, pressée contre l'entrée de son intimité.

Leurs corps se joignirent et à mesure que Tanner l'emplissait, il eut la sensation que ce dernier lui tendait aussi son cœur. La respiration de Brighton s'accéléra, il gémit doucement. C'était exactement ce à quoi il avait rêvé toutes ces nuits à l'hôpital. Il ne s'était pas autorisé à croire que Tanner l'avait vraiment choisi. Mais maintenant, il avait la preuve de sa présence dans sa vie, autour de lui, à l'intérieur de lui. Ils ne faisaient plus qu'un.

Tanner, avec précaution, le fit changer de position et le plaça sur le côté. Ils bougèrent en même temps. Ils firent l'amour lentement, doucement, profondément. Il n'y eut pas de literie qui craque, de murs qui tremblent. Chaque caresse avait sa signification propre. Les petits grognements de Brighton se trouvèrent en écho dans la bouche de Tanner. Ils enflèrent, enflèrent, jusqu'à ce que tous les deux jouissent dans une explosion qui les laissa silencieux, apaisés et incapables de bouger.

Par chance, Brianne mit plus de temps à faire les courses qu'elle ne l'avait annoncé.

VIII

TANNER FIT de son mieux pour calmer Brighton. Si ce dernier n'avait pas été sur ses béquilles, il aurait fait les cent pas.

— Tout va bien se passer, déclara Tanner avec clarté.

C'était surprenant qu'il n'ait pas bégayé, car il commençait lui aussi à se sentir nerveux.

— Qu'est-ce que tu en sais ? demanda Brighton sur un ton de défi.

Les crissements de pneus sur le gravier se firent entendre alors qu'une voiture entrait dans l'allée.

— Arthur est là.

Dieu merci. Son cousin allait amener Brighton à l'audience et Tanner les rejoindrait dès qu'il aurait terminé les tâches du soir.

— Tu nous suivras, n'est-ce pas ? demanda son patron et amant.

— Oui. Ne t'inquiète pas. Ça ne me prendra pas longtemps.

Par contre, l'audience pouvait se terminer très tard. Arthur les avait tous deux avertis que ce serait peut-être ennuyeux. Tanner serra Brighton dans ses bras et caressa son dos.

— Je serai présent, je te le promets.

Il l'embrassa et l'aida à monter dans la voiture. Quand ils furent partis, Tanner se dépêcha d'aller vérifier que les animaux allaient mieux. La chaleur, à cette saison, leur était difficile à supporter. Il s'assura qu'ils avaient beaucoup d'eau et ouvrit une petite fenêtre pour que la brise du soir aide à rafraîchir la grange.

Quand il eut terminé, il retourna se changer dans la maison. Il venait de finir quand Alicia arriva avec ses fils. Une des chèvres était tout particulièrement amicale avec les garçons. Il la guida dans une cage qu'il avait empruntée au magasin d'équipements agricoles et il la chargea avec précaution dans la remorque de la camionnette. Il n'oublia pas de prendre le collier et la laisse, qu'il avait trouvés plus tôt.

— Est-ce que tu es sûr que tu veux faire ça ? demanda Alicia.

— Ils ne croient p…pas que c'est une vraie ferme. Nous allons leur montrer, expliqua Tanner.

Alicia eut un rire bref.

— Le comité ne va pas savoir ce qui lui arrive, dit-elle.

— Espérons-le.

Il monta dans son véhicule et suivit Alicia le long des centres commerciaux et des copropriétés jusqu'à la partie historique de la ville. Tanner se gara sur un parking près de la mairie. Il ouvrit la cage et attacha la laisse au collier. Heureusement, la chèvre ne sembla pas s'en soucier. Il la souleva dans ses bras.

— Suivez Oncle Tanner, dit Alicia à ses fils, qui obéirent aussitôt.

Des gens s'arrêtèrent avec curiosité lorsqu'ils virent ce que Tanner avait dans ses bras. Personne ne l'arrêta toutefois lorsqu'il pénétra dans le bâtiment.

— Je vais voir où ils sont. Vous deux, vous restez ici, ajouta-t-elle à l'attention de Marky et Josh, qui acquiescèrent.

Elle partit et lorsqu'elle revint une minute plus tard, elle déclara :

— Ils appellent votre affaire.

Tanner posa la chèvre au sol et tendit la laisse à Marky.

— Tu la promènes en douceur à travers le hall. Ta maman, Josh et moi, nous serons avec toi. Quand on ouvre la p…p-porte, Josh, tu rentres avec ton frère.

Il leur fit un sourire. Alicia leur montra le chemin et Tanner ouvrit la porte de la salle d'audience. Il ne se montra pas alors que Marky et Josh guidaient la chèvre dans la petite allée.

— Salut, Papa, déclara Josh lorsqu'il vit Arthur au premier rang, assis à côté de Brighton.

— Est-ce que vous avez une explication pour ça ? demanda une voix inconnue dans un micro.

— Au sujet de ce changement de statut, commença Arthur, il nous semble important de nous demander si la propriété a été cultivée et continue d'être utilisée comme ferme.

Alicia entra et rattrapa les garçons, qui avaient atteint le premier rang dans un concert de « oh » émus par ce spectacle bucolique. Tanner entra dans la salle, laissa la porte se refermer derrière lui. Heureusement, tout le monde avait le regard fixé sur la chèvre.

— Nous pouvons vous certifier qu'il s'agit bien d'une ferme et nous pourrions vous montrer des images, mais une démonstration est plus efficace. Voici l'une des chèvres qui vit à la ferme.

Arthur devint plus à l'aise à mesure qu'il avançait dans son discours.— Il y en a d'autres, ainsi que des brebis et un poney. Toutes ces bêtes étaient déjà présentes quand M. McKenzie a hérité de la ferme.

Josh lâcha la laisse et voulut rejoindre Arthur, mais Alicia l'attrapa et le souleva. Tanner le récupéra et désigna une rangée de chaises et, à l'exception de la chèvre, tous s'assirent.

— Je suis désolé, mais les animaux de ferme sont interdits à l'intérieur même de la mairie, déclara dans le micro l'homme au centre du panel, qui devait être le président.

— En réalité, je me suis assuré que ce n'était pas le cas. En effet, aucun des décrets municipaux ne mentionne le bétail, informa Arthur. Les animaux de compagnie ne sont pas autorisés, mais cette chèvre n'est pas un animal de compagnie. Si elle est attachée, c'est pour la garder sous contrôle, car elle est bien un animal de ferme, du bétail. Puis-je donc continuer ?

— Allez-y, déclara le président, en regardant autour de lui. Nous reconnaissons bien qu'il y a eu et qu'il y a encore une présence de bétail sur la propriété.

Tous les membres de la commission hochèrent la tête en signe d'accord.

— Vous reconnaissez que, par extension, les terrains étaient bien agricoles et continuent de l'être puisqu'ils entourent une ferme en activité. La requête de changer le zonage est basée sur l'assertion que la terre n'a pas été cultivée ces dix dernières années, si l'on en croit la lettre que M. McKenzie a reçue. Or, cette assertion est inexacte, comme vous venez vous-mêmes de le reconnaître officiellement.

Brighton se mit à sourire. Les membres du comité, mal à l'aise, commencèrent à s'agiter sur leur siège.

— Mais M. McKenzie est libre de continuer à cultiver la terre, même si elle devient constructible, répondit le président.

— C'est vrai, mais la raison qui justifie en premier lieu ce changement n'existe plus.

Arthur se tourna vers le juriste du comité, qui était assis de l'autre côté de la salle.

— En effet, déclara ce dernier. Ce comité ne dispose pas de l'autorité nécessaire pour reclasser des terres qui n'ont pas fait l'objet d'une demande officielle. Puisque le motif qui justifiait le reclassement a été invalidé, vous n'avez d'autre choix que de refuser ce changement.

Le président regarda les autres membres.

166

— Votons dans ce cas. Ai-je une motion?

— Je propose que nous refusions la demande de changement du zonage, en raison de l'invalidité de la requête, déclara une femme à la droite du président.

— Je soutiens cette proposition, ajouta l'homme à ses côtés.

— Tout le monde est-il pour? demanda le président.

Tous les membres levèrent la main.— La décision est donc unanime : le reclassement est refusé.

Il se tourna vers Arthur.— Pouvez-vous, s'il vous plaît, retirer la chèvre de cette salle d'audience pour éviter qu'elle ne salisse le sol?

Marky guida la chèvre à l'extérieur. Sa mère se leva au même moment et le suivit. Tanner, qui portait Josh, fit de même. Il eut un moment d'hésitation lorsqu'il vit une femme lui jeter un regard haineux. Il comprit qu'elle devait être la tante de Brighton. Il haussa les épaules et poursuivit son chemin. Lorsqu'ils furent à l'extérieur, Tanner amena Marky et la chèvre dans un espace vert, où l'herbe commençait à pousser.

— C'était une idée brillante, déclara Arthur, lorsqu'il les rejoignit.

Il aidait en même temps Brighton à descendre les escaliers.— Il ne pouvait pas nier l'existence du bétail s'ils avaient un spécimen sous les yeux.

— Est-ce que nous aurons besoin d'un nouveau statut pour la Ferme aux Animaux? demanda Brighton. Si c'est le cas, ils pourraient décider de nous poser des problèmes.

— Non. Le statut de terrain agricole couvre toute activité en rapport avec l'agriculture, que ce soit la culture de plantes ou l'élevage. Tout ira bien, affirma Arthur avec le sourire.

Les portes de la mairie s'ouvrirent et la femme hargneuse en sortit. Son expression n'avait pas changé. Brighton suivit le regard de Tanner et soupira.

— Tu as obtenu ce que tu voulais, déclara-t-elle d'un ton acerbe.

— Ça suffit, Vera, déclara l'homme derrière elle avec force. Cette terre appartient à Brighton. Il peut en faire ce qu'il veut. Personnellement, je lui souhaite de réussir. Il a déjà fait bien plus que ton père ces dernières années. Il a des projets pour l'endroit : on le voit déjà dans ce qu'il a mis en place. Par ailleurs, on a bien assez de centres commerciaux et de logements dans la région. Maintenant, rentrons à la maison. Tu as perdu suffisamment de temps avec cette stupide tentative d'obtenir ce que tu voulais.

Il descendit les marches.— J'en ai ma claque de cette attitude d'enfant gâtée. Il va falloir que ça change, ou je m'arrangerai moi-même pour que ça change et ça ne va pas te plaire.

La tante le suivit sans un mot.

Tanner se détourna et vit que Brighton faisait de même. Il crut que son amant essayait de se retenir de rire, mais c'était difficile à dire.

— Bon sang, je n'aurais jamais cru qu'il était capable de lui tenir tête.

Brighton se tourna vers Arthur.— Merci pour tout.

Ils se serrèrent la main, puis il se tourna vers les garçons et Alicia.— Vous avez été géniaux.

— Est-ce qu'on peut faire du poney quand on rentre ?

— Et si vous veniez plutôt demain, si votre mère est d'accord ? Vous pourrez aider à nourrir les animaux et faire tous les deux du poney.

À cette annonce, Marky sauta de joie et Josh hocha la tête. Alicia avait l'air ravie.

— Allons mettre ces deux-là au lit, dit Arthur, en récupérant Josh des bras de Tanner.

Ils firent leurs adieux et partirent. Tanner amena la chèvre à la camionnette et la chargea dans la cage. Elle se coucha immédiatement. Puis, Tanner aida Brighton à monter dans le véhicule avant de rejoindre le côté conducteur. Il s'installa, ferma la portière, mais n'alluma pas le moteur.

— Tu as gagné, dit-il.

— J'ai gagné.

Brighton se tourna vers lui, se mordillant la lèvre inférieure.— Il va y avoir beaucoup de travail à faire.

Il baissa la tête. Tanner comprit immédiatement qu'il examinait sa jambe en cours de guérison.— Nous allons devoir développer des plans détaillés et tout préparer pour ne pas faire d'erreurs. Ensuite, nous pourrons faire construire les bâtiments et acheter le reste du bétail.

Tanner démarra le véhicule et quitta la place de parking.

— Il y aura beaucoup à faire, mais nous pouvons y arriver.

Il conduisit jusqu'à la ferme et s'arrêta près de la maison. Il sortit et ramena la chèvre dans la grange pour la mettre dans son enclos. Puis, il s'assit sur une balle de paille et les regarda s'installer pour la nuit.

— Tanner, qu'est-ce que tu fais ? demanda Brighton, qui entrait pour le rejoindre, aidé de ses béquilles.

— Je réfléchis.

— Moi aussi, répondit son amant.

Tanner se décala et il s'assit à ses côtés.— J'ai bien réfléchi. J'ai aimé t'avoir avec moi ces derniers jours et je veux que tu restes avec moi.

Tanner le regarda.

— Mais… ? fit-il, en attendant la suite.

Il avait entendu l'hésitation dans la voix de Brighton.

— Je ne veux pas que tu penses…

— Que c'est parce qu'il y a beaucoup de travail à faire ici ? demanda-t-il.

Brighton hocha la tête.

— Oui. Je veux dire, tu travaillais ici, puis on a commencé à coucher ensemble et maintenant je t'aime, mais je ne veux pas que tu croies que je t'utilise.

Il soupira.— C'est bien la dernière chose que je veux.

Tanner leva les yeux au ciel.

— Je suis le silencieux, mais q-quel inquiet tu fais !

Il tendit le bras et serra légèrement la jambe de Brighton, celle qui n'était pas blessée.— Est-ce que tu veux que j'emménage à cause du travail que je fais ici ?

— Bien sûr que non, répondit-il. Je veux que tu t'installes avec moi parce que la maison est bien vide sans toi. La ferme est morne sans ta présence. Tu me manques. Le lit semble tellement grand quand tu n'en occupes pas les trois quarts.

Il sourit.— Mais j'aime ça, car tu me tiens dans tes bras.

— Je t'aime, murmura Tanner.

Il savait que c'était la vérité. C'était une sensation tellement différente de celle qu'il avait éprouvée avec Royce. Elle était juste et confortable.

— Alors oui, continua-t-il, j'emménagerai ici, mais pas immédiatement. J'ai toujours ma chambre chez Arthur et je peux la garder encore un peu. Allons-y lentement et voyons où ça nous mène.

— Donc, tu te gardes une porte de sortie, observa Brighton, légèrement froissé.

— Non, je dis simplement qu'on doit prendre notre temps. Je n'ai pas passé beaucoup de nuits dans ma chambre depuis qu'on s'est rencontré, mais…

il chercha les bons mots.— Cela fait à peine quelques semaines qu'on se connaît. Tout s'est emballé avec Royce et puis c'est devenu un enfer…

— Entendu, répondit Brighton. Je crois comprendre. Ne pas se presser, c'est certainement une bonne idée.

Tanner passa son bras autour des épaules de son amant et se rapprocha assez pour que ce dernier puisse s'appuyer sur lui.

— C'est tranquille ici.

Il ferma les yeux. Il savait qu'il n'était pas dans le Montana, trop de voitures passaient sur la route non loin, mais dans la grange, avec le bruissement des animaux dans leur enclos et le bêlement occasionnel, c'était calme. On s'y sentait en sécurité. La vie pouvait aller à un rythme plus lent que celui de la ville qui les entourait.

— Qui aurait cru qu'on pourrait avoir notre petit bout de campagne au milieu des centres commerciaux et des bâtiments ? demanda Brighton.

Tanner répondit par un léger grognement et serra davantage son amant. Ils restèrent assis pendant un moment, plongés dans leurs pensées, alors que la nuit les enveloppait de plus en plus. Le dernier rayon de lumière, provenant des fenêtres, était sur le point de disparaître quand Tanner se releva et souleva Brighton dans ses bras.

— Je peux rentrer tout seul, dit ce dernier, les béquilles à la main.

Tanner hocha la tête, mais sortit de la grange en le portant. Il ferma la porte et traversa le jardin jusqu'à la maison. Une fois à l'intérieur, il s'arrêta une seconde pour fermer la porte avec son pied et monta l'escalier. Il attendit que Brighton ouvre la chambre pour lui avant d'entrer. Il le posa sur le lit, mit les béquilles sur le côté et commença à le déshabiller.

— Je croyais qu'on prenait notre temps, rigola Brighton, alors que Tanner enlevait sa chemise en la déchirant presque.

— On pourra ralentir... plus tard.

Il lui retira son pantalon et ses chaussures, puis il s'attaqua à ses propres vêtements.

— Tu as raison, dit Brighton.

Tanner l'embrassa. Ils avaient bien assez parlé pour le moment et devaient passer à l'étape supérieure. Il était grand temps de crier, gémir et même de pousser un ou deux hurlements. À moins, évidemment, qu'ils ne puissent utiliser leur bouche à d'autres effets...

ÉPILOGUE

ALORS QU'IL finissait de s'occuper des moutons, Tanner entendit la femme déclarer :

— J'adore le printemps. Et tous ces petits !

Il souleva un des agneaux et l'amena près de la clôture de l'enclos, là où se trouvait un groupe scolaire, avec leur professeur et des parents d'élèves.

— Voici Peep, dit-il.

Il était toujours nerveux quand il devait parler en public, mais les gamins ne faisaient jamais de remarques. Ils étaient toujours excités d'entendre ce qu'il avait à leur dire.

— Il a huit semaines.

— Je peux le tenir ? demanda un des élèves de la classe.

— Non, mais vous pouvez tous le caresser tant que vous êtes doux, répondit-il.

Les élèves formèrent immédiatement une queue. Ils s'avancèrent l'un après l'autre. Tanner les laissa caresser Peep, qui adora cette attention.

— Il est très doux, remarqua un des enfants.

Quand tout le monde eut l'occasion de le toucher, il le remit au sol et l'agneau traversa l'enclos en courant pour rejoindre sa mère. La femme avait raison : Tanner adorait lui aussi le printemps et celui-ci était en train de devenir tout particulièrement spécial.

— Nous allons voir les chèvres maintenant, puis nous nous diviserons en groupes pour que vous puissiez regarder ce que vous voulez.

Le plan original avait consisté à mettre ensemble les chèvres et les moutons dans la grange existante, mais après l'ajout de quelques brebis, dont une s'avéra pleine, leur petit troupeau s'était vite agrandi. Ils avaient donc ajouté une annexe à la grange, avec sa propre entrée et un espace séparé. Cela avait parfaitement fonctionné.

Tanner suivit la classe jusqu'à la zone des chèvres, où il fit son discours sur ces animaux, leur lait et la manière de s'occuper d'eux. Il les laissa regarder à l'intérieur de l'enceinte où l'on gardait les petits, mais les mères, trop protectrices, n'autorisaient personne à tenir leurs bébés, car ils étaient trop jeunes pour le moment.

— Si vous vous rapprochez de l'enclos, vous pourrez les nourrir.

Brighton et lui avaient placé un distributeur, semblable aux machines à bonbons, qui laissait tomber de la nourriture en échange d'une pièce de vingt centimes. Ce système aidait à payer la nourriture et ils veillaient à ce qu'une quantité suffisante soit distribuée à chaque fois. Tanner quitta la grange quand les gamins se répartirent en groupes. Alicia était occupée au manège à poneys. Quand ils avaient ouvert quelques semaines auparavant, elle avait affirmé qu'elle voulait passer du temps en dehors de la maison. Comme elle avait l'habitude de faire de l'équitation quand elle était adolescente, elle s'occupait de cette activité les samedis et dimanche après-midi et aussi les jours où ils recevaient des groupes scolaires.

— Ça fonctionne bien, remarqua Brighton, en se dirigeant vers Tanner.

— Oui. L'enseignante a dit qu'elle était très impressionnée par l'aspect des bâtiments et des activités. Elle va nous recommander auprès des autres écoles.

Son bégaiement disparaissait la plupart du temps. Tanner avait remarqué qu'il ne réapparaissait que lorsqu'il était nerveux ou incertain.

— Je pense que nous devons créer des sentiers dans le verger et dans le jardin des citrouilles. Les gamins pourraient passer du vieux verger au nouveau. Et en plus, ça permettra d'éviter qu'ils marchent sur les citrouilles cet automne, quand elles seront grosses.

Ils avaient déjà beaucoup travaillé : ils avaient construit des abris pour les animaux et ajouté quelques sentiers, le long desquels ils avaient planté de la pelouse. Ils avaient aussi mis des fleurs pour rendre l'endroit plus attrayant. Le jardin des citrouilles avait été labouré et planté. L'ancien verger s'était avéré plus en forme que prévu et les arbrisseaux poussaient bien. Tout n'avait pas encore été décidé, comme en témoignait une partie du domaine qui n'avait pas encore été utilisée. Il avait le temps de voir ce qui marcherait avant de mettre en place de nouveaux projets. Jusqu'à présent, les animaux étaient un vrai succès. Les enfants les adoraient si l'on en jugeait par les rires et les cris enchantés, qui résonnaient dans toute la ferme.

— Je crois qu'il faut qu'on ajoute des cochons et quelques vaches, dit Brighton.

— Je le pense aussi. Des petits animaux, par exemple. Les gamins n'arrêtent pas de demander ce qu'ils peuvent caresser d'autre. Je pensais aussi à quelques poulets. La prof voulait savoir si nous en avions.

Tanner détestait ces volailles. Chaque fois qu'il était dans leurs parages, elles venaient toujours lui picorer les jambes.

— On peut aussi envisager d'ajouter une dinde.

— C'est entendu, acquiesça Brighton. Renseignons-nous sur le coût d'installation d'un poulailler sur la propriété. Maintenant que nous avons des rentrées d'argent, nous pouvons envisager de développer d'autres aspects.

— Alors, ça marche bien ?

Brighton hocha la tête.

— On s'attendait à un début lent, mais on a été occupés et ça se remplit de plus en plus. Ce matin, j'ai eu un appel d'un gars qui vit dans les environs de Frederick. Il fait de la récupération d'objets et il a trouvé des personnages de conte de fées ou de comptine dans un vieux parc d'attractions. Il dit qu'ils sont en bon état. Il a aussi d'autres articles et, comme il passe dans la région pour rentrer à Frederick, je lui ai dit de s'arrêter ici. Les prix sont raisonnables et nous pourrions mettre ces sculptures un peu partout dans la ferme. Je pense que les gamins s'amuseraient encore plus, c'est ce qui importe.

Une voiture se gara. Brighton alla dans sa direction pour saluer les nouveaux clients. Pour le moment, ils avaient préféré un accueil personnel à un guichet, mais il faudrait certainement qu'ils changent de méthode prochainement. Tanner resta en retrait et regarda Brighton s'en occuper. Ce dernier marchait avec beaucoup de facilité dorénavant. Il avait même été capable d'aider aux tâches manuelles. Et quand celles-ci devenaient trop éreintantes… Disons qu'ils avaient mis en place une routine avec massage et quantité de caresses. Les caresses, Tanner trouvait que c'était très important.

Il s'entendait à voir Brighton accueillir ses hôtes comme d'habitude, mais une femme, qu'il reconnut, sortit de la voiture.

— Tante Vera, fit Brighton.

Tanner se raidit immédiatement. Elle n'avait pas cessé de causer des problèmes depuis le début.

— Qu'est-ce que tu veux ?

Il n'entendit pas sa réponse, mais Brighton le rejoignit là où il se trouvait, près de l'entrée. La tante suivit son neveu.

— Je voulais voir comment les animaux étaient traités, déclara-t-elle.
Tanner lui fit face.

— Je vous conseille de partir immédiatement, lui dit-il fermement.

— J'ai le droit de...

Tanner la coupa.

— Vous n'avez aucun droit. C'est la ferme de Brighton, pas la vôtre.

Il se tourna vers son amant. Cette femme leur avait rendu visite aux moments les plus inopportuns et ils avaient failli perdre un fournisseur quand elle était venue mettre son nez là où ça ne la regardait absolument pas.

— Est-ce qu'il faut vraiment que j'obtienne une injonction? demanda Brighton. Tu n'as pas voix au chapitre ici. C'est notre ferme et nous poursuivons le travail de Papy. Ce n'était peut-être pas ce qu'il avait envisagé, mais il aurait adoré que des enfants viennent visiter sa ferme et s'amusent. Alors, où est le problème? Si c'est encore au sujet du testament, tu dois laisser tomber. Tanner et moi avons bâti quelque chose ici et nous allons continuer à le développer. Il faut que tu l'acceptes.

— C'est ici que j'ai grandi et maintenant c'est...

Brighton la regarda bouche bée.

— Tu étais la première à vouloir vendre la ferme, et maintenant qu'elle a changé d'aspect, mais qu'elle est toujours présente, tu n'es pas contente.

Il se recula en secouant la tête.— Je crois vraiment qu'il est temps que tu partes et je te conseille de ne jamais revenir. C'est notre maison, à Tanner et à moi. C'est notre ferme. Nous allons tout faire pour la protéger et défendre notre intimité.

Il se rapprocha de son amant.— Il est ce qui est important à mes yeux. J'ignore vraiment ce qui se passe dans ta tête, mais on en a assez. Le prochain appel que je passe, ça va être à mon avocat pour obtenir une injonction. J'espère que tu comprends bien ce que je te dis.

Sa voix resta calme et légère, malgré les paroles qu'il tenait.— Alors, s'il te plaît, va-t'en.

— Mais nous... bafouilla-t-elle.

— Brianne et moi, nous ne te devons plus rien, c'est fini. Elle est heureuse et moi, je le suis aussi avec Tanner. Je te conseille de chercher ce qui saura te rendre heureuse à ton tour, mais, peu importe ce que c'est, tu ne le trouveras jamais ici.

Il la fit plier du regard et elle fit demi-tour pour rejoindre sa voiture.

— Je sais que c'était dur, lui assura Tanner.

— Je ne comprends pas pourquoi elle agit comme si tout le monde lui était redevable.

Ils la regardèrent partir, l'un à côté de l'autre.— Je suis fier d'avoir construit cette affaire avec toi. Elle croit qu'elle a un droit de regard sur la ferme, mais ce n'est pas le cas. Ce n'est pas elle qui a passé des journées entières à disposer les plaques de gazon ou à transporter la terre des sentiers. Ce n'est pas elle qui a passé des nuits glaciales à s'assurer que les animaux, nos animaux, étaient bien à l'abri et assez au chaud. C'est toi et moi qui avons fait ça, et nous continuons de nous occuper de ces animaux chaque jour que Dieu fait.

— Brighton, commença Tanner.

— C'est notre ferme et notre affaire. Que cette vieille bique mette donc son nez ailleurs !

— Notre ferme ? demanda Tanner.

— Bien sûr. Notre ferme.

Brighton lui fit face.— Tu as emménagé avec moi et tu partages ma vie depuis des mois. Tu travailles à mes côtés pour m'aider à construire ces bâtisses… Bon sang, tu as fait bien plus que moi. Donc, oui, c'est notre ferme. Et quand nous serons prêts, que cette affaire d'héritage sera réglée une fois pour toutes, nous irons aux bureaux du comté de Columbia nous marier. À partir de ce moment-là, elle sera *nôtre* aux yeux de la loi.

Tanner était sous le choc. Il ne s'était pas attendu à ce que Brighton l'aime assez pour cela, ou, du moins, ils n'avaient pas vraiment abordé le sujet jusqu'à ce moment. Évidemment, les derniers mois les avaient tenus occupés et les discussions concernaient presque tout le temps la ferme. La nuit, quand ils étaient en tête à tête, ils ne parlaient pas trop, ce qui convenait parfaitement à Tanner, l'homme de peu de mots, mais de beaucoup d'actions…

— Est-ce que tu viens de me d-demander en mariage ?

Le bégaiement était de retour.

— Oui, je crois que c'est ce que je viens de faire. Je peux me mettre à genou si tu préfères, proposa-t-il en souriant.

Tanner voulait le prendre dans ses bras, mais ils étaient à l'extérieur et avaient des invités. Il fallait bien se comporter.

Il montra la maison d'un signe de la tête. Très vite, ils étaient sous le porche, puis à l'intérieur.

— Oui, répondit Tanner, avant de prendre Brighton dans ses bras. Je t'épouserai et passerai le reste de ma vie avec toi, ici, sur cette ferme.

— Je me suis toujours demandé si les grands espaces te manquaient.

— Les terres que nous avons ici me suffisent.

Tanner laissa ses lèvres parler à sa place et sans mots. Quand Brighton faillit perdre l'équilibre, il le relâcha et prit sa main. Ils avaient une ferme à gérer et des invités à satisfaire. Il serait temps de célébrer cette promesse le soir même quand la ferme serait calme et qu'il n'y aurait qu'eux.

— Je t'aime, murmura Brighton.

— Je t'aime aussi, dit Tanner, caressant la joue de son bien-aimé.

Il l'embrassa une nouvelle fois, puis ouvrit la porte. Ensemble, ils sortirent dans la lumière du printemps.

ANDREW GREY a grandi dans l'ouest du Michigan, élevé par un père qui aimait raconter des histoires et une mère qui adorait les lire. Depuis, il a vécu un peu partout aux États-Unis et a roulé sa bosse à travers le monde. Il a obtenu un Master à l'Université de Wisconsin-Milwaukee et se consacre à temps plein à l'écriture. Andrew aime collectionner les antiquités, jardiner et laisser traîner sa vaisselle sale n'importe où sauf dans l'évier

surtout lorsqu'il est en train d'écrire—. Il pense qu'il a de la chance d'avoir une famille tolérante qui l'accepte tel qu'il est, des amis fantastiques et le mari le plus attentionné et le plus aimant du monde. Andrew vit actuellement à Carlisle, une ville pittoresque de la Pennsylvanie.

Son site internet
en anglais— : www.andrewgreybooks.com ;
Son blog
en anglais— : andrewgreybooks.com/blog/;
Pour lui écrire
en anglais— : andrewgrey@comcast.net.

ALCHIMIE ORGANIQUE

ANDREW GREY

Brendon Marcus ne vit que pour son travail. C'est un génie qui a sauté des classes jusqu'à devenir professeur à l'université à ses vingt ans et quelques, et qui ne connaît rien d'autre. Les interactions avec d'autres personnes le rendent confus. Alors quand Josh Horton, l'assistant du coach de football, le poursuit de ses assiduités, Brendon n'est pas sûr de la démarche à adopter.

Josh a ses propres problèmes. Ses parents, à qui tout réussi, ne sont pas particulièrement heureux de son choix de carrière, et certains joueurs n'aiment pas avoir un assistant gay. Il commence à avoir des doutes, mais Brendon rend son monde meilleur.

Mais quand le chef du département de Brendon commence à causer des problèmes, Josh et Brendon découvrent que se défendre l'un et l'autre est la première étape pour pouvoir faire face au reste du monde.

www.dreamspinner-fr.com

FEU ET Eau

ANDREW GREY

Les flics de Carlisle, tome 1

L'agent de police Red Markham sait bien à quel point la vie peut être moche depuis qu'un accident de voiture l'a privé de ses parents et l'a laissé défiguré. Son métier, qui l'amène à sillonner les rues de Carlisle, en Pennsylvanie, ne fait qu'ajouter à l'horreur, d'autant plus que le nombre des overdoses a dernièrement considérablement augmenté. Puis, un après-midi, il est appelé au centre de loisirs pour une noyade impliquant un enfant. Arrivé sur les lieux, il découvre que le petit garçon a été sauvé par un jeune maître-nageur du nom de Terry Baumgartner. Red n'est guère surpris lorsque cet homme magnifique fait tout son possible pour ne pas avoir à regarder son visage couturé de cicatrices.

Quand Terry surprend un jour un commentaire de Red le décrivant comme un homme superficiel, il en vient à se dire qu'il n'est pas vraiment aussi généreux qu'il veut bien le croire. Son amie Julie lui suggère alors d'aider les plus démunis en livrant des repas aux personnes âgées. Cette action de bénévolat lui permet de faire la connaissance de Margie, une vieille dame au franc-parler, qui s'avère être par ailleurs la tante de l'agent de police.

Les mondes de Terry et de Red entrent en collision alors que Red s'efforce de découvrir la source du trafic de drogue et de protéger Terry d'un ex qui refuse leur séparation. S'ils parviennent à voir au-delà des apparences, il se pourrait que les bénéfices qu'ils retirent de l'aventure dépassent leurs plus grandes espérances.

www.dreamspinner-fr.com

Il est prêt à tout dévoiler pour sauver le ranch.

Aubrey Klein a de gros ennuis : il a besoin d'argent au plus vite pour sauver le ranch familial. La solution ? Travailler comme strip-teaseur le week-end dans un club de Dallas. Chaque samedi soir, le temps de deux spectacles, il est le Rancher Solitaire. Il est la star.

Un jour, il fait une découverte inattendue : à l'issue d'un spectacle, Garrett Lamston, un vieil ami d'enfance, l'aborde alors qu'il est toujours masqué, pour lui proposer de s'amuser… Aubrey n'avait jamais soupçonné que ce garçon était gay. Confrontés à des mères envahissantes qui veulent à tout prix leur trouver des épouses, les deux amis se rapprochent et deviennent de plus en plus intimes.

Aubrey sait bien qu'entre le ranch et le club, sa vie n'est qu'un château de cartes. Il espère seulement tenir le coup suffisamment longtemps pour mettre l'exploitation familiale hors de danger, bâtir la vie à laquelle il aspire et trouver l'amour.

www.dreamspinner-fr.com

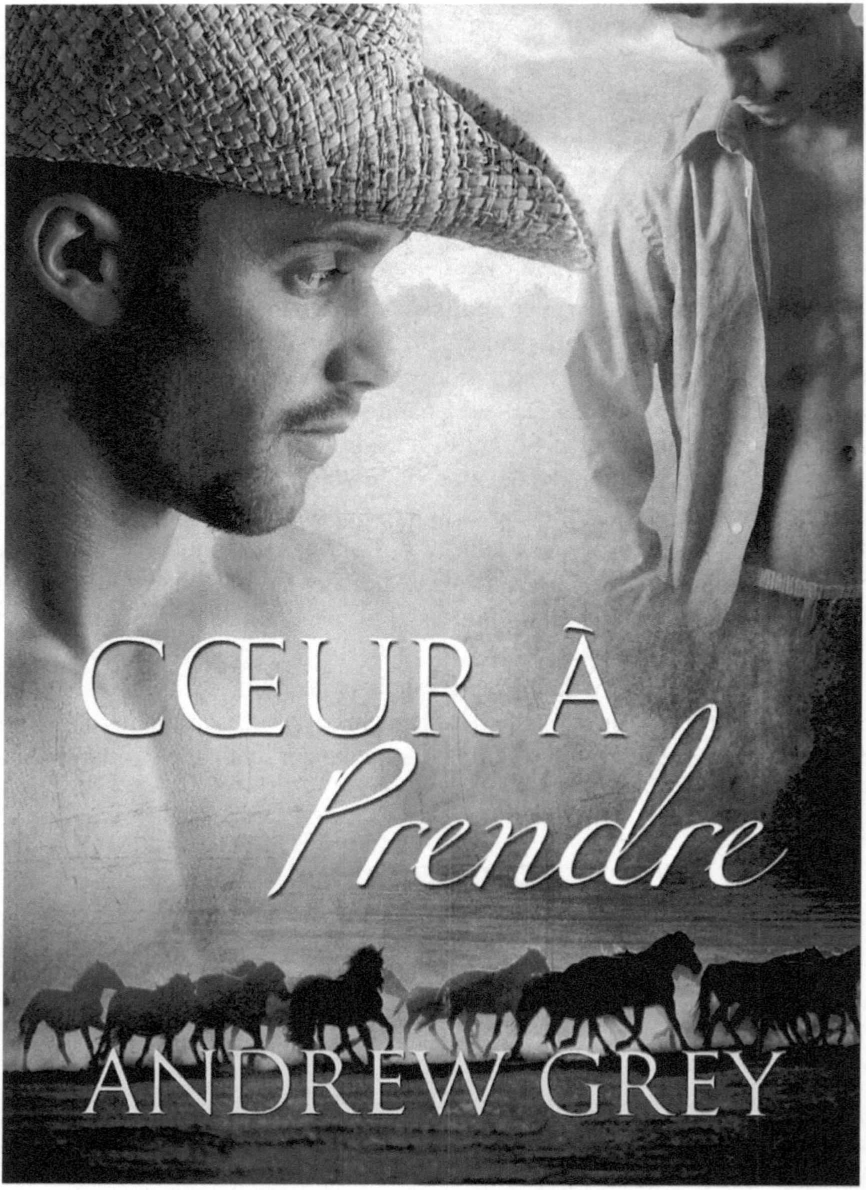
CŒUR À
Prendre
ANDREW GREY

Histoires de cœur, tome 2

Le ranch des Holden et le ranch des Jessup sont voisins, mais ils n'entretiennent pas ce qu'on pourrait appeler des relations cordiales ; Jefferson Holden et Kent Jessup se détestent.

En dépit des vieilles rancunes qui brûlent entre leurs pères, le jeune Haven Jessup ne peut se résoudre à cette haine, surtout après que Dakota Holden est venu à son secours lors d'une violente tempête.

Dans la cohue, Haven fait la connaissance de Phillip Reardon, un ami de Dakota. Phillip est un homme tolérant et ouvert d'esprit, et il accepte Haven tel qu'il est, dès le début. Il ne tarde pas à découvrir le secret d'Haven, son attirance pour les hommes, et très vite, ils entament une relation secrète.

Mais leurs sentiments les dépassent, et l'angoisse d'être découverts pèse sur leur couple. Des clôtures sabotées, des animaux blessés, des histoires mystérieuses et les secrets de la famille Jessup vont menacer le bonheur naissant d'Haven qui rêve d'un avenir avec Phillip.

www.dreamspinner-fr.com

Par ANDREW GREY

Alchimie organique
Destinés l'un à l'autre
Fermier malgré lui
Feu et eau
Une juste cause
Le rancher solitaire

AMOUR…
Amour… sans honte
Amour… et courage
Amour… sans limite
Amour… et liberté

LES ARÔMES DE L'AMOUR
La saveur de l'amour
Une portion d'amour

HISTOIRES DE CŒUR
Cœur de loup
Cœur à prendre
À cœur ouvert
À cœur perdu

PAR LE FEU
Le baptême du feu
Tout feu, tout flamme

Publié par DREAMSPINNER PRESS
www.dreamspinner-fr.com